霜刃

马洪鸣 著

时代出版传媒股份有限公司
安 徽 文 艺 出 版 社

图书在版编目（CIP）数据

霜刃/马洪鸣著.--合肥：安徽文艺出版社，2022.1
ISBN 978-7-5396-7268-7

Ⅰ.①霜… Ⅱ.①马… Ⅲ.①长篇小说一中国一当代
Ⅳ.①I247.5

中国版本图书馆CIP数据核字(2021)第161874号

出 版 人：姚 巍
责任编辑：周 丽　　　　装帧设计：悟阅文化

出版发行：时代出版传媒股份有限公司　www.press-mart.com
　　　　　安徽文艺出版社　www.awpub.com
地　　址：合肥市翡翠路1118号　邮政编码：230071
营 销 部：(0551)63533889
印　　制：成都市兴雅致印务有限责任公司 (028)81142822

开本：880×1230　1/32　印张：9　字数：240千字
版次：2022年1月第1版
印次：2022年1月第1次印刷
定价：49.80元

目　录

CONTENTS

第一章

苍老的恐惧

1

任爱华心生恐惧，但他人并不清楚。

是她熟悉的恐惧，存在过，存在着，已经苍老了……整整 35 年，她曾经把这恐惧掩藏在更幽深、更隐秘的地方，混淆在内心深处。恐惧，却在接到陌生电话的那一瞬间迸发，没有尺寸，没有形状，是悄无声息的恐惧……

眼前是铁饼街的街道，有些房门敞开着，有些房门关闭着，从东南方大良山窜出的寒风，掠过文水河，裹挟着枯树的焦躁和河水的躁动，一种不受任何阻挡的暴烈情绪，径自在街道上喧嚣。路边丢弃的废纸、废塑料袋借着风力一次次冲向半空，而寒气像一条蜿蜒的绳索，从脚底攀缘，一道道缠裹着任爱华。

陌生号码通话内容很短，他说："我忍不住打了这个电话。"任爱华的手指僵冷，仍抓紧话筒中的余音追问："你是谁？你说你是谁？"

"我仍然相信你不是个撒谎的孩子，你不用知道我是谁。"没有点明意图，没有说明突然来电是出于善意、歹意，还是悔意。仍然称她是个孩子！仍然是那句霸道、罪恶的原话，低沉的、沙哑的、穿透力强的腔调，没有销声匿迹，没有萎靡，有着顽强的生命力和 35 年前留给她的困窘一同，成了一枚生命中的烙印，而由此衍生的屈辱与恐惧同样存在着。

一枚没有年轻过也没有苍老过，可以活着也可以死去的烙印！

对方挂断电话，通话时长 16 秒。一种无法平息的情绪却并未戛然而止，任爱华手指颤抖着回拨，她想要抓住他、回击他，以利刃般的锋利、瞬间的冰冷与火热的交锋干净利落地斩断他！

电话那头有人接听了，但换了一副腔调，拖沓而平和，轻飘飘地说："找谁啊？这里是公用电话。""刚才打电话的是谁？抓住他！别让他走！"任爱华颤声喊道。"神经病啊。"啪的一声，电话挂断了。寒风打着旋，绕过任爱华，将街面上的一张废纸带到半空中。任爱华站在空荡荡的铁饼街上，双手搂紧了双肩，慢慢地蹲下，身体颤抖着越缩越紧，仿佛抵御和躲避着危险及不可预测的未来。

任记铁匠铺在50米开外，隔着一段有历史的青石板路面，石板之间的淤泥布满了不屈的青苔。铁匠铺的门外是个简易的柜台，两张条凳肩负一块边角凹凸不平的木板，木板上摆满打制的铁制成品，菜刀、剪刀、石钎……还有一些流动的岁月。

铺子里，何连钢正在砂轮机边打磨着，一件成品刀具通身已呈现出人们常见的锋芒，砂轮机调至最小的挡速，以便挫败细微的钝痕。任爱华跨进门槛时，身影遮挡住门外的光线。何连钢关闭砂轮机，端详了一番手中的刀具，然后，抬眼望向站在门边的任爱华，见她脸色苍白，身体微微打战，手上拎着的保温饭盒直晃荡。"你怎么了？太冷了吧？"何连钢撂下打磨的刀具，接过饭盒，他的手掌掠过任爱华指尖，感到惊人的凉，"手怎么这么凉？快到炉边来，炉膛里还有余火。"他拽起任爱华的手贴在嘴上哈了一口热气。

背靠炉壁，坐在小板凳上，任爱华双手抱紧了双肩，仍然抖抖着。"你怎么了？"何连钢又问。"没什么，就是很冷！"任爱华垂着眼，牙齿打着战，挤出几个字。"下次你不要给我送饭了。"何连钢说着取下挂在铁钉挂钩上的外套，披在任爱华身上。烟熏累累的墙壁上，其余的挂钩上挂满了工具，铁钳子、铁锤……由小到大，像是一排随时应征的士兵。

“我不送饭，你净糊弄自己。”任爱华说着拎起挂钩上的一把小铁锤，走到铁砧旁，对着铁砧用力一击，铁砧发出一道有冲击力的脆响，带有余音。接着，任爱华像是鼓足了劲儿和一种隐秘而冷酷的对手较量，铁锤愈来愈密集地落在铁砧上，铁与铁的击打声，拥有硬碰硬的从容，铁锤落在铁砧上弹起的瞬间，有些挫败明显被击落了。渐渐地，任爱华的脸上有了红晕。“你这是干吗？像和谁较劲似的。”何连钢的话音被起伏的击打声淹没了。

洗净了手，何连钢打开保温饭盒，饭盒里的香气和热气不畏寒冷似的袅袅升起。何连钢在摆满“铁画”的案台上开辟了一块空地，铺开一块软玻，将红烧肉、香菇青菜、鸡蛋羹、白米饭一一放在上面。案台上几幅“铁画”相互倚靠着，画面内容有的是山水，有的是人物、花鸟，还有一些是无法辨清的图案。这些独特的作品属于任爱华，没有被外人品读，没有人倾听她的解读，这些“铁画”是她生活中的一部分，像是她对铁的一种剖析。她在这里把她挑选出的铁，在红炉中冶炼，有时锻，有时钻，有时焊，有时锉，而坚硬的铁的柔韧和延展经过她的手扩展开来，成为她生活中的一部分。现在，她以铁锤敲打铁砧，一言不发，圆圆的下巴绷得紧紧的。她不是铁的信徒，但她倾心倾听铁与铁的碎语。

靠近任爱华待过的位置，有炉火的余温和任爱华遗留的体温。何连钢看了一眼任爱华。“今天的伙食太浪费了，又有肉又有鸡蛋，下次午饭弄简单点！”他大声说，“现在没活，我不出力气，不用吃得这么好。”“身体是自己的，不是力气的！”任爱华说着，手用力一锤。他们的对话夹杂着击打声，几种声音交加并不令人感到聒噪和困窘，而是充满了带有弹性的活力。

吃过午饭，何连钢靠在炉壁边打盹，像是要将任爱华制造出的敲击声锁在睡眠之外，任爱华注意到这一点，便停止了敲打。手臂松懈了，铁锤便顺势滑落，而那些有力的敲击声并没有留下印迹，铁匠铺顷刻间落于寂静之中。在何连钢视线之外，任爱华慢慢地抬起双臂，再次缩紧了双肩。她轻轻抬脚，绕过铁锤，绕过地面上凌乱的铁块，绕过何连钢的鼾声，悄悄地走到铁匠铺的后门，拔开铁销，闪身躲过穿堂而过的一阵冷风。

铁匠铺后门，通向他们留在此处的家。

壹 捡料

坐北朝南的三间瓦房，是在土坯墙的宅基上翻建而成的，曾添加仿古的青砖。门前院内并没有树，却落满了榆树叶、楝树叶，任爱华熟悉这些树叶。她出生之前，这两棵树落地于院门之外，坚守至今。现在，院落中每间房间门窗紧闭，空置于此，有些存在过的仍然存在，有些存在过的已经消失了，而一切并没有应该存在或并不应该存在的界定。

任爱华推开每扇房门，祖父与祖母的、父亲与母亲的、她和弟弟任建华的，每间房间的每扇门都能搜寻到过往的痕迹，每扇门板依然和门框相依相偎，并未荒废！灶房在铁匠铺通向住房的走廊尽头。土灶倚墙而立，灶台上贴了白瓷砖，煤气灶像是它的附属，立在一旁。曾聚集在此的灶火燃烧的声音、铁铲掠过锅底的声音、粗糙的或精细的食物被烹煮的声音，现在，都已销声匿迹，而新的等待存在着。

院落没有大宅院的阵仗规矩，却有属于此地的独一无二的次序。父亲的房间类似堂屋，摆放着条几和八仙桌。墙角的挑担还在，因被淘汰而产生了保留价值。窗下曾经摆放单人床的位置空荡荡的。单人床连同床上的铺盖、几件褪色的衣物都已化成了灰烬。任爱华想起，半个月前，焚烧父亲遗物那天，疯狂而残酷的火焰，身子不由得一阵发颤。

镀锌铁皮焊制的院门紧闭着，焊制的铁销上挂着一把中号的明锁，铁销上有铁锈的斑点，和时光息息相关的斑点！门外榆树和楝树的树枝跃上了院墙。院外文水河随风拍岸的水声，穿透了泥土夯实的院墙，水声闷闷的。

在这里，房间、院落以及在房间里沉默的陈旧的家具，任爱华能看见她的生活，不被拉长，也不被缩短。

任爱华出生时，她的母亲叶佳宜陷入身体的疼痛和烦躁之中。母亲的疼痛却是由来到人世的女儿携带而至，母亲承受着痛苦，而她这个女儿漫不经心地经过生命之门，来到了人间。任爱华出生前，一些无关痛痒的烦躁早已在母亲叶佳宜的脑海中堆积着，她总是嚷嚷大脑嗡嗡作响，抱怨一些游荡的灵魂途经于此，而扰乱她脑海中的清净的生灵，有时认定那生灵是从耳朵飞入的蚊子，有时又加罪于无辜的金龟子。任爱华出生后，母亲叶佳宜没有精力看她一眼。任爱华发出了第一声啼哭之后，仍然紧闭双眼，她的皮肤呈现浅浅的粉红色，很薄，可以看见血管，全身布满了白色的皮脂，是在羊水中浸泡留下的。而她母亲的脸上布满了晶莹的水珠，是疼痛挣扎时流下的汗水，母亲的疼痛只有母亲的汗水能够领会。

4 岁时，祖母对任爱华说起这些，有关她和这个世界和母亲的关联，她并没有完全通晓。祖母说母亲叶佳宜是典型的瓜子脸，上部略圆，下部略尖，一种美丽的脸型，任爱华并没有得到遗传，她的长相酷似父亲，长圆脸型，一种被认为很和谐的脸型，而她的皮肤白净、细腻，祖母认定，这一点遗传她的母亲。

但任爱华留有很深的关于母亲长相的记忆，有关于母亲的美的记忆，属于小心翼翼收藏的记忆，有透明的薄膜，轻易不能触碰。当年，祖母坐在房间的角落里，晦暗中的薄弱光线使祖母的脸部有柔和的线条，任爱华靠近祖母，有些线条落在她的身上，并不张扬。床上的麻布蚊帐耷拉着，只有她能看得见，捣乱的瞌睡虫钻来钻去，屋外的阳光跨过门槛，泼洒在窗前，房门前的光亮和房间角落处的暗影，形成了鲜明的对照。任爱华和阳光同样无法理解祖母对明亮的回避。祖母习惯隐坐于房间的暗处，在老架子床一侧，坐出顺从的姿势，而麻布蚊帐垂挂着，并未动情，即使它经历过搓麻纱、纺纱、织布……这些古老的历程。

祖母双手对着光亮把卷成卷的碎布铺开，拃开手指比画着尺寸。碎布是陈旧的衣服和被单拼凑的，积攒了充足的柔软，是预备给即将出生的弟弟的尿布。“是一个弟弟！”祖母笃定地对任爱华说，“你妈妈的肚子是尖形的，会给你生个小弟弟！”像是母亲正代替祖母践行某种承诺。任爱华跳到门槛之外，站在阳光下。她已被众人多次追问：“你妈妈肚子里的宝宝是妹妹还是弟弟？”铁饼街上，裁缝张婆问过她，李馄饨伯问过她，篾匠家的豁嘴大嫂问过她……任爱华其实完全不明白为什么要由她给出答案，但她懂得不能辜负长辈们的期待。“弟弟，弟弟！”她毫无悬念地回答。第一次给出答案时，惊喜的祖父吩咐祖母奖励了她一个水煮鸡蛋，而她信口给出的答案成了无须以结果验证的事实。“是个男孩子，小孩子说话最准了，爱华这样说的！”祖父以深信不疑的口吻，让铁饼街上来往的过客和睦邻相信他，在这世间，他即将成为长孙的祖父，而并非孙女哟。

铁匠铺里，祖父以他的直觉掂量着铁料，他总是能挑出最节省煤炭和锻打时间的铁料锻打铁器。祖父对在铁匠铺购买农具、刀具的主顾毫不隐讳，而那些常来常往的主顾会殷勤地附和他，主顾们的生活无法脱离祖父的打铁手艺，而祖父凭借着手艺留下了广受赞誉的口碑。有了长孙，我任铁匠终于如愿了！

同样的话，祖父会在祖母面前悄悄重复，像是要完成某种注定的使命。祖母闻听只是咧嘴淡然一笑。祖母总是稍微侧身面对他人，即使面对祖父，祖母也是谦让地侧着身子，她留给他人的侧影的笑容里没有喜悦，而是盛满令人难过的悲伤。任爱华铭记着祖母的笑容，直到成年后她才明白那笑容里的悲伤。

弟弟是凌晨时出生的，任爱华并没有听到他在人世间的最初的啼哭。任爱华第一次与弟弟面对面，看到他在襁褓中酣睡，比她的脑袋小的脑袋，比她的嘴巴小的嘴巴，暗红的皮肤皱巴巴的。任爱华感到疑惑，为什么弟弟不愿意睁开眼睛？他来到大家身边时经历了什么？母亲躺在弟弟的一侧，身上盖着蓝色白花的粗布棉被，对她挤出一个似笑非笑的表情，像被面上的花朵，毫无喜气，但母亲往日因烦躁而皱起的眉头舒展了，平坦、发亮。任爱华感到失望，弟弟瘦小而无趣，并不是她所期待的，而且她没有保持清醒和警觉，因而在沉睡中错失见证这个弟弟来到母亲身边的时刻，唯一的时刻！不会再生的时刻！她不明白，一个真实的生命如何成为她的弟弟，如何来到母亲的身边。

积攒的碎布派上了用场，柔软的、充足的，浸透了弟弟的尿液，任爱华捏着鼻子跳开，而祖母将尿布丢在竹篮里，在文水河边淘洗。清澈的和污浊的河水并没有明显的界限，太阳毫不吝啬地将阳光投向文水河，河面上波光粼粼。祖母成为拥有长孙的祖母，河边浣洗的女人们因此恭贺祖母。祖母并没有沉浸在欢娱之中，她敷衍的笑容落在水面上，随波颤抖着。只有河水和任爱华能看到祖母的悲伤。是在初春，河水尚未回暖，觅食的麻鸭只在河滩处试探。

弟弟来到人世的前一天，傍晚，祖父难得早早熄了炉火，打烊了。祖父的脸上没有疲惫，而是带着喜悦和收获后的满足，同时还有一些期待。煤油灯点燃后，灯罩口升起袅袅的纤细的黑烟，带着某种试探。灯光照出祖父高大的身影，在土墙墙面上晃动着，他的暴烈脾气收敛着，安静地踞守在墙面上。

祖父每顿饭都会饮酒。在初春，田野中刚刚露头的野蒿、马齿苋、蒲公英……都是他的下酒菜。祖母在田野中劳作时，随时将出现在眼前的野菜收在随身携带的竹篮里，这些春天的馈赠不断地与祖母在田野中邂逅。

酒水落在酒盅里，晶莹的液体散发出酒香，打铁的祖父钟情于它。祖父端起酒盅又放下，是内心的另一种急迫和惊喜，无法按捺。祖父对祖母说："我打制了一个新玩意儿。"祖母闷头喝稀饭，白花花的碗面上撒了几点咸豇豆，她说："我今天在文水河里网了一些杂鱼，收拾了给媳妇熬汤补一补。"祖父端起酒盅，一饮而尽，并没有关心杂鱼。祖父说："打制的这个新玩意儿很不一般，算是一把剑！"祖父像是表明这件制品具有象征意义的信物，他说，"我特意赶在长孙出生前打制的。"祖父说着，眼睛牢牢盯住祖母，他有些许期待。但祖母依然埋头喝着稀饭，她不看祖父，注视着眼前的粥碗，喝一口，筷子在碗面上画一圈。祖父伸手悻悻地从贴身的口袋里掏出一把小巧的铁器。

铁器一亮相，房间里顷刻镀满了光泽，昏暗的煤油灯似乎被拨亮了灯芯。土墙角落里，青睐阴暗的爬虫立刻蜷起全身。铁器只有祖父的巴掌长，修长地安卧于祖父掌心，似刀非刀，似剑非剑，刃口夺目的光泽沿着刃面起伏直至手柄，古铜色的手柄上，刻着凹凸有致的印记，是无法抹杀的陈旧的痕迹，拥有历史的痕迹，古老的痕迹。

利刃的光芒没有照亮祖母，而是摇晃着她，赋予她贯穿整个身体的一种动荡。祖母摇着脑袋，身体颤抖着，放下手中的碗筷。她没有接过耀眼的铁器，而是将目光聚在手柄上，拧成了一团疑惑。接着，祖母的目光四处散开。祖母跌跌撞撞地奔进房间里，以条凳踮脚，摸索着打开搁在橱柜顶的藤箱。任爱华隐约记得，偶尔，祖母会在房间阴暗的角落里打开藤箱，她只见过藤箱上层有一套藏青色的上衣和黑色的裙子，从未看过箱底。祖母翻遍了房间里唯一的藤箱，接着翻遍房间里唯一的高脚橱柜。祖母停止翻找后，房间迎来了片刻的安静，紧接着传出低低的啜泣声，一种悲伤弥漫开。

腮边挂着泪痕的祖母走出房间时，两只手颤抖着。条几一端，煤油灯摇曳的灯火忽高忽低。

祖母直视祖父，声音嘶哑地追问："怎么不在了？怎么会不在了？"祖父将一杯酒水倒进嘴里，仿佛被祖母的悲伤冒犯了，他以一种耿直的腔调还击祖母："你应该感谢我才对，你收在藤箱里的那把剑被我重新打制了，喏，就在我手上，柄还是原来的柄！我把那把剑打成了一把刀。"祖母怔怔地立着，没有再恢复以往的神采。幼小的任爱华能够感觉得到，任何事情以及喜悦无法取代祖母寻找的那把剑，而那把剑被祖父改换了，从此销声匿迹，并不是那把剑自愿放弃拥有下落的权利。任爱华没有见过祖母口中的那把剑，对祖父手中光泽耀眼的簇新铁器心生畏惧，而她对未曾谋面的、祖母寻找的铁器同样敬畏。

隔着八仙桌，祖母话音颤抖地诘问祖父："你为什么要这样做？"祖父说："你一个女人家，这么多年留着一把剑干什么？况且太粗糙了，我就重新打制了。这么多年，你对这个家上心，我对你的东西也上心，长孙要来了，我总要让他见识见识我的手艺。”祖父赧然一笑，露出被赭色牙垢侵犯的牙齿。祖母眼里涌出了泪水，冷冷地说：“你除了打铁，就没想过其他的？”遭到祖母的诘问，祖父的喜悦已经逃遁了，赭色牙齿包裹在唇后，祖父绷紧了黝黑的脸，恢复了惯常的威严表情，显得冷静而残酷。他说：“就是想到了，我才重新打制的。”祖母挪到桌前，慢慢侧过身，直面祖父，她一字一句地说：“你晓得的，我在这世上就剩下这个了，现在我什么也没有了。”泪水已模糊了视线，但祖母仍固执地以潮湿的目光注视着祖父。祖父既不理会目光，也不搭理祖母，而是喝了一盅酒，凑近煤油灯端详着刀具，柔和的灯光倾泻在刀面上，镀了一层暖意，也蒙上了一层寒意。

收回目光的祖母，丢下祖父，丢下饭碗，缓缓转过身，踩着摇曳的灯火跨过门槛，走向院门。院子草草围了一圈芦苇栅栏，院门是可以移动的栅栏。任爱华急忙喝尽碗里的稀饭，溜下长凳悄悄尾随着祖母。她讨厌祖父漠然对待祖母，也不愿意脱离祖母，除了她，没有人洞悉祖母的悲伤。父母窝在西厢房里，房门紧闭，表明他们不会过问往事，也不关心即将被怀念的往事。临产迫近，母亲的烦躁与不安愈加强烈，而她的烦躁传染给了父亲，惴惴不安的父母总是回避与家人共处。

铁饼街的街道上，有灯光的地界会出现身影，更多时，任爱华尾随着祖母一前一后与夜色融为一体，冰冷的青石板、暗影涌动的墙壁，而整个铁饼街像静默的剪影，是夜色修剪的。殷勤的夜色，修剪了李馄饨、剃头蒋、裁缝张……每家每户的山墙或者屋檐，都留有剪影。

走出铁饼街，祖母修正了习惯性的侧身，挺直了脊背，而那个她一贯示人的侧影成了一种背景。身后没有父母追上来的脚步，只有浓重的夜色。任爱华跟紧了祖母的脚步，踏上田埂，夜色下的田埂演变成一条若隐若现的曲线。田野里的蟾蜍在急行中脱离冬眠的住所，以低语对春天娓娓倾诉，这些无法抵御任爱华的恐惧，她担心走在前面的祖母就要被夜色吞没而找不到回来的道路。“奶奶！奶奶！你带着我。”任爱华脱口喊道。

夜幕下，祖母回过身，她的身后是远处城关街的剪影。任爱华看到祖母脸上有幽幽的星星点点，是遍布的晶莹的泪水。祖母拭净脸上的泪水，蹲下身抱起任爱华，她说：“你呀你，怎么跟出来了？”祖母叹了一口气，无奈地说，“你还要长大，奶奶不能带上你啊。”祖母抱着她转身回来，犹豫着放弃走下去的念头，对任爱华说：“奶奶先不走了，奶奶也舍不得你，还有你那个要出生的弟弟啊。”祖母语气凄楚，听上去，是留恋生命而非生活。

她们归来时，整个铁饼街上，有历史的房屋、青石板路都在沉睡，同时坦然聆听她们的脚步，重复的脚步，仿佛将做过的梦再做一遍。

一路上，祖母都在自言自语：“毁了啊，就是毁了啊。”

这一次，是任爱华的喊声喊回了祖母。而仅有这一次，她和未曾谋面的弟弟成为祖母回家的路。

6 岁那年，任爱华步入了校门。每天放学回家后，她教 2 岁的弟弟识字并且从 1 数到 10，这是祖母布置给她的任务。任爱华时常感到吃惊，弟弟似乎眨眼间便从躺在襁褓中的婴儿，成长为顽童。他调皮地撕破任爱华的作业本，将橡皮放在嘴里啃咬。任爱华为遭到破坏的作业本伤心时，祖父却纵容弟弟的顽皮。祖父不屑地说：“我孙子是打铁的苗子，学不学习无所谓，不识字也没关系。”祖母却对这一种现状痛心疾首，她说：“儿子跟你学了打铁，已经没有学习了，孙子必须要学习，不能走没文化的老路。”祖母像是借以弥补自身的一种遗憾，而她所言的“老路”无疑是对文盲祖父的一种侮辱。这两个字像是一条鞭子，抽打了祖父，祖父脸上青筋暴起，愤怒演化成一种无法形容的气流，席卷祖父全身，从眼睛里、鼻腔里经过。祖父喘着粗气，冲进房间，一阵砰砰响动，祖父从橱子底部抽出了那把经过演变的刀，橱子底部是祖父视为最隐秘的、最安全的角落，安放着秘密和内心之魂的角落！愤怒的祖父，猛然拉起正在为任爱华粘贴作业本的祖母。盛了糨糊的饭碗被踢翻了，弟弟扑到地上，抓起糨糊舔舐着。他垂涎打制糨糊的面粉，那面粉是祖母珍藏的，只有在家里的成员生病时，才会以珍贵的身份出现。祖母用面粉打制糨糊，粘贴作业本，显然是种奢侈的行为，是在挥霍。祖父以利刃直指祖母，怒声道：“你还是看不起打铁人！”祖父又以刃尖点拨着珍贵的糨糊，“浪费啊，败家啊！”祖父粗壮的手臂上，血管凸起。纤弱的祖母不断挣扎着，她像是被魁梧的祖父裹挟的、没有生命的农具，锄头或者犁耙。

穿过长长的走廊，祖父裹挟着祖母，愤怒以不同的形式存在着，维护各自主人的尊严！祖父的愤怒是膨胀的、倨傲的，祖母的愤怒是屈辱的、悲怆的。祖母脚抵门槛，试图挣脱祖父。铁匠铺后门的榆木门槛已腐朽了，失去了门槛的作用，是为了存在而存在的门槛。

祖母的双脚踢断了朽木，门槛仍然没有阻碍祖父过人的力气，祖父打铁时彰显的臂力，显然震慑了一切外表脆弱的物体，木头或者冰冷的生铁，它们没有内心。

盛怒下的祖父，直到站在炉膛前才松开了双手。祖母趔趄着，双脚落地，没有扶住牢靠的铁砧，没有依靠稳稳的风箱，她最终自己稳住了双腿。祖母稳稳地站着，铁匠铺里弥漫着浮尘，铁的浮沉、煤灰的浮沉、尘土的浮尘。

祖父连抽风箱，炉膛里，用以烤化铁的炉火再次燃起，红色的火焰像是在宣读一种生活的警告。祖父举着那把刀，他说："你看着，看好了。"说完，祖父将刀扔进了炉膛内，几个瞬间凝聚着，愤怒的瞬间、惊诧的瞬间、慌张的瞬间……深陷炉火的刀渐渐地变红，刀柄冒出一缕清烟，扭曲着改变了。怀念或者遗忘，被怀念或者被遗忘的，都在炉膛里经过烧制在渐渐变形、消弭……红色火焰炙烤着祖母的面庞，但她嘴角传出的笑声是冷的，被冷却的瞬间，凝固成一种面对生活的冷笑。祖母带着冷冷的笑声，慢慢转过身，跨过颓丧的门槛。

没有人平息祖父的怒火，也没有人抚慰伤心的祖母，而愤怒和伤心，当时是存在的，始终存在着的。

任爱华并不懂得这些，她当时只顾着心疼自己的作业本，她抽噎着，而弟弟吃净了糨糊也开始大声啼哭，而她和弟弟的哭声并不属于成人世界。任爱华一边哭泣一边拼贴作业本，这是祖母在野塘里掏了河虾，卖了钱为她购买的，这是一本珍贵的作业本，和珍贵的橡皮、珍贵的铅笔一样令她珍惜。她被巨大的悲伤包裹着，没有成为祖母回家的路！

天黑以后，迟归的父母在田野的池塘里寻见了祖母。祖母身体舒展，浮在水面之上，浮在时间之上。祖母把她的呼吸留在世间，而把自己交给了陌生的塘水，没有留下微笑，没有留下悲伤。

任爱华没有再次成为祖母回家的路。而她始终认为，那把已被祖父在炉火中熔化的刃具以另一种存在的尖锐刺杀了祖母，同时也刺伤了祖父，刺破了生活的某种真相。

祖母的离世，令任爱华感到恐慌，她的恐惧超过她的年龄，大于她本身。

在夜里，因失去了祖母而蜷缩在母亲的身边，任爱华的恐惧蜷缩起来盖住她。在日光下，她被对祖母的想念包围而戒备，戒备周围的一切会夺走她的想念。她已将哭泣遗忘。而母亲抱着弟弟哭红了双眼。

前来吊唁祖母的邻居，质疑母亲的悲伤，睦邻们的思维带有铁饼街的禀性。母亲的泪水没有打动在场的男人、女人，老人、孩子。街坊们认为“上海女人”是没法习惯缺少祖母的照顾，她在为她自己哭泣。在这之前，母亲叶佳宜被称为“上海知青”。成家后，她被称为“上海女人”。在铁饼街，母亲没有被冠以夫姓。“上海女人”在稻田插秧时会拽住吸附在小腿上的蚂蟥而号啕大哭，为庄稼施肥时会干呕到流出泪水，大家因此推断，“上海女人”为了逃避在乡下的劳作，选择嫁给铁饼街上的铁匠。即使成亲后，母亲并未惮于田间的劳作，也不再惧怕蚂蟥，施肥时友好地对待肥料，母亲仍是社员中的另类。她戴着袖套，头发上系着手绢，成为过于整洁注重打扮的另类。而母亲过于白净的肤色是另一种罪过。父亲任向东抵制有关母亲的传言，但他从不当面对质。父亲可以应付坚硬的铁，却无法对付柔软的巧舌。祖母下葬后，父亲任向东在和祖父配合打铁时，涨红了脸使出所有力气，却不得要领。父亲失去了一个铁匠的水准，却垂怜那些不合格的铁器。“走吧，走吧，离开这里！”他对那些铁器喃喃自语道。半夜里，弟弟啼哭时，母亲便借机哭泣，成熟的和稚嫩的哭声纠缠在一起。父亲对纠缠的哭声束手无策，他在母亲面前低着头，像是被迫着说出不属于自己的心声：“走吧，走吧，离开这里。”

祖母离开后，祖父延长了每天打铁的时间，他的方形面孔，棱角分明，没有表情，他曾经宠溺的严峻的表情也不存在了。看上去，祖父原本想要得到更多却失去了祖母，也许是失去了全部。对祖父而言，不停地劳作是对自身贪婪的一种惩罚。当铁饼街安睡下来时，风箱的声音、铁锤的声音便格外响亮，而这并不是单纯的那些器物的心声。

失去祖母，任爱华失去了夜晚可以依偎的人，因此贴近了母亲。她那时并不懂得人与人之间贴心才是最重要的，而贴近母亲的她才真正地面对母亲。她一边想念着祖母，一边担心母亲的烦躁会传染给她。而独自面对她和弟弟，母亲却舒展了眉头，放下弟弟就会抱起她。母亲的手掌纤细而柔软，掠过她的碎发、脸颊，握住她的手，大手握住小手。母亲微微跷起小拇指，一只手是另一只手的翻版，母亲熟悉她就像熟悉自己。

任爱华在那段时光中在黑夜里睁大眼睛，从而认清黑夜的另一面，黑夜的另一面是善意的帷幕！

任爱华主动陪伴母亲，站在大灶边烹烧一日三餐。先在文水河边用箩筐淘净米。淘米时，会惊动水底成群的鱼儿。在水面之下，通体泛黑或者泛灰的小鱼儿不断地散开、相聚，四处游弋。

淘净的粳米兑了水，在铁锅里粒粒珍贵。灶塘里燃起任爱华捡拾的柴火，母亲用枯树叶引火，而任爱华捡出玉兰树叶，祖母曾告诉她，这种叶面油亮的树叶遇见火会燃出呛人的浓烟，祖母说过，有些树叶，天生就很倔强，即使化成灰，也让人不得安生。有时，母亲在文水河边淘洗衣物，常常任由衣物随着流水漂游，而母亲的目光跳出了河岸，被遗忘在河里的棒槌像伸直身体的一条鱼。任爱华模仿祖母，拎起棒槌捶打衣物，而她从不会让衣物脱离水踏之外的范围，水踏桩下妖娆的水草很快放弃了对她的引诱。任爱华心里明白，她胜于母亲掌握了做家务的诀窍，是源于祖母。而被大家称为“上海女人”的母亲做这些事情，从来没有深入事物本身。

偶尔，母亲要求她写好学校布置的作业，叮嘱她和铁饼街上的伙伴玩耍时，不能跑得太远而听不到家长的呼唤。有时，弟弟又喊又叫地冲破母亲的束缚，模仿她在铁饼街上跳格子、拍画片、丢沙包，而这些是短暂的快乐的时光、奢侈的时光。

任爱华9岁那年夏天，接连多日的暴雨打消了酷暑的积极性，天气出奇地凉爽。白天，母亲去农田里劳作，头上戴着草帽。她没有将头发缩起来，鼓鼓囊囊地塞在草帽里，而是编起来，依然系上一条黄色的手帕，像一朵花一样。母亲握着锄头的手，小拇指任性地跷成兰花指。

夜里，在昏暗的灯光下，母亲接连几日为任爱华和弟弟裁剪新衣服，一件铁锈红色的属于她，一件草绿色的属于弟弟。母亲向蹩脚的裁剪手艺宣战，她的耐心为她助力。母亲使用父亲打制的剪刀裁剪布料。剪刀不似裁缝张的专用剪刀，母亲却超常发挥运用自如。母亲像是要赶在时间的前面做完这个家里所有的事情，而时间在夜色之上。

母亲嘱咐任爱华：“记住啊，这是妈妈亲手缝制的。”任爱华隐隐觉察母亲话里有话，她感觉到有些惊慌正等待着，伺机侵入她的生活，而她正从祖母离去的阴影中走出来，走近母亲。但她宁愿只停留在语言表面，她坐在床角陪伴母亲，直等到母亲睡下才会闭上眼睛。母亲怀里是酣睡的弟弟，她紧靠着母亲的后背，手心里攥紧母亲的一绺头发。直到有一天，她醒来时，手心里只留有空空的寂静，母亲赶制的新衣服叠好了放在枕边，柔软簇新的布料里安放着母亲的愧疚和她的慌张。弟弟仍在酣睡，而她和弟弟紧紧依偎的母亲，却不在身边。

任爱华怨恨自己陷入睡眠无法抽身，睡眠是与生俱来的，而她与睡眠的抗争，都是以失败告终。眼睁睁地看着自己被那团阴影覆盖，整个身体的每个汗毛孔都在紧张地呼吸，拼命地挣扎却动弹不得，醒来时她清醒地意识到逃脱了梦境，而恐惧残留了下来，她熟悉这恐惧，来自孤单。当时，她并未逃脱。她被牢牢控制在惊慌之中，是母亲的离去留下来的。

母亲是在凌晨时分走出家门的，相送的父亲拎包走在前面，尼龙网兜里有母亲下乡时携带的黄书包。母亲跟在父亲身后，一只镀锌手电筒投射出微弱的光芒，田野里的蛙鸣时断时续。

母亲和父亲相识时，也有夜的帷幕做见证者。当时，母亲从上海探亲回乡，下了车，独自走在通往乡下的田间小路上，而外出打铁的父亲挑着一副打铁担子，赶回铁饼街。母亲离开时，再次借助夜色的掩护。

铁匠铺里，时钝时脆的锤打声，夹杂着祖父的谩骂，渐渐拧成无法遏止的硬度。

祖父逼迫父亲马上追回母亲，父亲却带给祖父更大的打击，父亲在安慰自己也是告慰祖父，他瓮声瓮气地说："走吧，走吧，都离开吧。下乡知青都回城了，我们离了婚，我的心还是不离开！"父亲没有抡起铁锤，而是边说边摆弄着手里的镀锌手电筒，手电筒曾照亮母亲脚下的路。父亲以胜利者的姿态揿亮手电筒，在光线窘促的铁匠铺里划出了耀眼的亮光。父亲瘦削的脸上露出欣慰的笑容，他当时认为与母亲只是暂时分别，却从未想到将为再次与自己的女人团聚而付出一生。父亲耐心哄劝啼哭的弟弟说："别哭了，你很快就会在大上海见到妈妈。"祖父独自抡着铁锤，有些火星落在祖父裸露的胳臂上。祖父没有停下铁锤，即使胳臂上烫出的红点探头探脑地灼破皮肤，疼痛使他咬紧牙关。铁砧上的长铁条由红渐暗，祖父将铁条伸到炉火里，怒声说：“你就做梦吧，做梦吧。”祖父咬紧嘴唇，强忍住内心的怒火。祖母离开后，祖父掌握了咬紧牙关强压怒火的方法，他的腮帮上因此平添了褶皱。

在锻打声中，父亲来回晃动着手电筒，像是以行动支持母亲离开来打击祖父，他说：“你太霸道了，从你逼着我做铁匠那刻起，我就想离开了，我不想一辈子打铁，我妈走了，我更想离开了。”父亲任向东用一句话撕开了一道血口，能够看见铁匠铺里所包含的流逝的岁月，以及生活的疼痛。“打铁怎么了？”祖父停下手中的铁锤，怒喝道，“你打好了铁，就什么都看得明白了。”

2

离开铁匠铺时，任爱华注意到铁饼街上有零星商家开门营业，一户是剃头匠，一户是裁缝张，茶室刘的木板门面卸下了一半，板面上积满油黑的垢痕，栖息着几只东张西望的麻雀。任爱华经过时，麻雀坦然自若地凝视着她。任爱华没有像往日那样停下来打招呼，而是径自走出铁饼街。

来到大街上，任爱华站在一棵枝干粗壮的樟树下，她看着公路上来来往往的汽车深深吸了一口气，慢慢掏出手机，再次拨打了那个令她不安的号码。她的腔调不紧不慢，这是她一贯的腔调，她说：“请问这是哪里的公用电话？”“你找谁啊？这里是城关街报亭啊！”任爱华没有听到那个压迫性的声音，而电话里的确切地址又令她感到意外，她和这个电话机的距离如此之近，而那些记忆她原本以为因为遥远已消失了。她望向城关街的方向，继续向前挪步，她迈步的姿势像是她的每一步都带有风险。

多年来，城关街与铁饼街近5000米的距离并没有变化，但两地之间已没有需要穿越的田野，那些种植庄稼的田地已被掩埋，一条宽阔的公路贯穿于两地之间，公路旁高矮不一的建筑时刻展示着人间烟火，有些东西被埋在柏油和水泥之下，存在着，并未失去。

城关街上，最突出的高层建筑是30层的城关大厦，与之呼应的是经过改造的29层的国际大厦。大厦掩蔽了城关街上有历史的街景：有历史的县衙、茶楼、药铺、人民电影院、人民医院。大厦门前有个小型广场，街道两旁是高大的法国梧桐树，据说是新中国成立时栽种的，现在，这些梧桐树成为有历史的树木，年轮长过城关大厦的房龄。冬季，树叶落尽了。一排排整齐的树干依然坚守，树干上布满了眼睛似的结疤，酷似沉默着洞悉一切的眼睛。

沿着街道向前，每接近城关街一步，任爱华便感到胸闷到快要窒息，她无法确定自己还有多少勇气，使自己昂然面对无法预知的局面。她熟悉城关街，却和每部公用电话机并不相识，她也无法确定，城关街上，哪一扇房门或者窗户必须打开。走着走着，任爱华的脚步渐渐慢下来，停滞住，她忽然怀疑起来，怀疑自己的勇气。她显然不是去寻找那部电话机，这么多年过去了，她该带着足够的勇气去惩罚一种罪。街道上人来人往，任爱华环顾四周，陌生的人脸、一闪而过的眼神都令她感到有种压迫感。她慢慢转过身，一步步远离了城关街。她一边走一边把手里空空的保温饭盒抱在怀里，两只胳膊收紧了，抱紧了自己。

回去的路上，任爱华不断地回首张望，每辆车、每个行人，都不断地超越她。到达自家住处小区大门边时，任爱华再次回首，她的身后空荡荡的，黑色的柏油路面上画着有规则的黄色的线条，而迎面走来一个年轻的女孩子，正走出小区大门，身穿制服的小区保安站在门厅下，表情肃穆。任爱华松开了相握的双手，长舒了一口气。

任爱华一家三口的居所，有一间局促的客厅连接着餐厅，落地拉门，纱帘是温暖的淡黄色，绣满了深黄色的花朵，南北通透，壁挂式电视机挂在电视墙上，电视机背景墙壁纸是有着富贵福禄寓意的牡丹图，色调仍然是温暖的黄色，蔓延着暖意，而在房间四处摆放着她的“铁画”。虽是小居室，但这是一套学区房，他们搬离铁饼街就是为了住在儿子何辰锋的学校附近，学校距离小区直线距离 500 米，租住这套住房花光了他们所有的积蓄，而这些积蓄多数是何连钢早些年在铁饼街打铁的收入。

墙、家具构成的沉默的空间亲切地接纳着任爱华。任爱华拉上窗帘，隐身在窗帘后，向窗外张望。小区大门，不断地有人进进出出，她没有办法认出这些人的真实面目，也没有办法识破他们所拥有的善意或者恶意。离开窗户后，任爱华倒了一杯水，只喝了一口，便丢下茶杯再次站在窗边，隐身于窗帘后。她打量那些进入小区的陌生人，明知隐身了但仍然感到不安。她惊讶地发现，这些朝夕相处的邻居多数素不相识，而生活从不告知她，这些生活在周围的人，谁是她生活的旁观者，谁是她生活的侵犯者。

晚饭桌上，清蒸鳊鱼、香菇青菜、醋熘马铃薯，荤素相间的几样菜都像是爱上了盐而走了味。“这是怎么搞的？怎么这么咸？”何连钢问。任爱华同样怀疑自己的厨艺，但有些心不在焉。“我就是像往常一样烧的呀！”她说，又嘱咐儿子何辰锋说，“鱼是给你增加营养的，你多吃点。”任爱华像是告诫自己不能露出什么破绽，而她也不能确定自己在掩藏什么。她起身打开了电视机，电视机屏幕不断地变换着色彩，没有人关心正在播放的内容，一家人习惯了在饭桌上与色彩缤纷的电视节目相伴，而在其他时间，电视机屏幕是黑色的，有关现实或者历史的生活被围困其中。家里有高考生，一家人都在遵循一种不成文的时间。“盐放多了。”任爱华说着又连吃几口菜，就着米饭咽了下去，她像是以此堵住自己的嘴巴似的，接着便沉默了。“你今天好像很疲倦。”何连钢问，任爱华摇摇头注视着电视屏幕，科技频道正在播放一档科普节目，电视画面中，胎儿在母亲的子宫里，不是安静的，是游动的，有冲击力的生命。任爱华忽然捂着嘴，奔进洗手间。

深夜，任爱华在鼾声中睁开眼睛。家，横陈在她的眼前，朦胧的模糊的影子，是月光赐予的。电视机屏幕在月光下黑幽幽的，此刻，电视机不是那些节目的舞台，它只是一个有外壳的电器。晚饭时，她瞟了一眼电视节目，画面中，胎儿在子宫里游动着，人的生命在人世间的最初，仍然触动着她。她想起自己生产时，整个身体被剥离般的疼痛的感觉滞留在身体里，像是一把隐形的剑。现在，她在黑夜里，认清了像剑一样存在的恐惧，带有不可估量的杀伤力，她认清楚了。

任爱华裹紧了棉被，被簇拥的温暖包围了她，渐渐令她窒息。她又猛地起身掀开棉被，坐在床上，直到微弱的晨光挤过窗帘，她摸索着下了床，悄悄来到厨房。

厨房里，菜刀、锅铲、铁锅……所有的金属厨具都令任爱华内心发慌，她明明抓住了铁制锅铲，锅铲却沿着锅沿弹跳了几下，又顺着锅台滑到地面，夹杂着清脆的碰撞声。铁铲似乎以实际行动辩争：她的慌乱，不是铁制品本身的错。显然，抛扔锅铲的动作并没有舒缓她的情绪，此刻，与夜色相伴的恐惧是独属于她的。铁与铁的碎语像使任爱华受到了更大的惊吓似的，她关闭了煤气灶，在火苗熄灭的瞬间双手抱紧了双肩，抬眼扫见案板上铮亮的刀具的刀锋，一种割裂的疼痛感似乎贯穿而至。任爱华的整个身体突然间变得无比沉重似的，下坠、下坠。冰凉的瓷砖地板接纳了她，并无暖意。

任爱华已经被恐惧侵袭身心了，但没有人知道。

厨房的塑钢玻璃门关闭着，磨砂玻璃上攀附着一层水汽，加重了这道模糊的屏障。厨房门外，一张简单的木制餐桌盘踞于此。与餐厅紧邻的是 12 平方米的主卧，紧贴拉门橱柜摆放的板床上，何连钢仍在酣睡，房门关闭着，他的鼾声顽强地挤出门缝，时断时续。另一间房间是他们的儿子何辰锋的，房间里是典型的校舍布局，床、书桌、书橱……相互攀比似的拥挤在局促的空间里。何辰锋对学习的热情超越了一切，而他的学习态度总是让人充满了希望。何辰锋习惯将自己关在房间里，这样做像是表明他是个苦读的学生，不会辜负时间，也不会抹杀自己的身份。对于一家人来说，今年的高考日是个重要的日子，甚至超过了有些节日的意义。任爱华耷拉着头，双眼紧闭，双手抱紧双肩，像是抵御外部的侵扰，像是无形的力量纠缠不清。时间接近 7 点，是何辰峰的早饭时间，她伸手攀着橱柜，挪着身体脱离冰凉的地板。

何连钢起床后，见任爱华坐在餐桌边，像是从虚无缥缈的玄想中漫游回来，而忘记了现实与她的关联。她说："一切都变了啊，说变就变了。""什么变了？你说什么变了？"何连钢追问任爱华，"你哪里不舒服？"任爱华微微摇摇头，环顾四周，最后，目光定定地落向何连钢。她注视着他凌乱的头发说："我没有什么事的。”她像是羞于让亲人看到自己的窘态，摇摇头，脸上的表情难以琢磨，嘴唇翕动着，既像是有难言之隐，又像是无所畏惧。只有她清楚她无法述说自己的恐惧。世上最亲近的人在她身边，她却无法倾诉她的恐惧，这也是一种无法描述的恐惧。近些年，她的皮肤松弛了，眼睛有老花的征兆……身体处处流露出苍老的迹象，那瞬间降临的刺痛，她感到她的恐惧并未变得苍老，而是始终蛰伏在她体内，这个惊人的发现同样令她恐惧。她起身走到床边抓紧了被角，说：“我不是身体不舒服，我是还没睡醒，被噩梦缠了身。”她摇摇头，像是彻底摆脱了噩梦，说着，“我睡一会儿，你去喊儿子，你们去吃早饭吧。”

早饭不在饭桌上，馒头，还有稀饭、特意为儿子准备的水煮鸡蛋、牛奶，都在厨房乳白色的大理石案板上，白米稀饭还在铁锅里，铁制锅铲唐突地横陈在瓷砖地板上。何连钢并没有细想，尽管一些细节都透露出蹊跷的信息。他弯腰捡起锅铲，这把他亲手打制的锅铲，铲尖铮亮，显示了一件铁器的优良品质。他摩擦了下铲尖，像是得到了慰藉。“只有我才能打造出这么好的锅铲。”他对儿子说，但没有得到回应。嘴里背着英语单词的何辰锋留给父亲一个背影，端着早餐走进房间里。何连钢咬了一口馒头，接着便加快了吞咽的频率。喝稀饭时，他像是浑身的精力找到了发泄的渠道，喉咙发出呼啦呼啦的声响。何连钢走出家门时，床上的任爱华闭着眼睛，像熟睡似的。饭桌上横躺着留有残渍的碗筷，这个微不足道的日常场景，没有人拾掇刷洗，呈现了凌乱和迷失的状态却具有代表性。

3

铁饼街的蜿蜒并不是从它诞生起便存在的，而是由一个点起始，随着街道旁房屋的出现而逐渐延伸形成蜿蜒之势。而在这蜿蜒的表象下，有更深层的表白，是一种属于历史的告白，从未被铁饼街上居住的人们忽视。

早些年，所有沿着文水河到来的村民，都会上岸光顾铁饼街。

街东的街井、竹器店、弹棉花的、中药铺、李馄饨的馄饨铺、供销社、墙上贴满奖状的模范家庭、1997 年的文明富裕户，门外 20 世纪 70 年代花 200 元购买的永久牌自行车使用至今……铁饼街的历史留在这里，而这些也成为铁饼街的历史的一部分，具有野性和蓬勃的生命力。

任记铁匠铺，一间临街的门面，墙壁有一部分是水泥，还有一部分露出红砖。红砖曾被白石灰遮盖过，因而显出斑驳。天花板是灰蒙蒙的，辨不清本来面目。

屋子里的摆设乍看上去很凌乱，但它有属于它的秩序，只有何连钢清楚，这是属于他的世界，他在这里度过的时光，少了任何一部分他都会认为这一天是虚度的。他穿着简单的外套，在外套上套上翻毛皮革围裙。房间里光线暗淡，但他分得清，哪里是工具，哪里是半成品、成品。一部分成品摆在门外的案板上。案板是一块白茬木板，早已失去了本来面目。刀、剪刀、钩子、耙子……落了灰。他摆放这些成品时，铁饼街依然冷冷清清的，目前，这种冷清会贯穿一天的生活。何连钢注视着墙壁上的一只蚂蚁，蚂蚁爬着爬着陷入蜘蛛网，不甘命运的蚂蚁绝望地挣扎。

铁饼街上的铁匠铺曾有十几家，街东黄家曾祖父擅长刀剑铸造，街西王家父子打造的菜刀和剪刀最为畅销，任铁匠擅长打造镰刀、柴刀、斧头、锄头等农具。在当年比艺大赛中胜出的吴铁匠，技艺精湛，曾为抗日游击队做过匣子枪。现在，铁饼街上，只有任记铁匠铺仍然坚持存在着，肩负某种存在的责任。

何连钢怀念着曾经的同行，他始终认为放弃打铁并不是不热爱打铁，他们不过是找到了新生活。尽管在同行们看来，坚持打铁的何连钢是真正的铁匠。

生意寡淡，何连钢和任爱华一直没有下定决心关闭铁匠铺。他们的生活围绕着铁匠铺，锻打铁件是他们生活的一部分，在尚未改变或突破之前，他们依照着习惯生活着。

开门营业，何连钢没有点燃炉火，而是坐在炉门前，望着门外。鲜有人经过的铁饼街，有自由自在的风穿过，有不被打破的宁静。街上原有的居民多数已搬离，留下老房子，那是他们曾经的家。忙碌并不属于这里是合理的，不放弃彼此同样是合理的。在空守中度过光阴，并非一种煎熬。

何连钢坐在这里，看上去像是守护着一条街，又像是守护自己。

搬离铁饼街后，任爱华坚持给何连钢送午饭。她这样做是心疼他，尽管一段时间以来铁匠铺生意萧条，他有充裕的时间关上门走回家去，但他们夫妻默契而固执地保留这种形式。这天临近中午，任爱华仍没有出现。何连钢有些隐隐的不安。他向门外张望时，看见有人站在门外的货摊前。何连钢并没有上前打招呼，他从不主动揽客，也不屑于献殷勤，他有属于打铁人的尊严，而他认为他打制的每一样铁制品都是尊贵的。

“这把菜刀多少钱？”门外传来询问，何连钢这才起身走到门外，站在摊位前。他只盯着这位顾客的手，一只手指粗短、手掌厚实的、皮肤黝黑的手。顾客掂着这把菜刀，又掂掂另一把，何连钢矜持地等待着，他自信产自“任记铁匠铺”的每一件制品都禁得起检验！只是对这个人挑剔的态度感到厌恶，他认为这种挑剔含有某种亵渎。他说：“铁刀要用磨刀石磨的，估计你不懂这个，怕就用不好了。”那只手，停滞住，像是受到冒犯似的撇下菜刀。

顾客空手离开后，何连钢望了一眼铁饼街的巷子口。巷子口没有行人，而那里像是空荡荡的开端，沿着铁饼街直到深处。退回铺子里，何连钢在屋里转了一圈，手上掂起了小锤，掂了两下又放下了。他整理了墙角案台上任爱华的“铁画”，把每一幅都擦净灰尘，又摆回去。最后，何连钢拿起搁在高处的手机。任爱华在电话里说：“今天我不想去送午饭了。”任爱华的决定让何连钢意外，而她话音里的颓废，何连钢能够感觉得到。任爱华电话里的声音有气无力的，一种掠过心底的不安，给何连钢带来了冲击。任爱华这么轻易改变了两人沿袭的习惯，这让他疑虑重重。何连钢对着电话嚷道：“你等着啊，我马上回家。”

铁饼街上空荡荡的。这使得何连钢无论从哪个方向走，都像是逆道而行。何连钢很不习惯这个时间没有守在铁匠铺。何连钢的上衣大了一号，穿在身上空荡荡的，走起路来甩着的两只手既有果敢的意味，又像是在不断地拒绝。走出铁饼街，何连钢更有些无所适从，像是在错误的时间出现在错误的地点。这个时间他出现在铁匠铺之外的街道上，让他觉得浑身不自在，觉得街道上处处流露出审视的目光。他心里清楚并没有人会关注一个毫无名望的铁匠，他仍在想象中目光的煎熬中加快了脚步。

在街巷口，何连钢回首，铁饼街的那些建筑，低矮的，毫无规则地注视着他，坐落在铁匠铺后的家并没有离开铁饼街。先前是两间房，又沿着两间房加盖的，虽然占去了一半巷道，但铁饼街上家家户户都是这样扩张的，大家心甘情愿让巷道成了窄巷，而他们的家像是陷入了窄巷的圈，多数人家也是如此。房子多了，不仅道路，各种线路也向空中、地下发展。有线电视、电话、照明、宽带的线路在墙壁上延伸，而供水、供气、排污的管道在路面之下，它们并不对立，而是绑定了大家的生活。

铁匠铺屋后的院门已由柴门更换成铁门，大门上的铁皮还是他和任爱华结婚时焊制的，当初的院子堵满了杂物，成了摆设。而院门始终通向家门，他们曾经的家门。

任爱华躺在床上，像是从未改变姿势，又像是在说，她无法离开身下的板床。这使得她一改利落的形象。这令何连钢觉得有些改变几乎就在朝夕之间。“该怎么办呢？是哪里不舒服吗？”何连钢问，他习惯了任爱华安排一切，安排一家的生活。此刻，任爱华却像卸任了似的，厨房里冷冷清清的，她没有安排他去做什么，而是挣扎着坐了起来，两只手撑在床沿边，手背上青筋凸起。何连钢伸手搀扶她，她摆摆手拒绝了，她像是和一种无形的力量抗争，脸涨得通红，虚弱地保持着这种别扭的坐姿。何连钢伸着双手，随时预备着助力妻子，他的力气并没有派上用场，任爱华站了起来，有种无形的力量像是绷直的缰绳，断裂了。

“走吧，走吧，我们去打铁，一打铁，我就提起精气神了。”任爱华眼神涣散，说着挪动脚步，似乎那些崩断的阻挠的力量纠缠了她的双腿，她再次跌坐在床沿上。任爱华低头注视着双腿，蹙紧了眉头，陷入了自身的困惑之中，她仰脸对何连钢无奈地笑笑说：“就是浑身没有力气。”说着向何连钢伸出了双手说，“连钢，我不想一个人在家，我想听到你打铁的声音。”任爱华的话音轻轻的，似乎担心惊动什么。

何连钢眉心舒展开来，说道：“你忘了，我们还没有吃午饭呢！再说，也没什么生意。”但任爱华像是一分钟都不能等待，她说：“先去铁匠铺吧，我等不及了，我不能躲。”她焦灼的神态，像是深藏隐情，而她想听到的打铁的声音是她的救星。“你在躲什么？”何连钢疑惑地问。“没有，我没什么好躲的。”任爱华说着，挪动了脚步！

铁匠铺门外，撒满冬日的暖阳下，街道两边空置的房屋关闭的房门、关闭的玻璃窗、台阶上的苔藓都不会使他们感到困窘，他们和它们和谐地相处已久，已滋生了难以言说的亲切之感。

点火后，室内有了热度，渐渐暖和起来，何连钢手脚伸展开，预备打制一把菜刀。任爱华坐在门外，坐在冬日的暖阳下，注视着何连钢的一举一动，她眼神中有种急迫。叮咚叮咚的打铁声传起时，带着上升的感召力。任爱华挺直了身子，她站起身，上半身前倾，像是要冲破一种无形的阻挠，叮咚叮咚的打铁声带着一种冲击力，任爱华起身站到铁砧旁。“让我来！”她说。何连钢停下手中的铁锤，铁的颜色渐渐变暗红了，他钳起铁块再次放在炉火上，火焰和铁料彼此传递着热量。“你坐到一边去，我怎么会让你打铁呢？”何连钢说。多年前，何连钢跟随祖父当学徒时，他就对她说过这句话，这句话就像是他的誓言一样。

何连钢钳起通红的铁块，放在铁砧上，一手握着铁锤，叮咚叮咚，锤了两下，翻面，又锤了两下。“你哪里不对劲？你要跟我说，你不说出来肯定不行的。我怎么能让你打铁呢？”何连钢说出的首句和末句，听上去随意却又像富有深意。

“我想要试试我的力气！”任爱华说，我想我是有胆量和力气的。铁锤的击打声敲碎了她的话音。

何连钢将铁件伸到水桶里，铁件与水相遇的瞬间发出刺啦刺啦的声音，水面上冒出一圈水雾。

“我总要做些什么。”任爱华喃喃地着，不再坚持。

打制的菜刀已显出所向披靡的雏形，何连钢对任爱华说：“你把力气攒着，不要用在打铁上。”“不用在打铁上的力气还叫力气吗？”任爱华反驳说。她拿起一把铁锤趁何连钢再次加热铁件时，一下一下在铁砧上敲击着，越来越用力，冷铁和冷铁的撞击声，清脆而尖厉，动静也越来越大，没有规律。何连钢丢下手中的活计，夺下任爱华手中的铁锤说：“你不是浑身乏力吗？这么用力干什么？”他从身后搂抱住她。铁锤坠落下去，任爱华整个身体瘫软在何连钢的怀里。

“你这是怎么了？”何连钢问。

任爱华像是耗尽了身体所有的力气，她摇摇头说：“我没怎么。我只是想，我们还要多出几样产品。”她眼睛里闪现出另一种光芒，她说，“我想好了，铁匠铺在这，我们还要打制各种刀具，还有匕首，可以带在身上的。”“匕首？”何连钢说，“谁随身带那个东西？像是有很多仇恨似的。再说，匕首属于管制刀具，可不敢惹事！”任爱华咬紧了嘴唇，脸上凝聚着黯然的、受挫的神色，这对于何连钢既是一种冒犯又是一种打击。他说：“你像是有心事，你心里有什么就说出来，有事情大家一起解决。”他对任爱华说这些话时，把一切都摆在一边。何连钢扶着任爱华挪到门边的椅子上坐下来，是一把铁艺折叠椅，缠着五颜六色的布条，布条是任爱华借纺织厂工作的便利积攒的。铁匠铺里都是暗沉的颜色，只有这把椅子是一抹亮色，放在房间最敞亮的门边上，这是他特意为任爱华打制的，她坐在椅子上的模样让人心安，她除了忙家务事，空闲的时间也都坐在这把椅子上琢磨她的“铁画”，像是不会辜负他的深情似的。现在，她坐在椅子上，咬着嘴唇，沉默不语。

生意好的时候，任爱华坐在椅子上出售何连钢打制的产品，并专研她的“铁画”。何连钢习惯了这种形式，习惯他们的生活落在这种形式之中，平静之中。如今，尽管鲜有顾客光临，他们的铁匠铺仍坚持着，显出了一种没有边缘的固执。

任爱华不开口，何连钢便不再追问，但显然没有理由放弃，他习惯地用沉默表明自己的态度，却用另一种形式表达执着，任爱华掩藏的一种难以言说的情绪或者说秘密显然已成为他的情绪，他举着铁锤锻打铁件，同时锻打着、击碎着。间歇时，他抬起头对门边的任爱华说：“你坐在这椅子上的样子真好看。”他大着嗓门，话音带着分量，掠过铁饼街上令人沮丧的冷清。何连钢说的话，像是由衷的告白。

炉火渐渐变微弱了，何连钢添了一铲煤炭，火苗蹿起来后，任爱华再次挺直了身子，她向前倾，像是在和一种无形的力量抗争，何连钢瞥见她的脸渐渐红了。这么多年了，她每次脸红，额头上都会冒汗，脸上就是又期待又害羞的表情，何连钢在铁砧上一下一下敲着铁块，用力匀称。淬火时，他对任爱华说：“换个心情吧！今天你做个什么呢？”他们家里摆放了很多“铁画”，儿子何辰锋说每一件都是艺术品，但何连钢认为，这是他和任爱华的某种生活内容的写照，而并非升华。

“你做一把匕首吧！”任爱华忽然说道，她加重了语气，说得恶狠狠的，何连钢睁大了眼睛，语气诧异，他说：“你怎么还没有放下这个念头？那个东西太有杀气了，你去敲‘铁画’吧，这次敲个骆驼吧！”“你做一把匕首吧。”任爱华坚持说。何连钢看到任爱华的眼睛里有一种坚定的、央求的光芒，而她脸上的红晕无声地铺满她的面颊。何连钢走到砂轮机旁，机器的声音替代了他的话语，他一贯是这样，以劳作替代无法应对的难题。任爱华不再坚持，她摸了一把铁锤，挪到铁砧旁，双手举着铁锤，她的铁锈红色的羽绒服，套了深蓝色的袖套，而红色无法完全遮掩，她的脸庞在炉火的映照下，显出一种无法复制的独特的气色。

这是今天第三次出现与当年雷同的情景了。当初何连钢在铁匠铺当学徒时，任爱华不敲锤了，但她似乎不情愿离开，对何连钢还有些抵触，她坚持守在铁匠铺里，她身体前倾，充满仇恨的样子。何连钢熟悉她的这种神情，这么多年了，他很诧异，这种神情竟然顽强地存在着，再次出现，像是瞬间在他眼前复活了，带有悲伤、仇恨、屈辱的神情，这使得任爱华像从未改变过。但她明明改变了很多，那些完全可以成为记忆的，却出现了，并没有令人感到愉悦而是不安。

“爱华，你到底是怎么了？是因为咱爸？咱爸走了那么多天了，你这是怎么了？”何连钢问。

“我就是要一把匕首！消灭该消灭的，保护该保护的。”任爱华坚持说。这一次，何连钢看到她当年的神态里的无所畏惧。“你是不是有什么事瞒着我？”他问，“到底什么该消灭？什么该保护？”“没有，你不愿做就算了！”任爱华像是经不起追问，立刻改口说。但任爱华并未改变主意，她只是不愿让何连钢加深疑惑。

第二章

糖

1

即使铁饼街被寂寞所淹没，青石板路延伸着，鲜有脚步落下，何连钢的早晨依然沿袭着惯性。

拉开卷匝门后，开门营业，何连钢先把成品摆在门外，在摊位前稍站一会儿，张望远处。馄饨李、药铺张、篾匠罗的门面留在这里，店门却关闭着。馄饨李和药铺张拓宽了经营区域，但新的门店在新城区，而没有扩张新门店的任记铁匠铺，处处都显出甘于寂寞的固执。接着，何连钢点燃了炉火，炉火亮起的瞬间，他的身体便兴奋起来，胳膊上仿佛流过一股带有欢呼的有力的暗流。

任爱华出现在门外，胳膊上挎着无纺布袋，鼓鼓囊囊的，一棵碧绿的芹菜昂首袋口。何连钢问："这时候你怎么来了？"任爱华说："就是想过来，既然点了火，就打制一把匕首吧。"何连钢皱起眉头说："你昨天就这样，这是怎么了？真是怪怪的呀！"关于匕首像是一种对彼此的试探，有关伤害或者保护。"也许新品种会好卖。"任爱华说着，弯腰拿起一把铁锤，敲击着一个小小的铁块，铁匠铺里随处可见的铁块，在任何一个角落都不会独自发出声响。铁块上落下一些锈红色的铁锈。"就是新品种，也不能是匕首呀，这是受管制的。"何连钢还想接着说什么，任爱华扔下铁锤，拎起无纺布袋跨出了铁匠铺。她站在台阶上，说："你就当我的建议是个玩笑！"她像是担心何连钢再说什么，又像是担心她的内心想法会泄露出来。"你怎么让人觉得捉摸不定？这是怎么了？"何连钢对着门外问，他有些担心，任爱华这两天所说的话，所做的事都不对劲，但他又不确定哪里出了问题。

何连钢望着任爱华的背影，有些出神。任爱华穿着褪色的红色棉外套，她的背影看上去有些单薄。

巷子口，最近搬回铁饼街的缝纫张手里举着一块布料喊：“爱华，看看这块布料！”是一块红色的布料，像是迎风飘扬的红旗，但任爱华并没有停下脚步，任爱华在何连钢的注视下越走越远，他看到她拐向城关街的方向。何连钢站在铁砧旁，决定接着打制菜刀。炉膛里的煤块渐渐红到透亮，铁件在炉火的烘烤下渐渐发红，他注视着红铁，却迟迟未钳起、下锤。

离开铁匠铺，任爱华才意识到，城关街才是她要前往的目的地，她去铁饼街带着逃避的属性，她想她不应该逃避，也不能对何连钢说什么，而在前往城关街之前，她还要准备些什么。她挎着买好的菜，进入了一家超市，直奔刀具柜组，货架上有种类繁多的家用不锈钢刀具，她最后挑选了一把形状酷似匕首的水果刀，包装说明上介绍说，这是手工锻打的产品。

超市所在地的前身是一片菜地，是时令蔬菜的家园，也曾是任爱华的乐园，她在田间追逐过饱餐后的蜜蜂、寻找蜜源的蜜蜂，羡慕蜜蜂带回花粉。在田埂上采过茅草根，为了一些纯粹的甜，为了满足弟弟对糖的青睐。

贰 烧料

母亲离开后，任爱华和弟弟被迫接受缺少母亲的现实，其实是母爱，他们明白这一点，却无从寻找。

祖父的脾气日渐暴躁，好在多数时间他将内心的积怨发泄在打制铁件上。当他需要父亲配合时，他的怨气便转移过来，祖父会粗着嗓子对父亲喊："你快点，不要像个女人一样管那些烂事。"而父亲正处在琐碎的日常事务之中。

每天起床后，弟弟任建华总是以啼哭的方式迎接新的一天，失去了祖母和母亲的呵护，他的啼哭理直气壮，因为具有代表性。他不断地哭喊："妈妈，妈妈，我要妈妈。"父亲任向东轻声细语地说："不哭了，不哭了。"父亲压低了嗓音，像是在模仿母亲，而他本身就具有一些斯文的特质。父亲皮肤白皙，身材瘦弱，使得他在抡起铁锤时的形象总是带有强迫性，像随时会受制于铁锤。父亲表情愁苦，想不出好办法制止啼哭，便任由弟弟号啕。他对任爱华说："你是姐姐，你不能哭，让你弟弟哭吧，哭出来会好受些。"任爱华是突然间明白的，哭泣是生活赐予的一件礼物，是一种厚爱。而她当时并未接受，也许是无知，也许是莽撞，也许是无所畏惧，也许她认为生活是一场无畏之旅。她走上前，一半模仿祖母，一半学着母亲的样子，长辈们并没有交给任爱华打开生活大门的钥匙，却留下了一些生活的窍门。任爱华将弟弟搂在怀里，轻轻地拍着他的后背，但弟弟强硬地推开她，她的稚嫩的拥抱尴尬地敞开着，再次弯腰拥抱弟弟，这一次，弟弟的啼哭声减弱了，他的泪水浸湿了任爱华的上衣前襟。

冲进房门的祖父，手里拎着铁锤，做出恫吓的凶相，拉扯着父亲，丢下哭泣的弟弟，说道："让他哭吧，他要是能把他们的奶奶哭活了，把他们的妈哭回来，算他的本事！"祖父满是怨愤。而弟弟的哭泣除了以他的疲倦告终，并不能改变什么。

铁匠铺里，挑好的铁料放入炉灶里，父亲用力拉动风箱的手柄，旺盛的炉火映照着祖父，祖父手握长柄铁钳，铁料在炉火间毫无主张地受热。炭火烧红的铁块达到火候后，祖父快速取出，祖父和父亲站在铁砧旁交错落下大锤和小锤，父亲跟着祖父的节奏，祖父操小锤，父亲抡大锤，小锤急大锤就急，小锤慢大锤就慢，父子二人打制的各式铁器在等待和被等待间，被击出的火星溅落下来，有些来不及显出绚烂的样子便暗淡了，而有些火星烫穿了祖父和父亲的裤角和衣袖，落在手臂上的火星会使汗毛竖立起来，留下红色的疤痕。祖父和父亲忙于锻打铁件，只有任爱华注意到那些红色的火星，也只有她独自面对弟弟尖锐的啼哭。

一种介于无助与求助之间的啼哭，一种成长中需要治愈的悲伤。

任爱华用衣袖拭去弟弟脸上的泪水，有些泪水顽固地留在鼻涕上，弟弟伸出舌头舔舐泪水，他对任爱华说："姐姐，我要妈妈，我要妈妈。"声音里有稚嫩而无助的祈求。粗陋的土坯墙、陈旧的房梁、敞开的高脚橱、凌乱的衣服散落在地面上、夯实油亮的泥土，整个家在弟弟的啼哭之中处在神智错乱的边缘。

整个家里，只有糖罐散发着甜蜜的味道。

陶制糖罐放置在突出墙面的简易木板格上，木板下是凿入墙面的铁条，可以化解对悬空的诉求。在高处摆放的糖罐，带着倨傲的诱人姿势。任爱华禁得住诱惑，但她还是打起了糖的主意，为了让弟弟品尝到生活中的甘甜，从而忘记哭泣。

趁着祖父在铁匠铺锻打时，任爱华悄悄站在条凳上，从糖罐里粘了几粒糖。指尖上，白砂糖晶莹透亮，轻轻地点在弟弟的嘴唇上，芝麻粒大的几粒白砂糖，拥有神奇的润甜。弥散的甜蜜瞬间融化了弟弟的苦楚，任爱华从此找到了哄逗弟弟破涕为笑的窍门！任爱华还没有学会识破生活的真相，倒掌握了破解啼哭的诀窍。弟弟的啼哭使她忽略了母亲离去的悲伤，以及她个人的悲伤。

每一粒白砂糖都拥有不可言传的魔力，它以甜为他们化解苦、困窘以及不安。糖罐和白砂糖让他们姐弟俩度过了最初的张皇。

那些白砂糖被盛放在土壤一般颜色的陶罐里，弟弟非常青睐，当陶罐里的白砂糖耗尽时，弟弟抱着陶罐不松手，贪婪地吮吸罐壁上残留的甜蜜的味道。

弟弟对陶罐的依赖激怒了祖父：“你是一个将来要打铁的男人，怎么能这么没出息？这样子哪能吃得了苦？”祖父迁怒陶罐，一个巴掌拍过来，陶罐碎裂了，每一片裂块都似泥土，归于泥土，化为泥土。父亲任向东介于无奈和愠怒之间，他不袒护姐弟俩而是责问他们：“我没让你们吃饱吗？”父亲从未注意到他们姐弟俩渴望甜蜜的味道，任爱华用眼睛索取，任建华不断地用舌尖吮吸，而他们两个无法抵御甜蜜的诱惑源于母亲的离去。作为父亲，任向东没有试图弥补糖罐和白砂糖的消失，而是轻易抹杀了糖罐和白砂糖的功劳，他吩咐任爱华：“把碎裂的罐子扫了扔掉，我们不需要糖罐子。”

家门之外，任爱华从飞舞的蜜蜂身上获得启发，她认为蜂蜜可以替代白砂糖。任爱华在田野间寻找蜂巢，毫不提防蜜蜂的刺，为了蜂蜜她愿意付出被蜜蜂蛰伤的代价。她在树杈间看到了蜂巢，每只蜜蜂都拥有自己的房屋。一个蜜蜂的王国，拥有一只蜂王，它是所有蜜蜂的母亲。她放弃了摘取蜂巢，眼睛里涌出了泪水，而她的眼睛显得清澈动人。

田野里，野梨子、野桑葚、树莓、茅草根纷纷袒露出浓情蜜意，任爱华带着弟弟徜徉其间。植物中无法提炼的糖，并不单纯，而有些草根含有糖的味道，可以弥补弟弟对甜蜜的索求。入秋后，黄豆芽、芝麻、花生……这些夏季作物已经成熟，它们并未挥霍夏季的雨露以及烈日，个个颗粒饱满。任爱华在田埂上徘徊，远处有人在清理杂草，她脚边的田地里倒秧的茄子和辣椒缺失了果实，却踞守在泥土之上，任爱华厌恶它们捍卫泥土的模样，她连着拔起几棵干枯的茄秧，用力摔在田埂上。田野中充满了秋虫的窃窃私语，含有糖分的植物业已枯萎，而万物萧条的冬季即将来临。缺少糖分的季节带给任爱华的苦恼并不是她的，应该是弟弟的苦恼，但她清楚这些苦恼会成为一种痛苦，她也知道痛苦源于哪个位置。

供销社的糖罐子里有五颜六色的水果糖。糖罐子是玻璃的，椭圆的造型，有红色的塑料盖子，而罐身的玻璃带有一层透明的绿，透明的绿色玻璃，像是不会融化的水果糖。五颜六色的水果糖安然放在糖罐里，组成一个夺目的世界。

任爱华总能在供销社找到溜出家门的弟弟。弟弟任建华趴在侧柜的玻璃面上，他伸出舌头吮吸着玻璃，小小的五官由于贴紧着玻璃柜而变了形。任爱华没有像铁饼街上伙伴们的妈妈教训调皮的孩子那样抽打弟弟，也没有赏赐弟弟耳光，也没有责怪弟弟。她模仿弟弟将脸颊贴在玻璃柜上，像是进入弟弟的游戏之中，但她咬紧了舌尖，悄悄对弟弟说：“跟我回家，我有办法买到糖果。”她蹲下身子背起弟弟，弟弟对甜蜜的渴望和她带给弟弟的希望交织着，弟弟伏在她嫩嫩的肩膀上，他们沿着文水河走进院门，铁饼街上一群孩子正在单腿斗鸡，欢快的游戏身影穿过长长的走廊，晃动着。祖父和父亲在专心地打铁，他们从不提防，任爱华会在回收的碎铁块里找到生活的窍门。

废品收购的板车经过铁饼街时，任爱华出售积攒的牙膏皮，看上去牙膏皮只是一个道具，任爱华会躲过祖父的眼睛，出其不意地拿出铁块一同卖给废品回收站的阿姨，珍贵的铁有着昂贵的身价。任爱华出售废品所得，都换成了供销社五颜六色的水果糖！她看着弟弟的舌尖一点点舔食甜蜜的糖，而自己依赖眼睛品尝，从而使甜蜜成为她和弟弟共同拥有的甜蜜。

母亲的离开，让她和弟弟与铁饼街的孩子们拉开了距离，这中间横亘了一种无法弥补的缺失。嘲笑或者同情都令任爱华厌恶，她想要掩藏自己，同时掩藏起悲伤。她照顾弟弟，竭力扮演母亲的角色，弟弟信任依赖她，她不愿意其他人注意到她进入角色，尽管还没有长大，但她懂得如何活得体面，如何假装成熟。早晨她做好了早饭，弟弟便揪着她的衣角，她懊恼自己没有揪住母亲的衣角而让母亲离开了，便任由弟弟揪皱自己的衣角，她将此当成弥补对弟弟的愧疚的一部分。

进入农闲阶段，铁饼街上的铁匠们纷纷挑着担子外出打铁或售卖刀具。父亲表现得迫不及待，仿佛他只为迎接这些外出打铁、售卖刀具的日子。铁饼街上的铁匠，农闲时外出售卖刀具，没有人会去追溯由来，却默契地沿袭着，这仿佛是上天的安排又仿佛是四季的安排，而铁匠们的手艺是生活赐予的赏金。

父亲任向东临行前，祖父揣测出了父亲的意图，他说："你还是去找那个女人？"父亲显得很坦荡，尽管他的外表缺少铁匠的粗犷，性情并不温顺。他反问祖父："不然呢？"祖父绷紧了脸，站在院子里，抬头望天。祖父没有挽留父亲，也没有挽回作为父亲的威严。任爱华听出了父亲外出隐含的玄机，有关母亲，有关期待。

出发的那天早晨，父亲起床穿衣时，任爱华已站在大灶边，脚下垫了矮凳，便于她翻动锅铲，她翻动祖父打制的锅铲，铲尖前飞了铜，亮亮的锅铲翻动着，铁锅里有两个黄灿灿的油煎鸡蛋、白花花的米饭，米粒与菜籽油完美会师时，那些葱花纷纷下落。任爱华心中有一幅完美团聚的图景，父亲能看得懂，他将炒饭端在手上，郑重地对任爱华点点头："爸爸会让妈妈知道，我女儿懂事了，我女儿盼着团圆呢！”

临近腊月二十八，父亲任向东才踏入家门。父亲进门时，煤油灯摇曳着，拉长拉高了他披着雪花的身影。父亲脸上带着无法抑制的喜悦。他把油亮的扁担横在地面上，先是从铁匠担子里拿出了一双棉鞋，白棉布的鞋里白得耀眼，鞋面是黑色的灯芯绒。父亲手擎棉鞋对祖父说：“是她特意买的。”他没有挑明“她”的身份。然后，父亲蹲下身，视线与任爱华姐弟俩相平，他端详着姐弟俩，是带着他本人和另一个人的爱抚，是两个人的想念。他说：“你们俩要好好的！”是在转达一个人的叮嘱。然后，父亲的手伸进上衣口袋里，脸上充满着喜悦，看：“这是什么？”他的掌心里是一袋甜蜜的糖！

更多的惊喜从父亲的口袋里掏了出来，他说：“这是上海大白兔奶糖！”弟弟任建华被欢喜淹没了，他的欢呼声是纯粹而简单的欢乐，任爱华却以认真的口吻，以超出孩子的严肃语气问道：“爸爸，你去看妈妈了？妈妈什么时候回来？”她的问话使喜悦撕去了一层伪装，仿佛世上的喜悦都禁不起推敲，仿佛世上的喜悦都含有不安的预兆。

祖父将棉鞋丢在条凳上，说道：“哼，你等着吧，你爸爸在走钢丝。”“走钢丝是什么？”任爱华接着问。“走钢丝就是马戏团里面的一种绝活。”父亲巧妙地将话题引开，他说：“要是在上海，就能看到马戏团表演，就能看到走钢丝。”父亲伸手摩挲着任建华柔软的头发，他的手带着珍惜的感觉，他说：“会的，你们会有机会的。”

“做梦！”祖父以有力的长叹打断父亲的憧憬。但祖父显然又以叹息做出了某种妥协，他说：“你出去可以，但你不能忘本。”啪的一声，祖父重重地关上了房门，他把那双棉鞋留在堂屋里，孤零零地扔在条凳上。

父亲任向东诡秘地向姐弟俩眨眨眼睛说：“你们的妈妈在上海，我会带你们去上海，这是我们的秘密！”父亲的眼睛闪着光，看上去像是能够看清远方。

“有奶糖就好了。”任建华喊道，几粒大白兔奶糖早以满足了他的梦想，虏获了他的心，简单的心。弟弟还没有长大，还没有认识到他对甜蜜的热爱，这里面还有一种对苦的逃避，并且是受到了一种伤害的逃避。任爱华更明白一些，而新的问题和新的想法她还没有想出来，她只是觉得父亲的允诺遥不可及。而在这之后，他们一直没有观看过马戏团表演以及杂技，而走钢丝成为一种悬念。当来自母亲的爱被冻结后，甜蜜成了一种必不可少的治愈弟弟的苦恼的良方。

寒冷带走了过多的甜蜜，白霜覆盖的大地，浆果枯萎。这个冬季，任爱华常常想象着，将那些透明的有着绿色光晕的玻璃，打磨成绿色的水果糖，这样弟弟就不会啼哭，也不会缺少甜蜜。

正月十八这天，长久的湿雨天气停住脚步，而冬日的阳光带着一种成熟的温暖。父亲突然决定外出，随身的行囊里只有几件换洗衣物，使得他挑着的售卖刀具的挑担像是个借口。父亲嘱咐任爱华：“你是姐姐，这些都交给你了，守着家，守着咱们铁饼街的家！”父亲没有指明“这些”包含什么，洗衣、做饭、照顾弟弟……显然这是一副重担，一种基于性别上的信赖。父亲急匆匆的，无暇顾及任爱华是否能够承受。一切都不是按照计划发展的，父亲说着，手掌按在任爱华的肩膀上。隔着棉衣任爱华感觉到，父亲掌心上的老茧硬硬的，忧心忡忡。她很少与父亲如此亲近，也从未和父亲的手掌亲密接触过，她被手掌的暖意征服了，忘记询问父亲的计划是否有关观看杂技表演，一次出行是不是一次类似于走钢丝般的冒险行为？她接受了父亲的嘱托，假装成熟地点着头，完全没有识破父亲有逃离的预谋，而她成长中的无忧无虑，在那一刻，彻底结束了。

正月后，农忙的序幕即将拉开，铁匠铺里一派忙碌的前奏，铁饼街上各家的铁匠铺里都拉开了架势。父亲仍迟迟未归，铁匠铺的活计祖父是情愿接受的，但他无法接受儿子迟迟不归的局面。直到这时，祖父才意识到，他无法唤回儿子，走出铁饼街的儿子就成了天空中的风筝。儿子的计划完全驶上了另一条道路。

直到有一天，有人在镇外田间的草垛里，发现一副藏匿的挑担，挑担上有火烙的"任记"二字。风箱、水桶、煤炉以及大小不一的铁锤，沉默的挑担道出了另一种真相。祖父得知消息后，拎着铁锤奔到草垛前，他认领了挑担。祖父低着头，在围观者的目光中像是接受一种耻辱，祖父没有领回这副挑担，而是毫不犹豫地举起铁锤，就地敲碎了挑担！祖父很用力，像是在行使一种特权，不仅仅是打破父亲的谎言。

铁锤毫无章法地落在挑担上，木箱、铁炉、风箱……愤怒与失望还没有来得及调整自己的位置，统统归置成一种绝望。"完了，完了，为了一个女人，扔下吃饭的行当，他是彻底完了。"祖父边挥动铁锤，边悲怆地为父亲的行为定了性。

挑担支离破碎，祖父颓然地坐在土地上，坐在一种废墟之上，头低低的。抬起头时，祖父的眼里充满希望的光，他拉过弟弟任建华说："当年我就知道这个逆子指望不上，幸好有你，我就指望你了。"瘦小的弟弟咧开嘴大哭起来，他还是个孩子，拥有啼哭的特权。"你哭什么？"弟弟不合时宜的哭泣令祖父更加沮丧，他说，"从小一看，到老一半，我算是看透了，你也未必指望得上。"祖父将姐弟俩丢在草垛旁，没有叮嘱什么，他拎着铁锤，深一脚浅一脚地走回铁匠铺。当任记铁匠铺里再次传出锻打声时，围观的人都听得出打铁的声音、风箱的声音，毫不迟疑，没有犹豫。

初春时节，冬季之寒尚未远离，在房间里，更强烈的寒冷驻留下来。土坯墙壁、单薄的玻璃无法取暖，任爱华和弟弟抱成一团，他们把棉被裹在身上，而寒冷裹紧了大地，令人无法分辨出真容。

打铁铺里温暖的炉膛吸引着姐弟俩，他们挤在铁匠铺的角落里，而炉膛里的火焰看起来像是以无限的暖意拥抱着他们。祖父一只手举锤，一只手钳着铁件，缺少父亲的合作，祖父一个人使出两个人的力气，他对父亲的出走的怨恨毫不掩饰。祖父的脸红红的，是无法消解的愤恨。祖父像是在姐弟俩的身上看到父亲的影子，他冲着两个孩子咆哮着："出去，不要在这碍手碍脚，不干活，从老到小都让我不痛快。"父亲的背离挑战了祖父的尊严，没有使他心肠更软而是更麻木，他完全忽略了寒冷以及需要取暖的心，他的谩骂让两个孩子伤透了心。而在祖父看来，这些都是次要的。

任爱华拉着弟弟跨过铁匠铺的门槛。祖父的追问仍像一把带着冲击力的铁锤紧跟上来："你说，是不是你姐姐偷拿了我的铁？是不是用我的铁换了钱，买糖吃了？"任爱华慌乱地摇着头，她不能承认自己的所作所为是无法承受祖父的愤慨。祖父恶狠狠地说："要是让我抓到偷铁的贼，我斩断他的贼手。"任爱华抓紧弟弟的手，慌慌张张地奔进房间里。土坯墙壁、漏风的玻璃窗都冷冷的，它们注视着他们，带着审视的目光，与饥饿、困苦为伍，一点一点地剥夺他们的尊严。

寒冷并不因为祖父的暴怒而体恤他们，任爱华和弟弟缩成一团，祖父的谩骂夹杂着铁锤的敲击声，敲打出一种带有震荡感的恐惧。无边的恐惧，时断时续地捶打着。任爱华浑身发着抖，扯出一床露出黑色棉花的棉被裹住弟弟，他们不声不响的，像是要消失一样走出家门。他们只是想要远离寒冷。

是任爱华选择的目的地，为了远离怒气未消的祖父，远离伙伴们的嘲笑和同情。背离铁饼街，只有走向田野，而他们脚下的道路是由田野延伸而至。铁饼街和城关街之间是成片的农田，铁饼街的孩子都到城关镇上读书，穿过一片农田，田埂容得下他们细小的脚步，农田间坐落着长满荒草的院子，孤零零的院子有三座废弃的小高炉矗立着，炼铁的小高炉，它们已经退出舞台，却没有完全退出世界。

三座小高炉之间，形成了一个遮蔽的空间。泥土夯实的院墙坍塌了，木制的院门已腐朽，此刻，这里成了姐弟俩临时的栖息之所。

“姐姐，爷爷要是找到我们怎么办？”任建华问。“爷爷找我们就证明他不生气了，他不生气就不会讨厌我们了，也不会责怪我拿了铁去卖钱。”任爱华思考着，以一种大人般的口吻回答弟弟，“没事的，有姐姐在。”她不是故意模仿成人，而是借此宽慰弟弟，弟弟依偎着她，小小的个子，小小的双手，她必须假装有思想，假装有主意，假装有力气，以便让弟弟得到依赖。

冷风尾随着他们，田野里的冬小麦和油菜不惧寒冷地昂首张望，农作物领悟了自然的真谛以及初春的寒意，而姐弟俩并不懂得这些，寒冷、饥饿、困倦已让他们放弃对春天的渴望。三座废弃的炼铁炉慷慨地接纳了他们，没有谩骂，没有嘲笑，没有冷眼，没有同情，没有施舍。

炼铁炉的炉门向他们敞开着，被遗忘的、粗陋的炼铁炉削弱了寒风。任爱华和弟弟在局促的空间里发现了几个烟头、一只布满洞眼的黄胶鞋和一堆稻草、一只逃窜的地鼠，以及无尽的寒冷。在家之外，温暖同样难以寻觅。

“姐姐，我要回家！”任建华牙齿打着战，冷风蹂躏着他的乱发。任爱华用棉被裹紧了弟弟，她偷拿了铁匠铺的铁块，必须逃离祖父的愤怒，必须混淆真相。她动手聚拢脚下的稻草，堆成一个草窝，当成礼物。她带着弟弟钻进“礼物”的核心，像是一种新发明的游戏，逗乐了弟弟，她用衣袖擦净弟弟的清鼻涕。他们在草窝间嬉笑时，有人钻进炼铁炉，一个陌生人，带着稻草或者地鼠具有的气息。

姐弟俩没有料到，在天地之间，穿梭于寒风之间还有人跟在他们身后，踏入炼铁炉之间，站在他们面前。姐弟俩毫无邪念地相信这是一个无家可归的人，像他们一样躲避冷风的人。这个人身穿一件黑色的棉袄，黑色围巾裹得紧紧的，遮掩了嘴巴、牙齿、鼻子，只露出两只眼睛。他说：“我认识你们。”他的嗓音很怪，吐出的每个字像是压扁了。说着话，便坐到草窝边，他打量着草窝说：“我再去弄些稻草。”姐弟俩不知来者是何人，黑色围巾遮掩了他的真实的面貌，但他主动传递的善意打消了姐弟俩逃离的念头。毕竟任爱华只是假装成年人，他们还是孩子，对成年人深信不疑。这个人很快抱来两大捆稻草，分散开，铺在姐弟俩脚下，他抱起他们，把姐弟俩放在高高的草垛上说：“你们不认识我，我认识你们，任铁匠家的。”这个人传递的热情让姐弟俩感到亲近。说着话，这个人还从口袋里掏出了糖果。他攥起姐弟俩的手，厚实、有力的手攥紧了两只细嫩的手，这个人将糖果放在姐弟俩的手心上。顷刻间，拥有无限绵甜的糖果在姐弟俩与这个人之间架起一座甜蜜的桥梁。

弟弟任建华分辨出手心里的糖，有水果糖，还有两颗是大白兔奶糖，他抓紧了这些糖，兴奋地盯着姐姐。任爱华将自己手心里的糖果塞给弟弟，她从嘴里挤出几个字，她说："不该要的，可我弟弟太喜欢糖了。"

这个人慷慨地说："这些糖，就是给小孩子的，你们都是小孩子，就是送给你们的。"这个人说这些话时自然地站在糖果的立场，有一种以甜蜜笼络人心的动机，姐弟俩作为小孩子，尚不具有识破动机的能力，他们的眼睛里只看得见糖果，以及这世界看不见却存在的甜蜜。

接着，这个人自报家门说："你们叫我寻剑客吧！""寻剑客！"姐弟俩毫无顾忌地兴奋地喊出了声，这个像是武侠片里的名字，他们的口气里带着惊奇和愉悦，还有一丝讨好的意味，姐弟俩讨好寻剑客，为那些糖果而感激他。

"我们也都喜欢武侠片《射雕英雄传》。"任爱华说完这句话，在脑子里迅速搜索，希望接上更多剧中侠客的大名，以免冷场，但她脑子里一片空白，有几个零星的名字掐头去尾。铁饼街上馄饨李家、供销社的林主任家已经购买了电视机，任爱华挤在人堆里看过几眼，黑白电视机有彩色的电视机壳，馄饨李家的是粉色的，林主任家是赭色的。灰色的屏幕上，时而有雪花。有关武侠的电视剧，多数情节是在学校里从同学那儿听来的。电视剧上演的时段，祖父不允许她和弟弟踏出家门，警告他们不许占人家的便宜，即使任爱华和弟弟向祖父描述过电视机播放的画面，像玻璃盒子变出的图像，像真实的生活原型被电视机还原了，祖父仍然不为所动，而祖父本人从未表现出好奇，他们姐弟俩必须不为所动，而在祖父这里，他们是可以怪罪的，电视机不被怪罪。好在，寻剑客并没有深入交流电视剧。他坐在姐弟俩中间，带着成年人的热情，他说：“你们也像我一样只露出眼睛，这样就不冷了。”听上去他不是为自己的装扮开脱，而是为了避免寒冷的入侵。姐弟俩拉住棉被，向上拉，盖住嘴巴、鼻子。他们三人都露出眼睛注视对方时，他说：“我问你们，你们家里有一把宝剑吧，你们祖母是不是把它收藏在藤箱里了？”他压低的每一个字音都带有信息，他询问的利器刺穿了一些真相和阴谋。但任爱华忽略了，她没有产生任何怀疑，当任爱华向寻剑客讲述她小时候所见的，并不是原来的宝剑而是被改造的那把利器，被祖父扔进了炉膛，任爱华因想起祖母而感到难过。冷风穿透了稻草，提醒他们身处陌生的环境和身旁陌生的人。任爱华叙述的原委，祖母是主角，她没有意识到，对寻剑客来说，那把消失的利器才是真正的主角。

当任爱华带着哭腔追忆祖母时，她说：“要是没有那把剑，祖父就不会伤透了祖母的心。”寻剑客的呼吸急促起来，能够感觉得到，讶异从他的眼睛中流露出来。“怎么会这样？怎么能毁了？”他咬牙挤出几个字，双手拍打着大腿，显然，利器的消失带给他的是一种打击。

一阵冷风穿过，寻剑客没有再问下去，而是垂下眼睑沉默着。他站起身，有些稻草依然附着在他的身上，而姐弟俩之间空出来一个深陷的草窝。他转过身面对姐弟俩，眨巴了几下眼睛，弟弟低头摆弄着手心里的糖，任爱华仰头看着眼前她信赖的陌生人，眼睛里还有泪水，没有看清寻剑客的眼睛流露的窃取之意。也许，任爱华讲述的现实没有让他得到什么，寻剑客再次陷入草窝里，他说：“你们不回家吗？”任爱华吞吞吐吐地说出了她的恐惧，她提到了糖果，她本来没有诉说的愿望，因为那些糖果不是单纯的糖果，还包含了弟弟缺失的母爱，任爱华得到的母爱多一些，因而她的糖果是留给弟弟的。寻剑客褒奖了任爱华的慷慨，像是给予奖励，他解开棉大衣，撩起衣襟，暖和的棉衣落在任爱华身上，他伸手揽住了任爱华。棉大衣散发出一种酒精的味道，是粮食的另一种精华，在清冷的空气中，在一个成人的慷慨中，很容易分辨出来，一种混合的温暖，让任爱华感到新奇，她没有想到挣脱，而是在刹那被慌乱、惊讶、胆怯拽住了身心，她不缺乏保护弟弟的勇气，但她在一个成人的怀抱里，褪去了勇气而依赖信任，她只是假装长大，她其实还没有长大，没有领会生活中的信任需要付出代价。任爱华当时并没有感到羞耻和受到伤害，她还没有弄懂，一个人的一生是需要一边成长一边得到保护的，她也没有明白有些羞耻会伴随着恐惧的狰狞会越来越浓烈，会变得苍老！

寻剑客又从口袋里掏出了一把糖，单独剥了一颗糖放在任爱华的舌尖上，糖果是从口袋里掏出来的，带有与体温相连的暖意，并不冰凉。任爱华先是被这层暖意融化了，接着被糖融化了，甜蜜立刻取悦了她的味蕾，进而征服了她整个身心，她对怀抱她的这个陌生人心存感激。甜蜜在她的口腔中进一步融化，进而麻痹了她的味蕾，也麻痹了她的身心。她终于懂得弟弟对甜蜜的青睐了，不可取代的甜！寻剑客把她裹得更紧一些，让她紧紧贴近他，一颗单纯的心，一颗无法辨清真相的心，跳动着隐藏了不安的情绪。任爱华看到他把一大把糖放到弟弟的口袋里，弟弟把含在嘴里的糖小心翼翼地吐出，用手掌接住，弟弟欣赏属于他的糖，不会逃跑的糖。她想取笑弟弟珍惜糖果的方式，但口腔中的糖正在扩大甜蜜，任爱华品尝着糖，不是用眼睛，而是用舌尖，她口腔里的甜蜜让她觉得那不是自己的舌尖，是另外一个拥有舌尖品尝糖果，拥有甜蜜的任爱华。

寻剑客说："甜吧！"任爱华点着头粲然一笑。"我相信你不是个撒谎的孩子。"他说，"别动，我会给你弟弟很多糖。"说着，他的另一只手掏出了糖，一时无法数得清，而另一只手顺着任爱华裹在身上的稻草摸索到任爱华的衣服里，一种令人生疑的动作。任爱华扭动着自己的身体，但没有挣脱寻剑客的双臂，而他的手的动作被稻草遮掩住。"别动，"他在她耳边说，嘴巴躲在黑色的围巾里发出声音，看不到嘴唇，看不到牙齿，他说，"我相信你不是个撒谎的孩子。"任爱华只能茫然地摇着头，表示她真的没有撒谎。

离开时，寻剑客将姐弟俩送到田边，跨过田埂，就是铁饼街的地界。他站在田埂上，挥着说："你说你们家的宝剑没有了，应该是真的。"他说，"我相信你不是个撒谎的孩子，你不用知道我是谁。"这一句原话，或许带有某种不明的恶意，但任爱华当年并没有分辨出来。

这年端午节前，父亲任向东终于回来了，依旧孤身一人。他没有穿过铁匠铺踏入家门，而是沿着文水河，登上一级级青石台阶，直至院门。在他身后，文水河经历了枯水期，河水带着春天般蓬勃的呼吸，渐渐饱满。

任向东踏进院门时，任爱华看到父亲头发乱蓬蓬的，而胡须密匝匝的，身上的外套看不出底色。父亲拍打着上衣，一路的尘土发出酸楚的叹息。任建华扑上去，他并没有遗忘父亲，同样没有遗忘奶糖。"爸爸，你带大白兔奶糖回来了吗？"弟弟仰脸乞求父亲，"给我糖啊！"父亲更加瘦削，而他的沮丧的情绪是饱满的，正在寻找一个发泄口。当弟弟提到甜蜜的糖时，像是打开了一道匝门，父亲的沮丧化身为愤怒，被歪曲的愤怒。他蹲下身，紧紧攥着任建华的胳膊，瘦弱的、没有抵抗力的胳膊被抓紧了。父亲说："你们的妈妈在上海也要立足，爸爸也没本事，你要记着，人在世上，是要吃苦的，你不要想着吃糖，要不怕吃苦。"父亲的要求冷冰冰的，没有长辈对晚辈的关怀，没有父亲对子女的关心。显然，父亲这次外出承受了某种伤害，伤口不在表面，因此难以愈合，他将一些伤害转嫁给自己的子女，却浑然不觉，而有些伤害始终存在着，任爱华和弟弟在父亲这里，显然无从寻求庇护。

2

任爱华给弟弟任建华打电话，得知弟弟正在疾驰的高铁上。

"你怎么去了外地？那有多远？"任爱华说这话时，语气里都是担忧。任建华却没说什么，显然不愿意坦陈某些事实。不知从什么时候起，任爱华隐约感觉到弟弟总是这样，在和她保持一种看不见的距离，而且是刻意的。她猜弟弟也许只将外出的决定告诉了弟媳瑞丽，也许瑞丽虽然没有反对，但直到他离开家门眼圈都红红的。弟弟或许没有安慰瑞丽，独自收拾了行李，将一些衣物放置在那个 24 寸的行李箱中。直到他离开，家里的气氛都很沉闷，弟弟也没法确定，他回来后，家里的沉闷是否会一扫而空。也许弟弟说车程的终点虽是吕城，但这并不是他真正的目的地。

现在，姐弟俩各自过着各自的生活，没有直接的关系，而有关联的就是一些转述的场景。在工作或者在休息、在外地，以及每到立冬后，身为姐姐的她总为弟弟准备一些腊肉或者香肠，是她腌制的，分给弟弟。一些家常的、琐碎的来往，这像是一种不可或缺的形式。岁末，一家人会相聚吃一顿年夜饭，父亲数年缺席的年夜饭。

“那你什么时候回来？”明知弟弟透着疏远，任爱华仍然问道，并且故意加重语气，想让弟弟听出话音里的急切。“有事吗？姐姐会有什么事？不会是瑞丽找你了吧？”任建华同时否定了，接着说，“不可能啊！”

“说不清这事！是件蹊跷的事。”任爱华不知该怎么说下去，她感觉到自己的身体在发抖，她不能坐在这里等下去，她不能想，无法等待。任爱华从牙缝里挤出了十几个字：“我接到一个电话，只能跟你说，你早点回来。”也许弟弟会感觉到一丝异样。任爱华匆匆说完便挂断了电话。她看着无声无息的手机，像是检查手机质量，除了弟弟，她不能向任何人透露她的恐惧，包括何连钢。尽管何连钢说话的腔调、语气慢吞吞的，像是个老实人，他做的每件事也像是个老实人，而且自己始终认为他是个老实人。

近半个月，这是他们姐弟俩第一次联系。

半个月前，弟弟任建华再次提出售卖铁饼街上的老屋，任爱华仍然选择拒绝。她对老屋的袒护，含有一些复杂的成分，但她没有挑明。弟弟执意售卖老屋，也不曾向她挑明什么，她不清楚她和弟弟之间难以言诉的压迫感哪天会挑破。她原本以为只要坚持，弟弟会明白，父亲去世后，祖父虽搬离了老屋，但老屋始终伴随他们的生活，有些情缘无法脱离。她感到有些掩藏的东西被撕裂开，带着巨大的威胁，现在，和弟弟通话都有令她凄惶的感觉。

一种令人困惑的情绪在任爱华心里弥漫，有恐惧的成分，她找不到合适的词语描述这件事或者形容自己的心情。除了慌乱和恐惧本身。挂断电话后，任爱华突然意识到她希望得到弟弟的帮助，而忽略了会给弟弟带来困扰，她不愿这样。想了想，她给弟弟发送了条短信：在外注意安全！

任爱华看着窗外高矮不一的建筑，有的堂皇，有的简陋，但始终不在生活之外。她想，弟弟背着的双肩包，那里面一定是他珍爱的摄影器材。弟弟钟情通过镜头认识一切。手机上，她收到弟弟的回信：我下午 2 点左右去找你。弟弟这么快返回，一定察觉了什么，她并不情愿打断弟弟的出行计划，但她管不了那么多了。她给弟弟发了条回信：我们在城北公园见吧。

在自己的居住地，选择在家之外的公园见面有些不同寻常，任爱华不是刻意挑选的，城北公园在家门之外，也只能是这里，她现在觉得任何角落都会令人生疑，或者让她感到忐忑。她觉得那些太过熟悉的地方有熟悉的人、熟悉的建筑能够编织出一张无形的网，会将她牢牢地控制住。在城北公园，她和弟弟能够假装偶遇，并且，那里有一些没有生命的健身器材，它们没有听力，没有目光。他们相遇后沿着小路向前，脱离了人群，而脚下的路，同样没有生命力，而她和弟弟仅是公园的过客，也是此处风景的过客。公园门口有块椭圆形的大山石，上面写着“老地方”三个字，红色的草书，碧水流经一般，这使得整个公园像是一座有纪念性的建筑物。

任爱华还想找个借口，以免弟弟追问为什么要到城北公园相见。但任建华很快回了两个字：好的。弟弟什么也没问，同样令任爱华不舒服，有些患得患失。

2 点未到，任爱华便去了公园，绕过公园门外的赭色山石，看到弟弟正走在健身器材旁的小路上。任爱华迎向弟弟，脸上带着邂逅的喜悦，极力显出并不是相约。尽管并未遇见熟识的人，但她总觉得有些眼睛在检查她，她需要卖力地表演。

两人并排沿着小路向前走，任爱华说："好久没有这样一起走了。"任建华淡淡地说："是的。"没有感慨，没有礼貌。

公园的前身原本是一片荒野，当年，他们姐弟俩读书时，每天要穿过它。早些时候，弟弟还未到入学年龄，任爱华独自去上学，弟弟总是站在荒野中迎接她，孤单而瘦小，像是旷野中的幼苗，这使得她身上迸发出一些母爱的情结。她会背起迎接她的弟弟，任爱华始终记得两个人贴近的感觉，弟弟总是在她的背上放下一些胆怯，作为姐姐她能体会到弟弟的胆怯，在弟弟面前她已经过了怯懦的年龄。"当年，你没入学前常在这等姐姐，转眼几十年了。"任爱华说。

任建华没有附和她的感慨，他说："你接了一个什么电话？是有关要出售老屋的？你想通了？"

任爱华停下脚步，打量着身边的花圃，花圃里有生命的花朵在冬天里都枯萎了。任建华说："姐姐，除了老屋，我和你之间还能有什么事？"任建华仍然没有放弃带着寒意的腔调，任爱华并不介意。任爱华整个身体放松下来，尽量像是在散心，尽管一些无法掩饰的焦虑和烦乱揪成了团，堵在心口，但在弟弟面前，她放下它们。她说："我接到一个电话，是通过公用电话打来的。"任爱华长长地吐出一口气，尽量声音平静，她注视着弟弟，任建华高出她整整一个头，斯文而大方，脸上有憔悴的褶皱，她心里揪了一下，但她不能停下叙述。弟弟当时只有四岁多，他会忽略很多细节但不可能不记得糖的滋味。她继续说："你还记得那个'寻剑客'吗？他竟然给我打电话。"任爱华停顿了一下，她感觉嗓子发干，无法发声，一种令她窒息的恐怖像波浪一样涌上来，扼住她的喉咙，她咽了一口口水，令她不适的感觉还在，但缓解了，她可以接着发声，从一个字过渡到一个字，她说：“他说了和当年一模一样的话。”

“他当年说什么话了，这又能怎样？”任建华皱起眉头，淡淡地说，语气里透着失望。他跨了一大步和任爱华拉开了距离，点燃了一支香烟，对着半空吐出一个烟圈说：“我以为你联系我是想通了，愿意出售老屋，竟然只为这事，这是个事吗？”他盯着飘飘荡荡地散开的烟圈。

任建华的淡然并不是伪装的，他也不是在扮演一个遗忘往事的角色。任爱华看着弟弟，弟弟的表情显得不耐烦，断断续续的冷风掠过他的头发。当年，对于他们姐弟俩，发生的并不是事情，只是有了那个过程，而过程悄无声息地潜伏下来，滞留在他们的生活中，直到任爱华意识到那是一起事件，才觉得那是一件不堪的往事。但她从未对弟弟直接提起过，或者间接暗示过。弟弟也许只记得当年的糖，也许记住了那人的身材，遮蔽的牙齿、嘴巴，但在人群里常常混淆。当年，他们带着那些糖果回到家，糖果吃完后，弟弟甚至期待遇到他，因为期待他从口袋里掏出五颜六色的糖果。其余的，弟弟从未提及，他和姐姐之间似乎形成了一种默契，一种隐含着合理性的默契。现在，在空阔的公园，在远离闹市、人群，远离过往，在他们姐弟之间，任爱华希望弟弟能够领会到，而不是她来叙述，那是一种难以言说的羞耻与痛楚，她以为掩埋了，却演变成了一种恐惧，历经多年，成了一种苍老的恐惧，在威胁她。

“这个人当年问起我们家的宝剑，可见他是想诱骗我们的，他那些糖果是个诱饵，他其实是个贼！”任爱华小心翼翼地说，她在心里早已给这个人定了罪，审判过这个人，而罪岂能无结果？有一样罪必定有一种罚！但她无法对弟弟直接表述她的恐惧。“我们要留意这个贼，最好揪出他来，我这次一定要抓住他！”任爱华一口气说完，她生怕弟弟打断她，而使这件事情被轻描淡写地中断了，但不能报警，她说，“这件事情还是要瞒着你姐夫，你现在该明白的。”任爱华停下来，她感觉她的嗓子发干，无法发声。任建华打断她，他掐断了一支香烟，揉碎了，摔在脚下，又从烟盒中抽出一根。

任建华说：“不过是一个电话，当年人家也只是问了问。”任建华吐出一个烟圈说，“为什么要瞒着姐夫？有什么可瞒的？瞒着就要编出一个个谎言。”任建华话里带话，这是他最近的姿态，总是在和任爱华拉开距离，有时利用态度，有时利用语言。

任爱华张张嘴，有些话可以打乱顺序说出来，或者颠倒着说出口而不会改变所要表达的意思，但她不是个善于表达的人。她以为弟弟会明白，换作任建华，毕竟，他们当年没有意识到无知无识代替他们抚平了伤口。毕竟，他们当年并不懂得分辨人性的险恶；毕竟，他们当年把他留下的糖果珍藏着，一点点分享，而无视受到了陌生人的欺负，而有些认知必定随着年龄的增长才会苏醒。再次出现的电话，无疑是揭开了记忆中遗忘的恶意，何况那事并不简单，更无疑是一种挑衅。有些东西是无法逃避的，有些伤害不止于表面，它存在着，挑战勇气、精神、爱和坚定，任建华应该明白这些。任爱华不想多说什么了。她说了一句不相干的话，她说：“不管命运给我什么，都无法将我打倒，我现在要保持强大。”任建华望着远处，没有表达他的想法。

任爱华想说得更直接些，有些话艰难地挤了出来，“他当年其实不怀好意……”那挤出来的几个字，瘫软了，借以表达当年的无助和眼前的求助。“那又怎么样？”任建华说，“不过，我有些明白了。”任建华眼睛转了转，他像是表明自己明白了任爱华的意思，也听清楚了任爱华所说的话真正的含义，他打断姐姐说：“过去的就让他过去吧！不过，是因为这个宝剑，一定是这样，我终于明白姐姐为什么要留住老屋了！老屋、宝剑，其中必然有联系，是吧？”

“这是两件毫不相干的事。”任爱华对弟弟说，她咬着嘴唇仿佛下定决心，他们这次会凭着勇气战胜这股邪气，她说，“来了也好，该发生的总要发生的，我当年什么也不懂，利用软弱战胜自己，就当什么也没有发生，看起来没有受伤，实际上，伤害在内心深处。这么些年了，这个罪该有结果了，这个罪人该受到惩罚。”

任建华盯了一眼任爱华，眼神异样，他跟姐姐的思路明显不同，他说：“就算你说他是个贼！他惦记着宝剑，我们把宝剑找出来，什么都解决了。”任爱华说：“这是个贼，带着罪，要找出他来！”任建华目光闪烁，拍了下脑门说：“我终于明白了，姐姐就是因为这个原因不卖老屋的，你真不愧是我的姐姐，要不是因为这个电话，因为这家伙又找上门，姐姐你还不会告诉我。”

“不卖掉老屋和这没有关系。”任爱华说，又肯定地接上一句，“那把剑没有了，那把剑被毁时你才两岁。”任建华不说话了，他看着任爱华的眼睛。目光迎着目光，任爱华忽然觉得内心发虚，可她明明说的是实话，她却无缘无故地被弟弟的目光击中了，他怀疑她，不信任她，是这个现实击中了她，但这本不应该存在的。

魁梧的弟弟，成年的弟弟，而她这个姐姐变得臃肿了，皮肤粗糙，不再是那个身材苗条、嘴角边有梨涡的姐姐，母亲的影子更是没有任何遗留，这让他们彼此看起来像是受了伤，是岁月和生活摧残的。任建华说：“你还是我姐姐吗？就为这事打电话给我，不是告诉我家里有值钱的货，就想让我找人？”任爱华说：

“宝剑被毁时我四岁了，已经记事了，我记得很清楚。”任建华胡乱揪了下头发说：“姐姐，你为什么非要说没有？”他像是话里有话，这也是对任爱华的伤害。“除了那个人，这件事情，只有你和我知道。”任建华坚持说：“姐姐我说过了，那不是事情，也不是关键。”任建华眼睛一眨不眨地看着她，像是在观察镜子中的自己，以便辨清自己。

任爱华忽然意识到，弟弟和她不是简单的分歧，而又与坚守或者背叛无关，也并非是被生活挤压的，有些欲望原本就存在的，并不是简单的老屋。她不愿意这样。任爱华说：“我没想到这个带着罪的人居然还会给我打电话。”她说着，身子不由自主地颤抖了一下，看看四周。远处有两个老人在晒太阳，太阳渐渐西斜，显出独特的光芒。

“既然用的是城关街上的电话，说明他就在我们身边，有罪的人等着他的就是罚！”任爱华咬着嘴唇，看看四周，夕阳已经落在树梢上了。“那又怎么样呢？他不过说了一句狠话，他能怎么样？而且，他像是念旧。”任建华不以为然地说，他说话的神态，让任爱华不禁打了个寒噤。

“毕竟他没把你怎么样，事情已经过去了。而且，我还得感谢这个人，他把这个问题摆在明处。”任建华仍然话里有话。任爱华感到脑袋里嗡嗡响，她摇晃着脑袋，额前的碎发挡住了眼睛，有泪，但她不想让任建华看见，她说：“弟弟，你怎么不相信姐姐？没有宝剑，我说了多少遍了！我今天在这告诉你这个电话，是因为我觉得这个人很危险，他一直觊觎着，给姐姐打电话，就是再次伤害我。他是没把我怎么样，但他多年前的念头就是一种罪。”任爱华停顿了一下，接着放慢了语速说，“我只有告诉你，对你姐夫难以启齿。”任爱华不知该如何说下去，一种被掩藏的屈辱，带着挑衅，她不知道弟弟能不能明白，而她感到无法再现当年的无知和屈辱，即使面对弟弟，任爱华被一种难以言说的孤独和凄怆包围了。

“这么多年，这个人为什么在这个时间出现？也许是天意！”任建华又说，“难怪姐姐不愿出售老屋，之前说要等父亲，信守你对父亲的承诺，父亲去世了还不同意，这下我明白了。”任建华绕过了对姐姐的伤害，他接着说，“姐姐保住老屋，其实是保住宝剑，对吧？”

任爱华说：“我是跟你商量找到这个人。”任爱华停下来，等弟弟明白过来，明白她的恐惧，她的恐惧是数年前被无知掩埋的恐惧，以便摆脱她的恐惧。“找到他干什么？”任建华说，“这就不是件事！”但他又鲜明地表明另一种态度，仿佛放弃不是一件容易之事。“不是这样的，现在有什么比赚钱重要？比找路子发财重要？我得理一理这件事。”任建华说，“我算是彻底明白了，你和姐夫守着铁匠铺、守着铁饼街的原因了。”

任爱华背上渗出了冷汗，心里一惊，张嘴像被扼住了喉咙，说不出话，她似乎看到恐惧在滋生出新的枝蔓，带有贪婪的属性，要覆盖住她。过了好一会儿，她才说：“我再说一遍，我们家曾经是有一把剑，但不知道是不是宝剑，而且宝剑也被毁了。我找你，是因为不想告诉你姐夫，你要相信姐姐。”任爱华说不下去了，她想，弟弟应该明白。当年，他们并不是得到了糖，而是被人怀着恶意靠近、被伤害过。现在，这个电话可以是一种恐惧的开端，也可以是一种恐惧的结束。

“我会想办法的。”任建华停顿了一下，接着说，“姐姐，我能跟你说的就是，这件事还提醒了我，这是你不肯出售老屋的原因呢！他找到你，如果有原因，姐姐应该比我更清楚。姐姐，这么多年你真能沉得住气，家里有值钱的宝剑你为什么不告诉我？”任爱华立刻反驳道：“不是这样的，不是。”她感到无法接着这个话题说下去，这本不该成为一个话题的，但任建华挥挥手，他把他的耐心草率地打发掉了，他说：“就这样吧！姐姐放心，我不会告诉何连钢，毕竟我们是亲姐弟，这件事交给我办……”任爱华打断他：“弟弟，你要相信我亲眼所见的，那把剑被彻底毁掉时，你才两岁，什么也不懂。”有一抹笑容停留在任建华的面庞，看到笑容的人会来不及分辨是微笑还是冷笑。任建华说：“有些事本身就有不确定性，姐姐，你让我相信我自己吧。”“你告诉姐姐你打算怎么办？”任爱华说。“你等着看吧。”任建华说。他挥挥手，像对一个路人一样与任爱华告别。

任爱华站在原地，看着弟弟沿着弯弯曲曲的小路越走越远。弟弟表面上答应要找到这个人，像是附和姐姐，这让她不安。她想追上弟弟强调一下，罪，终是要有结果的，尤其是有年数的罪，不该任其成为有历史的罪，她却被一种看不见的沮丧牢牢地控制住，看着弟弟的背影渐渐远去。

叁 锻打

初三那年，任爱华的新课本里有一本《生理卫生》。墨绿色的封面，比语文、数学、物理课本都要单薄，这门学科并未得到师生的重视，即使它教会课堂里每一位少男少女认识自己的身体，有正确的健康教育引导作用。课程表上，排列有每周五下午45分钟的一堂课，属于生理卫生课，但无一例外会被其他学科的老师占用，毕竟生理卫生课不是必考科目。

春天下午的一堂生理卫生课，讲台上站着占课的数学老师。任爱华向来是一位刻苦的学生，在学习之外和学习之内。老师正在讲解一道代数题的解法，任爱华专心听讲。她安静的身体却在发生改变，没有预兆，这让任爱华羞怯、无助。

任爱华偷偷地在《生理卫生》书上找到了源头，一种难以言说的复杂情绪包围了她，而讲台上只有冰冷的数字。

天空很蓝，田野碧绿，她极力让自己相信这是个天蓝色的日子，但是没有办法掩盖住身体的变化。而她第一次关注了自己的身体，她珍惜它。她从田野横穿过去，站在田野之中，留有记忆的炼铁炉已被夷为平地，那块土地被围了起来，挖土机、脚手架将改变它。而那种被遗忘的日子，有糖果的日子蹲守在原处，带着邪恶的挑衅，未曾长大，现在，她认识了自己的身体同时带着被伤害的阴影。

天色渐渐暗下来，夜色拉开了帷幕，任爱华慢慢走回铁饼街的方向，她的身体让她内心明白一种无法取代的伤害并没有消失，无法消失。

半夜里，坐在床上，任爱华像是要将自己交给夜晚，她的心智成熟着，同时被幼年时一次因无知而遗忘的记忆唤醒了，那是一次恶劣的伤害，带着轻蔑或者鄙视，让她无措又恐惧。

那段时间，任爱华会在被恐惧惊醒的凌晨时分，在田野上奔跑，像是要将自己的身体交给不属于他们的土地。她在黑夜里睁大了眼睛，会站在清冷的晨曦中远眺，在土地上，将她尖锐的喊声交给了泥土。

白天，她变得异常警觉，对每一位陌生人。

一种清晰的画面，时时侵入她的脑海，带给她恐惧的人当年掩藏了真实的面目，所有的细节，棉帽、围巾、棉大衣都纷纷上场，掩藏着所有带有伤害性的细节。

任爱华偶尔守在铁匠铺前，注意每一只挑拣货品的手，渐渐地混淆了，每一只手都有各自的特征，黝黑的、粗糙的、青筋凸起、指甲沟里嵌有泥土的……她低着头，不愿接触目光，她把那些不安咬碎了，吞咽下去，反复咀嚼。她分明是无辜的，是受害者，可揭开的伤口使她内心的平静找不到停泊之处。好似她的手脚反复被无形的稻绳捆绑着，用稻草编织的绳子有稻草的清香。

在学校里，她没有再去绘画兴趣小组，而最初加入兴趣小组是她争取得来的机会，一方面需要隐瞒祖父，一方面她的作品得到指导老师的赏识。指导老师的绘画作品常常会登载在画册和杂志上，而老师会以此激励任爱华，将她的作品张贴在校宣传栏里。是她日常看到的景色和人物，她涂画这些内容时，心里会感到轻松，有很多奇妙的想法从脑子里长出来，欢乐会长出翅膀翩飞，一种奇妙的体验会激励着她。

绘画兴趣小组的指导老师在课间时找到她，任爱华低着头，注视着老师乳白色的高跟皮鞋，鞋面上精致的蝴蝶结带着振翅高飞的希翼。老师拉着她的手，温暖的手掌，纤细的手指掠过她内心的不安，那么轻柔，几乎要挪走她心里的壁垒。“你怎么不来画画了？有什么难处吗？”老师问。任爱华紧张地摇摇头。她的手心汗津津的，数年前被遗忘的屈辱在心里轻视她，带着隐约的嘲笑，灰色的阴影。“你有绘画的天赋，坚持下来，你的作品就会走出校门，走向全国，甚至走向世界的。”老师指着操场边的宣传栏，那些有色彩的绘画作品在阳光下带着欢乐。

任爱华挣脱了老师的手掌，忐忑和苏醒后的屈辱完全征服了她，她唯一能做的就是将它们掩藏在自己的身体里。充满了愤怒的屈辱在她的身体里寻找出路，而她的身体里迷途遍布，她听见碎裂的声音，狡黠善变的迷途，一次次堵封了她内心的出逃之路。她不能走出校门，不能走向全国，不能走向世界，不能向热爱欢乐的陌生人展示自己。她在课间活动的同学间奔跑着，最后，跑出了校门，一边跑一边流泪，不是发泄的泪水，是恐惧和胆怯，她认为是她自己的错，她当时没有没有判断出那是一种怎样的恶意，她当初不知道保护自己，现在也不知该如何惩罚那个遥远的陌生人，而他应该得到惩罚。他留下的罪，是一朵恶毒的花，带有毒汁的藤，缠绕着她，让她不安、害怕。她任泪水流淌着，没有用手掌抹去，手掌上遗留着老师的暖意，令她珍惜。

是风抹去了任爱华的泪水，并尾随着她。她穿过城关街，有些新建筑正在初具雏形，有些老建筑正在维护，城关街的主干道正在维修，有一些新的秩序正在形成，但她将这些留在她的身后。经过那片曾建有炼铁炉的田野时，泪水再次夺眶而出。她想要喊出来，碧绿的田野，湛蓝的天空，没有缝隙容留她的嘶喊。任爱华接着跑，她没有选择其他的道路，也没有将内心的嘶喊驱赶出来。

铁饼街上，人来人往。有些人是从田野间的小路赶来的，有些是从文水河摇船而来的。

铁匠铺里，祖父正在锻打，他额头上的汗珠有的滴落在铁砧上，有的滴落在铁件上。一些顾客坐在对面的茶铺里，喝着紫砂壶泡的茶水，等待着，春耕即将到来，人们急需铁制的农具。

任爱华缩了身子，挤过等待的顾客站在铁砧旁，请求祖父："我跟你学打铁吧，我有力气，我要把该打的都打了。"她心里的碎裂之声不可抑制，正在呐喊着，她急需响声盖过它们。祖父在火炉旁加热铁料时，任爱华拿起一把铁锤用力地砸在铁砧上，一下、两下……她的整个臂膀震颤着，有些东西被震落下来，有些东西被敲醒了，有些东西被击碎了。祖父仍然骂骂咧咧，上前夺下任爱华手中的铁锤，是一把小铁锤，足有五斤重。祖父拿起袖口擦拭铁锤，像是任爱华的举动玷污了铁锤。“一边去，你一个女孩子，你怎么能干这个？”祖父一把将任爱华拽离铁砧，力气很大，任爱华一个趔趄，险些跌倒，她很快稳住脚跟，身子前倾，扑到铁砧上，坚硬的铁砧成了她有力的后盾，她仰头喊道：“你不让我打铁，我就不起来，你让我打铁吧！”她的声音很尖厉，穿透了铁匠铺的屋顶，屋顶的瓦片发出碎裂声，她留在田野中泥土间的呐喊，借着风力群起呼应。祖父被任爱华的喊声震慑了，他垂着双手走出铁匠铺，仰头望着湛蓝的天空，只有祖父自己清楚他眼睛里看到了什么，看清了什么。祖父那天放弃了打铁的宝贵时间，他对着天空的背影高大、魁梧、无助而孤单。任爱华毫无章法的敲打声，在打破规则，在闯入禁区。

起初，是祖母将任爱华送入校园的，她的求学沿袭着对祖母的缅怀或者尊重，祖父每年会将费用包在有方格的手绢里，手绢保留着从未使用，一种陈旧的新，会是三元钱，祖父早早预留下来学费、课本费，是一种交代。每当坚持一年，祖父便会咬紧牙关，舒展眉头。祖父脸上的皱纹并非他自己刻画的。

“你打铁，你不上学了，你祖母会怪我的。”再次踏入铁匠铺，祖父弯腰拨拉着铁料说，听上去这不是他的想法，他只在乎祖母，而允许任爱华继续求学只是一种表达方式。

“我不知道，我不知道，我要打铁！”任爱华喊着，她没有办法对祖父说出真实的心里话，而祖父对她的茫然报以宽容，他说：“你一个女孩家，读了这么多书，也可以了，我也对得起你祖母了。”他们不知道对自己有什么交代，便沉默了。

“你不是个男孩子，但你可以嫁个爱打铁的。”祖父犹豫着说。他打量着选中的一块长方形铁料，目光偶尔落在任爱华身上，像是任爱华同样是他拿出手的铁料，经过打制，会以铁器的身份亮相。“长这么高了，是个大姑娘了。”祖父说。任爱华并没有从祖父这里得到关爱，也没有从祖父这里弥补创伤，是深及内心的创伤，并非祖父不舍给予而是祖父不懂这些。

任爱华认为她和祖父只能说些琐碎的事情，重要的及需要掩藏的仍然不能改变，她说：“爷爷，我去准备晚饭。”这是她分内的事情，伴随她成长的事情，不能分担她心事的事情，每天都必不可少。

祖父独自将一些小件铁料加热，夹到铁砧上举锤敲打，反复敲打，直至器具定型，而遇到大件器具需要两人配合时，祖父无法独自掌主锤、做下手，他便扔下一切活计，打开后门，坐在床沿边扭开半导体，聆听社会上男声或者女声中夹杂着电流的杂音。祖母离开后，父亲的离开使祖父的内心被一场较量侵入了，在暴躁和平静之间，他最终被平静征服。面对姐弟俩，他沿用了更深的平静，但此时的平静显然付出了代价。

这天夜里，因敲打铁锤透支了体力的任爱华，没有再将自己交给夜色，没有再将自己交给土地，泥土没有再容纳她的尖锐的呐喊。

天亮起床后，任爱华的手臂无法抬起，她安静地忍受疼痛，仍然站在锅灶边煮烧早饭。在白米稀饭里加入山芋，铁锅里米粒沸腾着，除了疼痛麻痹了她的思考，粮食的香味也向她伸出了援手，她因洞悉了某些生活的真相而习惯真相、面对真相。

而弟弟任建华并不关注这些，他当时即将升入初中，将智慧都用在摆脱姐姐的管束以及与伙伴们的游戏之间，注重爬树、游泳、斗鸡的对决带来的荣誉。那些越是深得父母宠溺的伙伴，他越是要击败对方。天黑之前，他和伙伴们被家长找回家，姐姐任爱华混在那些家长之间，身高已超过多数伙伴的母亲，她和那些母亲一样围着蓝布围裙，喊声拖出长长的尾音，拖着呵斥。不同的是，她的嘴角边有浅浅的梨涡，而非皱纹。

祖父在打铁，他打铁时总是骂骂咧咧的，痛斥他们的母亲，骂得体无完肤，任爱华修复母亲的形象，母亲留在她的脑海里的形象始终完美。祖父还会痛骂父亲，祖父砸碎了他掩藏的挑担后，父亲索性撕去伪装，而彻底离开了家。祖父清点账目时，懊恼不已，他抖搂着装有钞票的钱袋：“你看看，你们的爸爸还偷偷拿了钱，他不好好学技术，就要拿了钱，去找你们的妈。”姐弟俩已经习惯了，祖父的愤怒，现在不仅是针对父母而是他们相依度过的日子，眼前的日子，未来的日子。任爱华的心底拥护父亲的出走，这样她可以盼望着母亲回到这个家。一旦母亲归来，同为女性，有些问题就会得到解决。她习惯了父亲的出走，她的盼望已经习以为常了，每年都是这样。

裁缝铺的张奶奶看到任爱华，眉眼带着同情，她说：“我把前几天夜里看到你在文水河边的事告诉你爷爷了，听说你要学打铁，你这样要挟他，他也未必会答应你的。”

任爱华咬紧了牙关，在夜幕下，她只是试探地向水的深处走了几步，水带来的解脱感还无法形容，她放弃了更深的探访，是因为那些竹篮里的衣服，她珍惜那些衣服，没有想到爱惜自己，而为了看不到的不安，她只想到放弃自己。

铁匠铺里，祖父允许她接触一些活计，祖父分身无术，实在腾不出手，他允许她拉风箱，允许她干些简单的活计。祖父说：“你给你弟弟做个榜样也好！”铁匠铺里的敲打声，不断地击碎任爱华脑海中的画面，那些画面渐渐地成为碎片，她不能接受安静，不能接受那些碎片复原后更加清晰。

美术老师来家访时，祖父没有打开那扇院门，院子里，新近扩张的房基已经划定了。门外，美术老师被煤烟和铁屑挡住了，无法踏进铁匠铺，白色皮鞋鞋面上的蝴蝶结无法翩飞，美术老师放下带来的颜料和画纸，放在门槛外的青石台阶上，悻悻离去。祖父并没有接受这些馈赠，他自作主张将画纸揉皱作为煤炉的引火源，而把画笔随手送给路过的孩子。祖父认为这些纸和笔不属于铁匠铺里成长的孩子。任爱华当时缩在院子角落里，在老师和祖父短暂的对话中，在缺少击锤声中，那些清晰的画面，像一根绳子缠绕住她，让她不安，让她恐惧。

3

何连钢这天接到了一单生意，打制专门给林场苗圃使用的镰刀。是位老客户，早些年供销社主任提供的业务，这单业务让何连钢有种回到当年的感觉。尽管已到下半月了，这是这个月的第一单生意，何连钢还是按捺不住喜悦，坚持按照当年的报价谈妥了交易。任建华刚好在场，他认为对方报出的价钱太低了。任建华力争抬价说：“这是纯手工的，现在到哪里找得到？”林场的老业务员有些不耐烦，一副懈怠的态度说：“嫌价钱低，不做也没什么，我们也在倡导机械化、智能化。”何连钢插话说：“我这个时候，恰巧对金钱不感兴趣。”这话说得有些矫情，但何连钢突然的诙谐，让任建华觉得不解，任建华带着嘲讽的语气说：“你倒是挺会摆谱的啊！”何连钢说：“一把镰刀锤子要抡 400 多下，我摆什么谱？不是不缺钱，我是怕缺活干啊！”任建华撇撇嘴，开张对于何连钢意味着什么，他并不感兴趣。他恍悟道：“姐夫，我明白了，你不缺钱。”

铁饼街上如此冷清，铁匠铺里传出的锻打声，倒是被赋予了一种活力。毫无名望的何连钢无疑具有一名铁匠具备的品质，既是坚守者，也是缔造者。这使得铁匠铺像是蕴藏有不可言传的生机。

鼓风机打开，火苗很快蹿了起来，何连钢挑选出中意的铁料，脸上露出满意的神情，而长期打铁练就的坚硬和刚毅的表情，已成了他特有的表情，他站在那里，像是一幅剪影，带有时代感。任建华惊讶地发现，何连钢再也不是那个头发乱糟糟、浑身散发汗味、只知道抡大锤的男人，而是被打铁造就的铁匠，他和这个行业的契约，使他具有了一种强硬的品质，难以打破。任建华对何连钢说："我下次拍几张照片给你留着，做个纪念。"他的话里还有一层意思，没有点破。何连钢并未搭腔，铁钳夹着的铁料在炉火间渐渐发红，火候一到，迅速夹起落在铁砧上，铁锤几乎同时也落了下来。而在淬火时，随着升腾起的雾气，何连钢突然问："你怎么来了？"

任建华反问："怎么，我不能来吗？"任建华打量着铁匠铺，目光似漫不经心，但任建华看得很仔细，像在寻找什么。整个铁匠铺也就 16 平方米，光线昏暗，天花板和墙壁上有很多灰尘，黑色的有特质的灰尘，没有生命力却从未消失过，如果它们不存在于此，很难令人想象这里已发生了什么，而在灰尘之后，房梁、墙壁，肉眼无法穿透之处，都会有一些秘密。任建华相信，如果让这些没有生命力的东西，它们所拥有的时间停滞在某个时间段，有些墙壁是袒露的，保留了鲜为人知的秘密。

脚下，水泥地面已经失去了本来的面貌，有些地方裸露着泥土，有些地方裸露着黄沙，混合着黑色的灰尘。任建华相信在曾经涂抹水泥的地面之下的泥土，掩藏着不为人知的秘密。他仔细查看了地面，横的或者纵的裂纹有十几道，这些裂纹填满了黑色的灰尘，像是一种掩护。何连钢将铁料放在火上，关闭了鼓风机，使用手拉风箱，风过炉膛，火苗很快蹿了起来，铁料在火上渐渐发红，不断地发出叹息，配合着炉火，不会有人看透这些铁料的忧伤的面孔。

招收不到徒弟，何连钢只能独自操作。打铁是件力气活，何连钢并不吝啬自己的力气。加热的铁件火候一到，他再次迅速钳起，一手举锤，一手夹紧铁钳，在铁砧上不断地重复锻打。任建华注意到，在何连钢活动的范围内，没有什么更值得探究的，在他看来，除此之外，姐姐安于角落里的那些“铁画”，倒是有些隐含的意义。“铁画”的台面下是最初的东墙。

铁匠铺扩张过，最初的土坯推倒重塑过，而地基是铁匠铺最初的存在，能够存在的都在这里。空气中有铁的味道、灰尘的味道、煤烟的味道……对于铁匠铺来说，这是古老的味道；对于任建华来说，这是难以忍受的味道。他从铁匠铺退出来，在冷清的铁饼街上，站得远远的，不断地深呼吸，将他需要补充的室外的氧气夺回来似的。远远看去，铁匠铺大门只是一个进口，有些灰尘不断地飘出来，有些新鲜的空气又贸然闯入。

铁匠铺的背面，从前是一扇门垒了红砖，只留有一个窗口。祖父将铁匠铺屋后开拓成家园，整个铁饼街就是这样形成的，看上去没有规矩，却又有独自的阵仗，不可撼动。一家人陆续搬离后，院子和房屋都显出了颓废和冷清，却仍有一种气势。任建华看着庭院，他看到一些无尽的存在，欢乐、悲伤以及他的期望，清醒而沉默地留在那里，幸好还原封未动，这些在任建华眼里都有了某种含义，也许是天意，带有暗示。庭院之外，是一条窄窄的小路，通向绕城而过的文水河，任建华避开了小路，而文水河显示了它的深邃碧蓝，这是无法避开的，即使刻意忽略它，它仍以河流的魅力散发着。

任建华打开后门，进入曾经的家。

墙外传来铁匠铺的声音，铁锤和铁撞击，穿过墙壁，任建华熟悉这些，耳朵不会被刺激。他推开祖父的房门，敲打声先行而入，进入他眼帘的是那张老式的架子床，横了木板的床脚榻上积满了灰尘，没有雕花的床架挂了麻布蚊帐，挂着纯黄铜打造的帐钩。任建华将帐钩掂在手里，沉甸甸的。圆的钩身上方有两个对称的如意头，中间是正圆形设计，由四个篆书字组成，字中心为铜钱形状，刚好与其中一字组合，寓意寿禄双全，延年益寿。任建华掂出这蚊帐钩，并不局限于单纯的功能，而是因年代久远而珍贵，他将帐钩摘下并收到隐蔽处，这像是一种暗喻，更彻底，更触及肌理，使得眼前的家，有年代的家，在他的眼睛里拥有了意义。

任建华再次出现在铁匠铺时，何连钢已经打制出一把镰刀的雏形，他看上去状态很好，神态中有属于劳动后的畅快。铁匠铺里很暖和，与屋外的寒气隔了一道敞开的大门，一个缔造中的世界而非落寞的，这使得任建华心里感到莫名的紧张，他觉得他被排除在外。

“你在老屋里干吗？你有事吗？”何连钢停锤的间歇，亮着嗓门问道。“是找不到你姐姐吗？打她电话啦？”他又问，但紧接着又开始了举锤锻打。任建华没说什么，他对何连钢从未产生过亲近之感。

“这些得花不少钱吧？”任建华指着添置的空气锤、砂轮机、电焊机、切割机问道。“这些都多少年了，早些年，生意好时赚回来了！”何连钢将铁件淬火，在升腾的雾气后说。雾气还未散尽，他连着举锤敲打。任建华跨出铁匠铺，叮叮当当的声音跟随着他，他忽然觉得找不到合适的词语形容这声音，伴随着他成长的锻打声，多年来并没有改变，但他找不到合适的词语准确地描绘出来。

第二章

生活的悬念

1

任爱华早饭吃得很快，她连喝两碗稀饭，就去晾晒棉被，这是自铁饼街带来的习惯。铁饼街临近文水河，街面上常年缭绕着流动的灵气，同时也具有潮湿之气，即使在酷暑季节也相伴着雨季，河水饱满之后，湿意从各个角落渗出来，墙壁、街角、路牙，铁饼街的住户养成了抓住阳光的习惯。即使任爱华搬离了铁饼街，她也从未拒绝晾晒棉被，从未辜负晴朗的天气。在铁饼街时，要提早去占地方，在文水河边的两棵树之间系上麻绳，以便抓住阳光。晒棉被像是把床上的那点隐私都给抖搂出来了，但家家户户都不厌其烦。现在，任爱华在阳光下晒棉被的样子，只有何连钢会注意到，他看到金色的阳光照亮了任爱华，使她看上去被光晕拥抱着，看上去很好看，他就这么看着她，像是在欣赏一幅画。

阳台不大，任爱华必须将半截身子伸出去，她抬脚的时候，何连钢起身，嘴里塞着肉包子，上前将被子在晾晒杆上抖开。任爱华的表情平平静静的，像是对一切不挑剔，心满意足的样子。他说："昨天小舅子去打铁铺了。""他说什么了？"任爱华的双手压在棉被上，停滞住了，握成的形状像是临时添加的两个问号，是生活中的疑问，需要在阳光下暴晒。"没说什么。"何连钢吞下肉包子含含糊糊地说。早饭仍然有何连钢的大肉包，有何辰锋的牛奶、面包，稀饭里有红豆和薏仁米，任爱华只喝了稀饭。何连钢只吃了一个肉包子，还有一个他留下来。他对任爱华说："铁匠铺没什么生意，我只舍得吃一个肉包子了，应付下肚子里的馋虫就行了，还有一个留着，要么你吃，要么当午饭。”任爱华这一次没有抢白何连钢，她盯着棉被，微微蹙起眉头。

任爱华叹了一口气，说：“我这个弟弟，好久没见他了。”任爱华竭力在何连钢面前显得平平常常的。她心里清楚，每次看到她这个样子，何连钢的心里就很舒坦，他没法形容这种舒坦，就无比珍惜，他不知该如何珍惜，就感到紧张，成家这么多年他一直这样，极力对她好，处处表现出有这样的一个女人让他珍惜就足够了。这会儿，何连钢显然不想再把任建华扯进对话中，他说：“随便他吧，你不要去老屋，你不能走远，别又累着，就在家，修修‘铁画’也成。”他像叮嘱孩子一样叮嘱她。任爱华仍然盯着棉被，有些出神。

“老婆，你想什么呢？”何连钢问。任爱华回过神来，恍然嗔怪说：“你当我是个孩子？”“就是个孩子。”何连钢倔强地说。他没有提到她眼里的紧张神色，就在这两天总是不断地闪现。他说：“你有什么心事，要告诉我！”“没有。我能有什么心事？”任爱华边拍打着棉被边回答他。她扬起手掌落下时，像是拍碎了一些热烈的阳光。那些阳光显然没有走到她的心里去。

何连钢准备出门时，任爱华叮嘱道：“要是我今天没有收棉被，你记得收回来！”

“我不是说了，让你别走远。”何连钢站在家门边警觉地说，“你去哪？”

“我能去哪？我去城关街照顾祖父啊！”任爱华语气淡淡地交代自己的去向，去城关街照顾祖父，这是她生活中大家熟知的内容。

任爱华站在阳台上，能看到何连钢走在楼下的马路上。他走路时目视前方，步态总是四平八稳的。何连钢走到了路边的香樟树下，成排种植的香樟树一棵接一棵，每天像是恪尽职守的马路卫士站在蓝天下，香樟树并不是有心的，却自然而然地遮挡住了人们的视线，任爱华隐约能看到何连钢那件褪尽颜色的外套，在树叶间时而亲切地跳入她的视线，成了一个个不均匀的点。她想到，外套上总是有一股含糊不清的味道，带有铁与火混合的味道，是他特有的。

灰色的跳动的点消失在视线尽头，任爱华回到房间里。布艺沙发、茶几、床、安静的“铁画”……她在几样家具间来回走动，注视着双脚，像是在陪伴她定夺空间的面积。她看到何辰锋的房门紧闭着，整个房间里都是她熟悉的家具，默默地组成了家的一部分，是个空间局促的家。除了租房，他们有限的积蓄都积攒着，存在银行里，有什么用处从来不用想，理所当然是给何辰锋，他们是这样做的，而且认为天下的父母都是这样做的。他们没有能力积攒得更多，这是令他们失落、悲伤的事情。但两个人给了何辰锋加倍的爱，又是令他们满足、欣慰的事情。

任爱华对自己的住处丝毫不挑剔，简单的二居室，最简单的装潢。天花板没有吊顶，地板是最便宜的瓷砖，装潢材料眼花缭乱，他们都没有去比较。楼层是顶楼，本来选中了一楼，但是一楼借着接地气的优势，租金高于顶楼，他们就住到了顶楼。

搬家的时候，他们特意给祖父留了一个房间，然而祖父拒绝了。祖父像是对他们租住的这套小户型的商品房抱有成见，祖父埋怨何连钢：“这么小的地方，怎么能住呢？你可是个铁匠啊，你总是要回铁饼街的。”

夫妻俩最大的愿望就是帮何辰锋购买一套大房子。随着房价不断上涨，他们就更加节俭。任爱华站在客厅里，空间很小，客厅和餐厅不得不紧密相连，餐桌紧邻沙发，餐桌就在厨房门边上。她对家里的布局一清二楚，从每一处走过，仔细地打量着它们，她站在何辰锋房门前。两天了，任建华没有联系她这个姐姐，却去了铁饼街，不知和意外来电有没有关系，任爱华拨打任建华的手机，正在通话中，隔了10分钟再拨，仍在通话中。

任爱华换好出门的衣服，从床板隔层下摸出了一把锋利的水果刀。水果刀被一张花花绿绿的广告单包裹着，锋芒掩藏着，她买这把水果刀，觉得刀刃能够帮助她击穿打来电话的那个人，一个打破她生活的逾越者，带着多年前的恶意，他应该受到惩罚，在她这里，她想，她来惩戒他。她穿了条口袋很深的长裤，把水果刀装进裤袋里，从外观上看毫无破绽。

出门时，任爱华看到房门铰链边的衬条松弛了，便用手轻轻按回去，胶皮衬条反弹回来，她懊恼自己往日的疏忽，出门之前，她希望这个家是井然有序的，不至于凌乱。她索性撕下衬条，使整扇大门看上去毫无缝隙可乘。她掏出手机划到联系人中的任建华，犹豫了一下放弃了。她想她不能联系任建华，他是个高高大大的男人了，但他终归是自己的弟弟，她不能连累他。任爱华穿了一件方领的铁锈红羽绒服，拉链拘谨地拉到下巴下，她系了一条浅紫色的丝巾，难以驾驭的紫色丝巾和上衣颜色并不搭，出门前她戴了口罩，半路上又摘了下来。

任爱华远远地看见城关街最醒目的地标建筑，城关大厦的玻璃幕墙插入空中，玻璃幕墙呈锥形的几何排列，越往高处渐渐缩小，仿佛谦逊直言：在城关街占据最醒目的位置，而在世界上只有很小的位置。

马路上的车辆来来往往，街道上有来往的行人，任爱华只能看清前面的一部分，蓝底白字的路牌竖立在路口，做着迎接的姿势。

城关街上有很多有历史的房屋，都融入现在这些建筑的背景中，也许经过更长的时间人们会经常想起它们。而有些有关的琐碎的温情、爱或者遗憾都存在过，遭受着岁月的侵蚀。

任爱华对她所处的城关街并不陌生，她幼年时，平坦的沥青路面的前身是沙砾路面，每当有汽车驶过便扬起灰尘。马路边行走的路人，像是接到了灰尘的暗示，性急的路人伸长了脖子，张望鸣着喇叭的汽车经过。有历史的灰尘、已经作古的路人、眼前飞驰的汽车，在任爱华的脑海里交错出现。

而更早时，祖母讲述看到汽车的场景，必定是走在这条城关大道上，沙砾混合在泥土之间，夯实的路面拒绝雨水的沁润，人力车夫怎么跑也跑不过道路本身的长度。祖母为什么在铁饼街找到她的容身之处，这些疑惑同样成为越来越古老的疑问。

城关街上沿街的商铺，有一些是古老的门面沿用下来的，而门脸无一例外都是拥有时尚感的钢化玻璃，有些门面进门要走几级台阶，逐步升高，新的装点门面的装饰一旦安营扎寨便会呈现蔓延的趋势。曾经凌乱的，透着各家气息的张家的糖炒栗子、李家的花生炒米糖……都悄悄消失了。它们消失时，有一部分人备受折磨，有一部分人内心凄惶，但没有人去挽留或者抗议，更多的人乐于接受新鲜事物，更多的人是那些老门面的终结者。城关街始终是兴旺的。

小时候的印象留在脑海里，是一幅永远的图景，不会再出现，也不会再改变了。而任爱华眼前的街景不会沿袭某种固有的模式。

铁饼街也随之变化，铺面的木板都换成了玻璃的，呈现出更加明亮、更加宽阔的前景，任爱华想象祖母在城关街的情景，她认为祖母一定是有秘密的，而那些秘密成为无法破译的谜面。祖母不去城关街时，会坐在铁饼街的家里做针线。她把那道通往店铺的大门关紧，阻拦那些张扬的含有铁的灰尘，她埋在那些绣线里，一坐就是一下午。她绣好就收起来，从来不用，她总是没有找到心仪的图样，始终没有绣出满意的作品。祖母去城关街，总是沿着文水河行走。她总是这样跳跃着想起一些，而始终没有改变。

祖母的绣样包在女学生的裙子里，是她去世后，祖父才发现的，除了这些，并没有其他，这本来不是什么秘密，但祖母生前并没有人知道。

一路上，任爱华回想起很多，毫无关联的、跳跃性的却又让她拥有记忆的，她想，那时候可能是某种预兆，也许意想不到的事情就要发生了。

早晨在家里时，她对何连钢撒了谎，现在在城关街，她没有去照看祖父。任爱华已在本市公用电话号码大全中找到了，那个传递有罪的原话的电话机所在的位置，她并不是要找到那部电话机，而是要找到那个人，她不会困陷其中或者任其存在下去。

电话机在城关街的一处角落，毫不起眼，柔和的浅蓝外壳，一种无法令人恐惧的颜色，没有夸张的外形，没有恐怖的发生地，一个平常的图景，不存在罪恶的外形。任爱华在邮政大厦找到号码簿时，有突破困境的快感。历经多年，已经凌乱陈旧的电话簿，让她觉得有些困难只是叠加的符号，但那组号码有它的排列顺序。她沿着数字的顺序，在封面污垢不堪的电话簿里翻找，那组印刷体的号码清晰可辨，它确实属于城关街街心报刊零售店。

查到电话机所在位置后，任爱华打电话给任建华，但弟弟在电话里不解地说：“这又怎样？”任爱华说：“这个地点也许会有线索。”任建华在电话里沉默着，弟弟的沉默令任爱华感到困惑，她说：“建华，你怎么不说话？我想该找到这个人，看清到底是什么人，弄清他如今打电话的动机，我们不该被动的。”任建华说：“我能说什么？我没什么可说的，一个电话亭哪能找到什么？”任建华说完就挂断了电话，没有延伸新的话题，像是对他而言，这件事已经过去了，这个人是不存在的，他的罪是不存在的，惩罚或清算是不存在的，而任爱华找到这部电话机是荒谬的。

这部电话机属于一家街边的报刊亭，像是不甘于被遗忘而委身于繁华，留有改造的痕迹，铺面里没有新近刊发的杂志，只有几张泛黄的报纸摊在薄板上，压着长长的石条，留有缅怀的姿势，随风翻飞，薄板没有规则，像是随时会被遗弃。任爱华回拨那个号码，报亭里响起了铃声。任爱华看到，角落里的电话机上落满了灰尘，而它浅蓝的外壳已经褪色了，陈旧的、简单的一部普通的电话机。报刊亭的主人是一位上了年纪的男子，斜睨着任爱华说：“这电话一年也响不了几次，有时候它就断线了，你怎么会有这个号码？我都快要去停号了，你跑到这儿打这个电话要找谁？”

任爱华听出店主的声音没有任何威胁，他只是这部电话机的主人。店主对打电话的顾客没有印象。“我在这守着，就为卖点香烟钱，你不买香烟，可以买一瓶饮料。”店主对任爱华寻找打电话的人没有任何好奇心，而是推荐了一瓶包装粗劣的饮料，递到任爱华手上。“买一瓶吧，不贵！对于打电话的顾客，只要是付过电话费，我是记不住的。”他说，“别说是两天前的了。”

任爱华注意到，报刊亭占用了人行道，而沿街的门面在向南30 米，与之相伴的只有间隔 3 米左右的香樟树，在车水马龙的街道边，像是一座小小孤岛的报刊亭，其实是个寂寞的报刊亭，没有监控探头，没有留下画面，没有留下真相。

任爱华接过那瓶饮料打开，她想，这个地点曾容留一个有邪念的人，但没有人能够证明。她口袋里的那把水果刀硬硬地抵在腰间，随时都会有一种威力。她把水果刀拿出来，隔着伪装的广告纸摩挲了几下又放在挎包里。

店主戴起老花镜翻看那几张泛黄的报纸，用余光打量任爱华，他说："不买其余的东西，你快走吧，不要给我带来麻烦，我在这儿有个店，也不容易。"

公路上的汽车流动着，像是都有目的地，而有些危险存在着，没有人会伸出手阻挡。任爱华怔怔地注视着电话机，也许会有人在暗处观察她，她昂着头做出无畏的姿势。

"你快点走吧，不要站在这里，我就是告诉你，也只能是个男人，没什么特征。何况我不知道，不知道！这个城市这么大，我也不认识你。"店主说。"我在这城市生活了很多年。"任爱华说。店主警惕地说："这跟我有什么关系？我是跟着我大学毕业的儿子来到这里，想要一家人厮守，现在都是老人移居。"任爱华忽然觉得铁饼街不是自己的家，何辰锋考取大学，会在异地落户，何辰锋离开这里，她也许会离开这里，也许不会。店主说："我赚不了几个钱，过段时间还会被撵走，我不想惹麻烦。"

"你听到他打电话了吧？他说了两句话。"任爱华坚持问，"你认识他吗？他的长相有什么特点？"店主从躺椅上站起来，将手中茶杯里的茶水泼了出来，溅到任爱华脚上廉价的蓝色休闲鞋。"快走啊！本来就没生意，又说影响市容要拆了，还来个添乱的。"

有人向这边张望，但任爱华不理会这些，她蹲在报亭的树荫下，打算掌握店主工作的规律，以便再次蹲守，她说不清这样做的意义，但她觉得她必须在这里亮明一种态度。她也清楚也许这是徒劳的，但她只想到这一步，她不能让自己被围困，有些该发生的事情就要让它发生。她回首度过的岁月，已经打破了一连串的困顿，她不会怀揣别人带来的伤害，再次伤害自己，也不会为别人带来的屈辱而悲痛。

任爱华会遇见熟悉的人，邻居或者同学，他们从她身边经过，停下来打招呼，没有人看出她的口袋里有一把水果刀，也没有人看出她带着决心和一种信念。路过的人不会追问下去，只有她自己明白。她意识到她无法始终坚守在这里，而她没有再接到电话。她内心的恐惧被她的举动震慑了一般，她没有再独自承受贯穿全身的疼痛，也没有在黑夜惊醒。疲惫使她忽略了恐惧。

离开之前，任爱华再次站在报亭边，注视着那部电话机，电话机上盖着一张报纸，像是摆明了一种拒绝之态，报亭店主瞥了一眼任爱华，说："你也看到了，守到现在没有人打电话，而且这个亭子随时都可能被拆掉的，就是个临时的点。"他的态度好了一点，可能是他看到任爱华一直坐在马路边，将自己置身明处。

离开城关街时，任爱华刻意做个语音的采集者，尽管不愿回想令她战栗的声音，她也强迫自己克服恐惧。她到陌生人中去，低着头，贴近每一种声音。她的样子就像是一个警惕的猎人。

任爱华在汽车站购买了一张短途的车票，通过检票口，进入候车厅，没有人大声喧哗，安静的场所令她失望。

当任爱华途经城关街最气派的中心酒店时，她看见酒店大堂聚集了一群客人，隔着一道玻璃墙，与她相隔甚远。

酒店的旋转门旋转着，一个声音曲折地跳下了台阶，压迫性的声音击中了任爱华。任爱华站住，浑身的血液凝固了一般，循声望去，没有唤出愤怒，而一切都静止了。她的手伸进口袋里，握住水果刀，她并不紧张，而是认为她做着必须做的事情。任爱华熟悉的嗓音无所顾忌地到处流淌，一股愤怒与屈辱交织的情绪涌上心头，将她的身体团团围住，让她变得弱小，比她本身强大的情绪并不能帮助她，任爱华没有冲上去。这个人的声音依然传过来，他对着一位男士说："也许我们可以有更好的办法。"他的声音并不高，却真切地传入任爱华的耳朵里。

任爱华挪动着双腿，循声走上前，出现在她眼前的男人，瘦瘦的，很斯文。等到那个人走出旋转大门时，任爱华发现眼前这是个矮小的男人，不是她记忆中的身形，她从未怀疑自己的记忆，也从未怀疑自己的听力。她唯一能确定的是，她没有遇见那个打来电话的人。

在城关街，她只是找到了一部电话机，没有记忆，没有生命的器具，不存在担责，不存在蒙冤。寻剑客没有出现在她的眼前。她的寻找像是一种超越现实的泄愤的行为。

一种真相被另一种真相欺骗，一种真相被另一种真相混淆，但她必须要和这些共存。

沿着街道向前，任爱华试着调整自己，假装若无其事，像是每一个平常的日子，她外出散心归来，没有忧愁，没有悲伤，没有什么使她感到害怕，她也没有做过任何伤害他人的事情，那些让她恐惧的记忆也都不存在。任爱华挺直了脊背，那条与上衣颜色相悖的丝巾反而显露出独特。

途经祖父租住的楼下时，任爱华犹豫了一下，还是决定去看望祖父，她想，她没有做错什么，如果那个人在暗处，他只能在暗处，而她不会改变自己的生活方式。初春傍晚的空气微冷而清醒，楼道里，照明灯光忽明忽暗，令人警觉。

父亲去世后，祖父搬离铁饼街，搬至城关街。祖父搬离居所，并非脱离一种生活而是进入了另一种生活。

一个月前，父亲遭遇车祸的那天早晨。起床后，祖父便紧锁眉头，他看上去心情莫名地沉重，不停地长叹，像是胸口填满由心脏传送出来的浊气。踏入铁匠铺之前，祖父站在院子里看着天，天空瓦蓝瓦蓝的，没有一点云层。祖父对他脑海中的祖母喃喃道："老太婆，这么好的天，我怎么这么心烦呢？"祖母去世多年，祖父认为祖母存在于他的脑海中，而祖母的魂灵在天上看清一切，明白一切。祖父的疑惑并非祖母的疑惑，而祖母的答案会是他的答案，他活在尘世十分渺小，祖母活在世间却万分强大，祖父认为一个人的疑惑会由另一个人来解答，是理所当然的。祖父的眼睛里茫然一片。

祖父低下头的瞬间，任爱华接到了父亲遭遇车祸的电话。是一个生命终结的冷酷通知，而比这更令人绝望的是自从母亲离开，一直孤单地在路上，成了父亲的宿命。

那天，接到噩耗的祖父当时便瘫坐在地上。祖父一生都在塑造坚硬的钢铁，却被另一种他佯装不在意的最柔软的亲情击溃了。

卧床的祖父成了家里最脆弱的人。七天后，祖父挣扎着起身，他挪到床沿边，双腿却绵软无力，祖父站在床榻上，泛黄的麻布蚊帐耷拉着，发出沉闷的叹息。祖父摇晃着，挪出了一步。

铁匠铺狭小的空间里，荒寂不堪重负，叠加着。祖父的缺席，仿佛铁匠铺灵魂的重量减轻了，令何连钢无所适从。长期以来，祖父的威严盘亘在铁匠铺，即使随着年龄的增长，祖父只在锻打时辅助何连钢。

一个月之后，祖父恢复了精力，他站在铁砧旁，试图拎起铁锤，双臂却用不上力气，祖父和来自身体的疲软针锋相对，最终颓然跌坐在泥土之上，铁匠铺的地面历经多年，是一层夯实的坚硬的泥土，祖父伸直了双腿，双手狠狠地捶打着地面。

并非铁锤彻底叛离了祖父，而是祖父的身体背离了他的内心，这是一种沉重的打击。

无法举起铁锤打铁带来的沮丧，胜过了亲人离别的悲伤，祖父一次次拎着铁锤，做着尝试，但沉重的铁锤彰显了固执，铁锤不会改变自身的重量，祖父不愿意接受的现实击穿了他，不能使出力气打铁，是祖父无法接受的，这是一种真正的、永远的诀别。祖父吩咐何连钢："连钢，你举着我的胳膊帮我举下铁锤。"何连钢站在祖父身边，右臂环住祖父的右臂，右手握着祖父的右手，缓缓地抬起来，祖父的胳膊抬起来了，铁锤却滑落下来了。

心灵中的建筑物必然是会被现实摧毁的。

一个雾色浓重的深夜，祖父在睡眠中突然醒来，窗外洒进来一道安静的月光，祖父借着月光起身摸到床边的茶杯，他浑身燥热，茶杯里的茶经过数次更换，已经失去了茶的味道，祖父喝茶喝的都是自家镇上的野茶，产白镇后的大青山，茶水入口微苦，回味却甘甜。这是个不合时宜的时间，但祖父无法忍受内心的燥热，颤悠悠地打开房门，月光便倾泻而入，祖父站在月光下，他看见他的儿子任向东跨过门槛，一遍遍走进来走出去，却对他视若无睹。祖父像是经历了跋山涉水，耗尽了浑身的精力，瘫坐在地上。祖父对着茫茫夜色喃喃低语："老太婆，我最不能忍受的是你离开后从来没有出现，甚至梦里也没有啊，儿子却来了啊。"祖父被彻底的悲恸击垮了。

祖父总是看到他的儿子任向东踏进门槛，不厌其烦。祖父看到的父亲任向东依然是他当年初学打铁的神态，穿着草绿色的上衣，草绿色的解放鞋，头戴一顶没有军徽的军帽，腰间系着一条宽皮带，他正要解开他的皮带发泄怒气时，任向东就退出门槛，他一遍一遍地踏进门槛，又一遍一遍地退出门槛。月光照亮了年轻的任向东，照亮了他年轻时的梦想。年轻时，父亲任向东抗拒打铁，常常溜出家门，他溜出家门时身上穿着家织布的粗布上衣，怀里揣着草绿色上衣。在家门外，他站得笔直的，换上草绿色的像军装一般的上衣。

家门那道门槛是松木的，是祖父的父亲，任爱华的曾祖父从深山里购买的，当年曾祖父在外售卖刀具，乘船而归，船上载了松木，曾祖父以松木铸造门槛，即使是土坯屋，门面就是脸面，门槛拥有尊严。古老的门槛，重叠了无数的脚印，那些脚印来来去去的都很从容，祖父注意到，任向东走进来退出去，一次又一次，他青睐的正是门槛。

那段时间，铁饼街传出改造动迁的消息，传言铁饼街将和城关街成为一体。祖父最早响应，他堵住了铺面通往庭院的门，在堂屋和厢房挂上锁，整座住宅的墙基上有数次垒加的痕迹，有些从铁匠铺飘来的灰尘，落在院子里生了根，祖父的脸上挂着勉强的笑容，祖父做出了多大的挣扎，只有他自己清楚。

祖父成了铁饼街最早响应政府改造动迁的住户。而在这之前，比如说街道维护、下水沟清淤、线路铺排……凡是涉及铁饼街的项目，祖父都认为惊动了铁饼街。祖父一向认为，铁饼街有铁饼街的脉象，不可轻易触动。祖父数次训斥过晚辈的不以为然：“我在铁饼街什么没见过？你不要身在福中不知福。”祖父训斥何连钢，他吐出的每个字都生硬如铁。但他见过的有些往事，是柔软的，只是放在内心。搬离之前，祖父曾将任爱华、何连钢叫到面前，交代说："我受不了任向东这小子，我出去住，该回来的时候我就会回来。"离开的前一晚，祖父特意宿在铁匠铺里，与他度过的打铁时光共眠。

祖父搬离铁饼街独自住在城关街的西莫巷。西莫巷像是铁饼街的孪生兄弟，两街共临文水河。西莫巷曾经拥有的铁匠铺仅次于铁饼街，尽管已无从寻找坚守者，但西莫巷里还留有某种印记，一段古老的台阶或者是一堵有历史的墙壁，都留有铁砧和铁锤的锻打之音，一种没有瑕疵的、纯粹的回味之音。而那些保留下来的建筑物的遗迹安静地在街边或者墙角，举止一贯凝重，表现得体，从不争抢风头。

西莫巷的尽头，相隔田野正对着一池塘水，当年，祖母将生命交付的池塘，一家人无法再接近的池塘，它像清澈的眼睛注视着天穹，而它的身体里面只有水，以及水中的生物。

城市扩建，祖母当年交付生命的塘水并未流尽，池塘遭遇填埋，池塘边的老柳树已挪离，在一片平地之上，建筑群带着获胜的表情矗立着，有数不清的玻璃窗、有序的墙壁。祖父租住的单间，朝南有一扇窗，站在窗前，祖父仍然会清晰地辨认出池塘的方位，他将日光落实到一个点上，这是祖父此生的结。

搬到新住处，多数时候祖父坐在桌边的板凳上，桌子是胶合板桌面的简易桌，四只铁皮桌腿，薄薄的，是房东相赠的。房东像是熟悉租客的所需和所想，祖父租房来看房时，房东将折叠起来收到墙角的折叠桌展开。"任铁匠，您看这桌子离不开铁。"房东指着桌腿说道。祖父以铁匠的眼光欣赏那四只铁皮桌腿："我就用这桌子，铁皮也是铁啊，结实。"祖父留在住所，第一次使用桌子，就面临了一次尴尬。任爱华将早饭摆在饭桌上，祖父双肘刚撑在桌面上，桌面便倾斜了。祖父低头察看，铁皮桌腿不堪重负，暴露了劣质的真相。那天早晨，祖父瞬间彻悟：一种铁不可能是另一种铁的翻版。但祖父很快收敛了恼怒的眼神，破天荒地帮任爱华收拾了桌面上的残局，祖父将碗筷端到厨房，就地端起熬煮稀饭的汤锅，吃起了早餐。厨房逼仄，祖父身倚墙壁，面对一步之遥的大理石案板，案板上只容一只铁锅和一只饭碗，祖父将任爱华精心烹制的几样菜肴，一股脑盖在米饭上。相形之下，单灶煤气炉像是雄霸一方。那张简易折叠桌，并未遭受遗弃，祖父常常垂手坐在桌旁，桌面上空空荡荡，他的坐姿，看上去像是一种相守。

一段时间后，在一个阳光普照的日子里，祖父示意任爱华陪他出门。一路上，祖父甩脱任爱华的手臂，像是在地板上按出脚印，祖父走出了出租屋，接着一步一步在街道上按下脚印。祖父径直来到本市最大的家具城。

除了那张铁艺桌，祖父租住的一室一厅的房间里还有一张铁艺折叠床，这是祖父此次外出购买的。买回铁艺床的那天，祖父的脸上露出了兴奋的表情，带着一种挑战前的坚定，仿佛他租住在此是为了成全自己睡在铁艺床上的愿望，祖父自己亲自挑选的铁床，非常结实，经受了考验。

“爷爷，为什么要买铁艺床？是因为铁吗？”任爱华问。祖父摆摆手，表情得意。他从桌旁挪到床上，平躺下来，像是对铁床的铁的一次检验，祖父在床上踢打着双腿，木床板发出砰砰的声响，但铁床架纹丝不动，像是一种宣言，祖父露出心满意足的表情。一次出行耗尽了所有的精力，任爱华注意到祖父的饭量渐渐减少，他躺在铁床上的时间越来越多，像是在亲近支撑铁床的铁。离开了铁匠铺，任爱华才意识到祖父是个不善言辞的男人。

多年来，铁匠铺的锻打之声替代了祖父的心声，对祖父来说，打铁是他与生活的对话。祖父打铁，是铁成全了祖父。

暂时离开铁饼街，是祖父借以表明他已在生活之外。

祖父在生活之外想起祖母，而非想念。祖父想起祖母，只是会提出一个问句：是那把剑重要还是命重要？除此之外，其他的语言便不重要了。

祖父曾随军打制兵器，并把祖母从军营中救出。

祖父从未提及打制任何兵器，也对他这次打铁经历闭口不谈。他只铭记那次逃离改变了祖父的一生。

祖父至今认为他当时离开军队，是一次意外之举，而非明智之举。事实上，祖父的逃离是借助了他的狡黠。行军时，祖父挑着担子，随着大部队前进，祖父的脚步越来越慢，他不断地停下，左肩换到右肩，右肩换到左肩，一根扁担挑起的家当显然重负在身。歇脚时，祖父站在炉边，卸下挑担，离开队伍，以免挡住去路。越来越多的军人跟了上来，祖父没有跟上领队的战马，也没有露出逃离的痕迹。队首和队尾本身就没有铁匠的位置，从远处看过去，队伍一眼看不到头，但队尾越来越短，一路黄土扬起的灰尘遮住了队首的战马，祖父渐渐地湮没在尘土之中。空气中飘浮着的土腥味令人喉咙发痒，祖父吐出了一口浓痰。祖父向后张望，蜿蜒的黄土路上没有队列出现，路上的浮灰渐渐回归泥土，祖父做出等待的姿势。前进的队伍在他的眼里渐渐变成了蠕动的圆点，祖父沿着山间小道在半山腰掩藏了挑担，坐在山洞里直等到天黑，才走出山洞。

祖父并非独自一人走出山洞，他身后跟着一个女人。

只有祖父和这个女人清楚他们同样选择了逃离，这似乎是命运的安排。祖父挑着打铁的挑担走回铁饼村是在三天后。他专门走山间小路，有时走到山头时，他能看到队伍并听到零星的枪声。

这一次的外出随军打铁经历让祖父认为，人是肉身之物，耗尽一生都不会具备铁的本质。那一支军队，经历过怎样的战役，祖父讳莫如深，他只是一个铁匠，既不需要荣誉也无须澄清人生的过往。父亲和母亲也从未提及，任爱华只记得一些生活的表面上浮游的碎片，像是树叶，而更深入的在内心深处。

祖父逃回铁饼街时，曾祖父经营的铁匠铺已在战火中夷为平地，带有血迹的铁砧埋在地面之下，在一片废墟之中露出清冷的光。战争使祖父失去了所有的亲人，只有铁砧留下来了，铁砧比人的生命本身更加坚强，铁砧可以让祖父继续听到锻打之声。

祖父在废墟上重建家园时，迎娶了随他而至的女人，这似乎是两人唯一的生存的途径。祖父对祖母的身份只说是逃难的。进入立冬，祖母在铁匠铺的后院里得到祖父的款待，祖父对待祖母像对待真正的家人，他对祖母说你我从此不再孤身一人，他让祖母看他的铁匠工具，让祖母明白从此不会缺少粮食。

起初，祖母不擅家务。祖父在废墟上建起铁匠铺后，祖母总是在锻打声中，丢下河边浣洗的粗布衣衫，带着惆怅打开她携带的藤箱，藤箱里有一套学生装，还有几件颜色鲜艳的缎面旗袍，祖母轻轻摩挲着旗袍，她陶醉的神态像是掌心已触摸到了内心。

祖母轻易不会触碰藤箱角落，一个被包裹的角落。偶尔，祖母会关上房门，换上黑裙学生装，在房间里走来走去，土房梁上结网的蜘蛛，土坯墙上蜷缩的蚰蜒都明白祖母的意图，但铁匠铺忙于锻打的祖父并不明白，祖母在回味原来的生活。城关街上的女子学堂，再次招生时，祖母频繁地前往城关街，祖母前往城关街，总是沿着文水河的堤岸，绕过铁匠铺。祖母当掉了藤箱里的旗袍，在女子学堂外徘徊，最终没有跨进大门。回家后，祖母把那道通往店铺的大门关紧，阻拦那些张扬的含有铁的灰尘，她埋首购得的绣线里，一坐就是一下午。而她最终绣出的成品从未被使用，仿佛她是在缅怀那几件当掉的旗袍，又像总是没有找到心仪的图样，始终没有绣出她满意的作品。

祖母的绣样和绣线包在那条学生裙里，在她去世后，祖父对这两样物品的组合大惑不解。除了这些，并没有其他，在祖父眼里这本来不是什么秘密，他对祖母生前的掩藏之举困惑不已，并没有人知道祖母掩藏的理由，而这成了永远的未解之谜。

祖母是祖父在军营里打铁时救下的，她走进铁饼街时，挎着个包袱，穿了一件水蓝色的对襟上衣，扎了一条大辫子，脸上满是灰尘，但也难掩秀色。藤条箱捆在铁炉架上挂在扁担上，扁担横在祖父的肩上，两头分量相衡。

祖父从他父亲那继承了打铁的手艺，便处处严格要求自己。他深知自己是小人物，这是家训，从来不去招惹那些大户人家。

祖父加入军队是以他打制的一把柴刀为媒介，与祖父无关。刀具有刀具的命运，祖父有祖父的命运，两者之间没有桥梁，只是一个交点。

任爱华至今疑惑祖母当年为什么常在城关街徘徊，但城关街缺少了祖母就失去了吸引力。自她踏上城关街的第一步起，她就心怀失落，这不是城关街，那些熟悉的也会在眼前成为陌生的。

任爱华走在大街上，每一步都很坚定，不像是以往的她，却属于她的脚步。她低着头，想寻找出当年祖母徘徊时的脚印。

2

敲门声传来时，任爱华在祖父住处的厨房里，正将前一天送来的蛋饺，一个一个摆在盘子里。她停住手，僵硬地站着，来自城关街的敲门声，重重地噬咬着她的耳朵，一下一下令她感到慌乱，隔着饭桌，祖父以眼神示意她去开门，她相信祖父并没有看到她内心的恐惧。

是任建华站在门外。任爱华长舒一口气，马上悄声嘱咐弟弟不要告诉祖父那件事情，她一早就去找那部电话机。“你找电话干什么？”任建华说，撇了一下嘴，眼里有某种怀疑的眼神，任爱华不由得后退一步，任建华抬脚跨进了门。弟弟对自己的懈怠，任爱华已经习惯了，她心里不清楚弟弟在想些什么，他的神态像是受到了欺骗，又像是在探究受骗的缘由，其余的他并不在意，她为此感到难过，不明白为什么会这样，一种距离使她和弟弟越来越不像是一家人。

祖父的临时住处，任建华鲜有造访。除了热情有限，频遭冷遇也令他感到挫败。祖父嫌弃他这个放弃打铁的后辈，在祖父这里，款待任建华的除了冷眼，还有冷言冷语。去年除夕的团圆饭，一家人围坐在铁匠铺老屋的八仙桌旁，任建华举杯之际突然说出了他的打算，他建议祖父搬离铁饼街，至于房子，他说，他只要属于他的那一部分，他还提议说：“姐姐有了这部分钱，可以创办刃具厂，一直守着铁匠铺什么都得不到。”自从提出售卖铁饼街的老房子后，祖父对任建华的态度渐趋戒备，建立在冷淡基础上的戒备成了他亲近祖父的一道障碍。

“爷爷，您老人家挺好的吧？”任建华浮夸的语调，令祖父皱起了眉头：“你来干什么？没事别到我这来！”祖父瞟了一眼任建华，语气里都是嫌恶。

任建华带了很多张精心挑选的图片，每一张图上都有一件铁制利器，多数是宝剑还有一张是飞镖，镖尾一朵殷红的绸结突出了镖身的尊贵。任建华没有表明他的意图，而是讨好地说：“爷爷，我没带来什么吃的，而是带来精神食粮孝敬您。”

图片一经亮出，祖父陡然睁大了眼睛，铁以另一种形式得到祖父的青睐。

祖父的目光在第一张图片上久久地停留，上面是一柄吐露锋芒的剑，剑长约一尺，剑身带着一层薄光，剑柄上有龙雕图案。任建华窥伺着祖父，轻轻地说：“爷爷，这张图上的宝剑，您见过吧？”

这些天，除了搜集各式宝剑的图片，任建华还理顺了有关脉络，有关他自认为的家传宝剑的脉络，尽管他未曾亲眼所见，但他坚信宝剑是存在的，并且有不可估量的价值，这种价值一旦体现出来，他的生活就会有质的飞跃。他自认为并不贪婪，但也不会甘于被驱逐出局。面对姐姐任爱华，一种他无法抑制的愤慨情绪再次从心底流出，这是他和姐姐在公园见面那天瞬间产生的，就此未曾离去。

任建华是循着祖父和祖母的生活轨迹，摸索出家传宝剑的前世今生。有几种可能：一种是祖母的陪嫁里有一把宝剑；一种是祖父在军营里打铁和将军关系好，将军将这把宝剑交给懂剑之人，祖父因此得到赏赐；还有一种是宝剑是任家祖传的。他脑海中的宝剑，每一种身世都令人浮想联翩，联想到经历年代久远而产生的价值，不可估量的价值。

“爷爷，你看出什么了？”任建华轻轻问道，祖父并未理会任建华，但脸上洋溢着光彩，显然，令祖父神采奕奕的是为铸造宝剑的铁本身，并不是宝剑。直到浏览完每张图片，祖父才郑重地说道：“我们铁匠打铁不是成全了铁，而是铁成全了铁匠。”

祖父的感叹并未触动任建华，但他也没有顶撞祖父，而是克制着情绪，翻翻眼睛。

任建华一张张收集起那些图片，随手将那些图片递给任爱华，任爱华只是匆匆一瞥，就像受到惊吓，又将那些图片扔了回来。这次，任建华悻悻地收起那些图片，他说：“我应该想到，这是徒劳之举，你跟爷爷不会跟我说什么的。”任爱华觉得任建华像是突然拥有了一个梦想，他对财富的诉求，他的贪婪、欲望都囊括其间。她对弟弟说：“你这是干什么？弄这些宝剑的图片。你不要这样。”任爱华这样和弟弟说话像是讨价还价，她觉得姐弟俩的关系没有因为父亲的离世而变得亲近，也没有因为祖父的陷入沉默而改变。现在，这种距离更深了，其中横亘着一把他们从未见过的宝剑，她有些懊悔将那个意外来电告诉了弟弟，显然，弟弟的搜寻目标偏离了正常的轨道，事情正朝着一个不可预知的方向发展，而无论将哪里定为终点，那儿都没有弟弟期望的东西在等待他。

她不愿意弟弟就此偏离，毕竟她曾拥有过母爱，短暂的却是铭记终生的，而弟弟没有，弟弟在襁褓里刚适应人世间的亮光时，母亲的泪水总是浸润着他，他毫无察觉。任爱华清楚地记得，弟弟 5 岁那年翻出了家里的一个包袱，破旧的床单上摆满了簇新的小包被、小衣服、小鞋子、玻璃婴儿奶瓶。弟弟向她询问母亲在哪，脸颊上流着眼泪，后来她明白，那些眼泪是怨恨，一部分是给她的，一部分给父亲，一部分留给母亲。

任爱华无法让弟弟明白，她曾紧紧地依偎着母亲，曾将母亲的一绺头发悄悄地攥紧在手心。弟弟在母亲的怀里酣睡，却没留下记忆，他对母亲的怨恨是随着年龄增长的，而有关母爱、有关孝心，对于他，他当时还不懂得强迫自己睁着眼睛，以便一直得到母亲的爱。但任爱华拥有一些，尽管并不长久。那些小包被、小衣服、小鞋子以及奶粉和奶瓶，她曾学会了使用，当她品尝了一点点奶粉的味道时，她已经学会了在玻璃奶瓶里放进奶粉兑入开水，盖上奶瓶盖，从奶嘴里挤出一滴试一下水温，她先把那一滴奶液滴在自己的舌尖上，确认了不会灼烫的温度，她才会将奶液喂给弟弟。

她始终觉得亏欠了弟弟，她拥有8年的母爱，弟弟拥有的母爱却很短暂，尽管她那8年记忆很单薄，但她有联想的基础，弟弟却没有。

任爱华不去看那些有着锋利光芒的图片，她说："你不要折磨老人了。"她长叹一口气说，"你这样做是为什么？"任建华说："那你说是为什么。"语气里透着犀利的挑衅。任建华举着图片在祖父眼前又晃了晃，怂恿祖父说："爷爷，你再看看，这里面哪一张最像值钱的宝贝？"任建华话里的潜台词，听上去毫无由来，但他挺直了身子，现场为祖父做了一个诱人的假设："爷爷，如果有这些图中值钱的一把铁器，卖了钱，我们就能过上好日子，要什么有什么。"

"你可以走了，我不想看到你！"祖父扔过来几句话落在任建华身上，交替着岁月的光和影。

一处租住的临时居所，没有秘密，也无从泄露什么。任爱华走到窗前，白色的塑钢窗框没有局限住视线，云层低低的。在云层之下，荒废的炼铁炉空地已被改建成居民区，十几栋高层，刷上黄色防水涂料，建筑覆盖了荒凉，而充斥着不安的灵魂的时光并没有消失，栖落在缝隙间。

在两座炼铁炉之间同样留有缝隙，形成了一个洞状的栖身之所。

我就猜到会是这样！任建华不甘心地翻弄着手中的图片，问任爱华：“姐姐，你当年学习打铁是为什么？为了取悦爷爷？为什么？”

肆　定型

每天早晨，在打铁之前，祖父都会站在铁匠铺门前张望，他从来不曾声张他期待什么，也从来不愿跨出铁饼街走到更远的地方张望。在“双抢”到来之前，祖父打制了足够多的镰刀，而他希望父亲会记得这样的日子，他已经夜以继日地承担下来，他留有等待，等待父亲归来。

邮递员骑着绿色的自行车，穿过铁饼街并未带来父亲的信件。在父亲可能逗留的上海，寄信是一件轻而易举的事情，而对识字的父亲来说，写信并非难事。祖父甚至吩咐任爱华，你爸爸要是来信，你要照实念给我听。任爱华没有等到读信的机会，父亲显然放弃了这种联系方式。

任爱华总是逗留在铁匠铺，祖父并未生疑。在适当的范围内，祖父允许任爱华做下手，放弃学校里的学业并不可惜，这使祖父感到坦然和欣慰，偶尔，他会在饭桌上发出感慨，带着酒水的悟性，他说：“我早就说过，女孩子读什么书。”那些读书时光是任爱华赚取的。教室里是安静的，独处时是安静的，夜晚是安静的，接受安静对于任爱华无异于煎熬，安静是适合思考和回想的，她不需要！当她明白那彩色糖果遮住的恶意后的不安和恐惧，让她没有选择，她必须逃避安静。

她已识破真相，处在崩溃的边缘，但没有人注意到。她在铁匠铺里任劳任怨，被祖父一半归功于她的体恤，一半归功于兴隆的生意。

锻打是祖父做的最频繁的动作，任爱华痴迷锻打发出的声音，她能够听出一些频率，并非有序的节奏，而是脱离某种束缚。当锻打后的铁料逐渐失去火红的颜色和足够的温度时，祖父将铁料再次放入烈火的胸膛，目睹烈焰与铁的对决，目睹坚硬的铁颓然失色，她同样产生一种泄愤的快感，那种来自身体的痛快的感觉，从心脏出发，涌动着席卷全身，坚硬的铁被炙烤、被重塑，而她的内心也在锻打声中被不断地重塑，她脑海里的恐惧和不安无以遁形，锻打与炙烤使她觉得她在公然反抗，铁匠铺是她的援助，是坚强的后盾。

在铁匠铺，任爱华会见机拉动风箱的手柄，风箱的声音并不能识破她的诡计，但弥盖了她对安静的逃避，一个作响的空间，一个不需要思考的世界，解救了她。定型是个反复的动作，在反复中得以升华，并非只有单纯的铁件灵魂，而是巩固了任爱华躁动的心。

那段时间，祖父会让街口的屠夫留下蹄髈，吩咐任爱华先焯水，再加水、加酒，炉膛里架上劈柴熬煮，祖父光顾街口的卤菜店购买卤鸭，或者吩咐弟弟带着有两道蓝边的粗瓷碗，去买鸭膀爪，加上撒满蒜末的卤汁。这些增加营养的食物，祖父用以优待弟弟。任建华大快朵颐时，祖父坐在对面，注视着他，眼睛里都是期待，任爱华从来没有向那些有营养的食物动过筷子，她对弟弟得到祖父的厚待感到欣喜，祖父是粗糙的，喜欢或者厌恶，似乎无须表达，或者从不存在，只有需要或不需要，但她是喜欢的，喜欢弟弟而喜欢给予弟弟。

篾匠铺的秋婆，记录过弟弟买卤菜的次数，她还计算过任建华会吃掉多少鸡蛋，她对任铁匠的慷慨大度忧心忡忡。“总是要还的，看他怎么还。”弟弟从秋婆面前经过她总是要这样念叨。弟弟欠下的债似乎是注定的，而并非祖父的债。蹄髈、卤菜和鸡蛋滋养了任建华，一个冬天下来，任建华的胳膊粗了，胸肌凸显，身高也超过祖父。祖父敲打着铁砧，在一声接一声的余音中，郑重宣布：从今以后，这把铁锤交给你。铁砧和铁锤产生的共鸣，是祖父创造的神奇之声，祖父仿佛要将这些留给子孙后代，而他手中的铁锤被赋予某种神圣的使命。

弟弟还沉浸在祖父宠爱的迷津中，他还没有看清祖父安排的人生之路。即便隔街的邻居篾匠秋婆已洞悉祖父的筹划，蹄髈汤、数目过十的鸭爪、每天进补的鸡蛋，这些食物并非关爱，本质上是一种绑架。

祖父认为，任建华是铁匠的孙子，他当然要成为铁匠。祖父要求弟弟学习打铁，是他很重视并且酝酿的一件大事，关乎一个人的命运。

姐弟俩就读的学校，迁往新校区，包括小学部及初中部，而那片贯穿的田野已被铺上了碎石，新的道路已现雏形，铁饼街的孩子无须穿越田野。学校迁出后，大门关闭着。铁栏门上蓝色的油漆渐渐生了锈，校园里长满了野草。开发商进驻后，拦上竹篱笆，渐渐地，人们就看到高楼，田野也只在更远之处，而在校就读的任建华彻底脱离了任爱华的视线。

任爱华逗留在铁匠铺里，任建华和两个高年级孩子结伴，因羞于姐姐的存在，常常去录像厅看录像，或者蹲在新修的路沿边吹口哨，把一些缥缈的音符无偿赠予茫然的空气。或者书包斜挎在肩膀上，逃课到田野间。铁饼街上，有人家散养的鸡少了一只，失主在塘边找到留有余灰的火塘，和任建华带领伙伴们逃窜的身影，他们没有逃得掉。失主找上门，祖父凭着铁匠的脸面，赔着笑脸送走了一部分指责，还有一部分揽下来留给自己。祖父坐在灯光下自责，喝下一杯酒，举手摔裂了酒杯，我这是造的什么孽啊？祖父的悲怆之音中带着愠怒。

任建华跨进家门时，已是薄暮时分，铁饼街上有些勤劳的人家，信奉日出而作、日落而息的信条，已经关起家门。前几日，铁饼街上通电照明，仿佛也让任建华找到了迟归的理由，他说："我没回来很晚，街灯才亮。"街灯走进铁饼街带来了尊贵的感觉。祖父没有揭穿任建华的把戏，他斟满酒杯。任建华迟疑着举起酒杯，祖父说："喝下去！"任建华喝酒时一气呵成，没有意识到这是一种成人的仪式。他的身形酷似祖父，这使得他看上去带着与生俱来的力气，而他对自己喝酒的豪迈动作扬扬自得。

"从明天起，你必须跟我学打铁。"祖父说。

"我不！"任建华跳了起来，脸色通红，酒水迅速地连接了他的叛逆和抗争，而这些从未属于祖父。一个掌握知识的青年，祖父是陌生的。祖父说："我当年为了拜师打铁，吃过很多苦头，你跟着我，就不用了。"

任建华扔掉手中的筷子，伸手掏喉咙，一阵干呕后，酒水顺着嘴角流满了前襟，他没有俯下身子，而是昂着头。他说："我讨厌打铁，我讨厌喝酒！"他的脸上带着决绝的表情，深深地刺痛着祖父。祖父满脸错愕，霍然起身扬手冲向任建华。任建华不甘服从，主动送上自己的面颊，嘴里嚷着："你打吧，打死我，我都不学！"祖父扬起的手停住了，吐出了一口鲜血。

连续多日，祖父颗粒未进，当他挣扎着要举起铁锤时，铁锤带着某种嘲谑岿然不动，在祖父苦心经营半生的铁匠铺里，某种巨大的裂痕已露出端倪。完了，都完了。祖父坐在风箱边，注视着炉火渐渐熄灭。铁匠铺里，一些活计堆积着，有些流失了。

铁匠铺里冷清下来，而另一种忐忑滋生着，任爱华无法克服。祖父吩咐任爱华：“你不要总是出现在铁匠铺了，难道我们任家没男人了？”锻打声、风箱声消失了，几乎在静默的同时铁匠铺就摇摇欲坠，即将成为有历史的铁匠铺。

对于任爱华，安静同时降临了，这对于任爱华无疑是一种困境，也是一种煎熬。身处安静的空间里，她的心就像被放在阳光下暴晒，会被晒出裂纹，会崩裂，而疼痛似乎是一种肉体解脱的手段。她的灵魂却还在成长。

任爱华去寻找离家的弟弟。穿过那片曾坐落炼铁炉的田野，新近规划待修的道路，裸露着赭色的泥土。她的心肺一阵搅动，没有锻打声解救她，她加快脚步奔跑，停下时，一阵干呕。

任建华在火车站，倚卧着两张人造皮革候车椅，像是在旅途中的过客，随时准备出发。任爱华一出现，他就说：“姐，我饿了，先给我买点吃的。”

两个茶叶蛋、两个肉包子，花去了全家一天的菜钱，任建华却只填了半饱，起身离开候车室，他说：“我还要吃一碗大肉面，我还要喝酒。”在车站旁的小吃店，散发着大肉面和炸猪油的混合味道，任建华从碗面上抬起头，喝尽二两白酒，嘴唇油汪汪地说：“你走吧，那个家我不回去了！”铁匠铺连续多日的沉寂已将任爱华推向另一个边缘，她脑袋里嗡嗡的，冷汗直冒，她说：“那你送我回家，穿过那片田野。”任建华撇嘴别牙说：“诓我回家，也别找这么低级的理由。”任爱华嗓子里有丝丝缕缕的牵绊，她分不清是干渴还是无以言诉的、从心底冒出来的排斤，她急需锻打声拯救她。“回家吧，你回去了，祖父身体慢慢好了，至少让他接着打铁，姐姐想听到打铁声。”她哑着嗓子恳求弟弟，压抑着声调，她不想让这个想法成为一种哀求。

姐弟俩一前一后走出小吃店，任爱华扯住弟弟的衣襟，走了两步，她由主动沦为被动，弟弟有明确的目的地，他脱离姐姐的方向。在城东建造中的高架桥的桥墩下，有一堆稻草，夜色下的草堆立起来捆绑了任爱华，那些稻草没有腐烂，引起联想的稻草，带给她窒息之感，但她强忍着，什么也不说，什么也不能说！

她把弟弟从一堆稻草间拉起来，比她高出一个头的弟弟，站在她的面前，俯瞰她。她闻到了酒水和香烟混合的味道。“你不要找我，要找去找那两个人，一个是我爸，一个是我妈。”任建华带着醉意嚷道，而他深恶痛恨的正是他念念不忘的，因为原本该拥有的却从未拥有。他推搡着任爱华说：“你是姐姐，你说，为什么爸妈不管我们？为什么他打铁养了我，我就要打铁？”他不断地推搡任爱华，“你说，你愿意打铁，他还不知足，他为什么不放过我。”在月光下，任爱华看到弟弟眼中的泪水，闪着光，但那不是一束火苗。任爱华觉得哭泣也需要决心和勇气，但是她没有，她已经失去了一些本能。弟弟拒绝成为铁匠，还因为他没有一点铁匠的秉性，即使他回到铁匠铺，他也不会让祖父感到得意，祖父虽然没有剥夺他实现梦想的权力，但也放弃了对他的期待，他摆脱期待，也并没有找回自己。他会在祖父这里受挫，无疑会两败俱伤。祖父在父亲这里受挫，在弟弟这里是遭受了打击。

她说：“你跟我走吧，我们走吧。”念头是一瞬间产生的。她想离开，离开稻草、离开声音的拯救，也许是一条更光明的道路，离开，这也许是最好的方式。

任爱华和弟弟任建华人生的第一次远行，很快便夭折了。

尽管这是一个伴随着她成长的念头，而且本身具有蓬勃的生命力，她拥有目标却没有目的地。上海一直出现在她的脑海中，却不能向她出具确切的母亲所在的地址，这本身就是一种伤害，因为她和弟弟从未离开原地，一直在等待。

任爱华和弟弟离开铁饼街的那个晚上，是个雨夜，雨声噼里啪啦敲击着瓦片，是一种掩护，虽然身边的万物都在沉睡之中，雨仍在敲击着，像是对姐弟俩的嘱托，可以走了，可以走了……夜雨不断地催促。他们只想着逃出家门，在桥洞下等到天蒙蒙亮，穿过那片田野，任爱华瞟了一眼容留破败的炼铁炉的田野，只剩下斑驳的、模糊的、残留的记忆。

火车站里，任爱华和弟弟顺利地进了入口，在售票处半圆形的窗口，任爱华脸涨得通红地被买票的队伍挤来挤去，购买站台票，是一个谎言，她说不出口，而她和弟弟真正的目的地是抵达母亲身边，她同样说不出口。任建华挤进人群，接过任爱华手里的钞票，他们全部的盘缠汗津津的，仅够购买两张站台票的费用。任建华从侧边贴近窗口，他扯着嗓门喊：“我买两张站台票！我妈妈去上海了！”他的嗓音扩大成一种乞求，很容易混淆成那是一个孩子对母亲的惜别之情，是一种送别的诉求。人群让出了一条窄缝，任建华顺利地拿到了两张站台票。他们凭借站台票通过了检票口。

在火车站水泥地面的站台上，简陋的站牌上，水泥板上涂有白石灰，板面上写有黑色字迹“上海”，那两个字像是墨笔挥就而成，清晰饱满。他们站在站牌下，背倚冰凉的水泥柱。他们一直在等待，而出发去上海的决定并不是草率的，没有家长为他们做决定，任爱华觉得出行的决策者是弟弟。绿皮火车缓缓地进站了，带着一束光，开往上海。

站台上，人群追随着火车移动。一扇一扇的玻璃窗后乘客的一张张脸，在移动。绿皮火车缓缓地停稳了，骚动的是追逐的人群，而火车稳稳地停着。任爱华拉紧了弟弟的手挤上了火车，他们没有相送的旅客，他们只是凭借站台票登上列车。他们不是存心想要逃票，只是没有足够的金钱。在一节节的车厢内，姐弟俩以为可以度过前往目的地的时光，而与母亲之间不再相隔。火车缓缓地启动了，车轮碾压着车轨，火车驶出站台，带着光。

火车载出的那段旅程，成了姐弟俩的一段惩罚。列车员并无耐心听明白他们的身世，关于寻找母亲，她认为是个可笑的谎言。在一个陌生的站点，姐弟俩在查票列车员以及鄙视的目光的押送下，狼狈地走出车厢。绿皮火车再次启程，仿佛那段载着姐弟俩的路程只是一个恶作剧。

姐弟俩沿着铁轨往回走，一根接一根的枕木迎接他们。起初，任爱华牵着弟弟的手，弟弟已经是初中生了，少年的叛逆和激情陷在他指尖之间，他挣脱任爱华的手，对着铁轨大声地喊：“啊！啊！为什么？为什么？”那天接近城关街站台时，天上飘起了雨，淋湿了姐弟俩。雨声同时收留了任建华的喊声，有一种愤懑。

这年腊月，父亲任向东突然回到了铁饼街，他搭乘着满身泥浆的城乡巴士，没有徒步，直接在城关街下了车。临近年关，街上多了一些回家的人，馄饨铺子里的彩色电视机正在播放《我爱我家》。

任向东变得沉默寡言，但是，能够看出来他在外面的经历使他愤慨。而他周旋在愤慨之中，忽略了自己的父亲和儿女。年夜饭是任爱华准备的，平常日子节省下来的鸡蛋、新买的猪肉和一条鲢鱼，一顿丰盛的年夜饭，并非富裕的日子的写照，而是精打细算的积累，但是父亲任向东没有注意到这些。父亲愈加单薄，使得他流露出来的悲痛和忧愁都是他人的。祖父对父亲说："回来了，你就踏踏实实在家，铁匠铺里缺人啊。"父亲显然明白祖父期待什么，姐弟俩期待什么。父亲说："都怪我没本事，我没能赚到钱，什么都办不成。"这是令人灰心的开场白，父亲显然没有找回母亲，而他忙着挣钱却一无所获。但父亲毫无顾忌地坦露野心，他说："除非有钱让我办个刃具厂，不然，留下来更没希望了。"父亲没有阐明，他所说的希望是他个人的还是全家的，是有关生活的还是有关情感的。说完这句话，他沉默了，仿佛希望只是一个谜面。夜里，祖父的房间里传来父子俩的争吵声。显然，父亲没有找回母亲，却脱离了自己原有的生活轨道。

第二天是大年初一，鞭炮声此起彼伏，有些祈愿和祝福不时地发生裂变，而成了汹涌的祝福和祈愿。铁饼街的街道上铺满了红色烟花纸屑，父亲踩着这些纸屑悄悄离开了家。

祖父穿着对襟棉袄，这件只有在过年时才会穿上的上衣，保留着祖母的针脚，关键时刻，起到了震慑作用，祖父咬紧牙关，放弃追打父亲。祖父腮帮上的褶皱加深了，足以掩盖他的愤怒，祖父咬着牙说："看着你妈的面子，老子成全你成个浪荡子。"祖父和铁饼街上的街坊互相拜年，一句不曾提到父亲。他对姐弟俩咬牙切齿痛斥他们的父亲："挣不到钱，还找我要钱，走了，连个地址都没留，他这是诚心的。"

一次夭折的上海之行，没有到达目的地，却改变了人生的方向。学校里，任建华成绩提高了，但祖父并不看重，到了期末考试，任建华捧回了一张奖状。任爱华把奖状给祖父看，祖父进过扫盲班，认识通红的“奖状”两个字，但他并未因此高看任建华，祖父将奖状揉了揉扔进了铁匠铺的炉火里。

祖父递过来一把铁锤说：“你拿着。”任建华跳开，站在铁匠铺的门外，只把他的决定送进铁匠铺里：“我不，我不学，我就不学，我坚决不学。”任建华的决心是不断加固的壁垒。“你不学你吃什么？你怎么过日子？”祖父的脸涨得通红，找不到合适的词语表达他对铁的膜拜之心，祖父说，“是铁成全你啊，不是你打铁啊！”任建华反驳说：“就你认为打铁最光荣，今后都是机械化了，谁还靠人力打铁吃饭啊？”“就算是机械化，铁还是铁啊！”祖父再次涨红了脸，动用最简单的语言、最饱满的情绪表达他最初的衷心。

一个在门外，一个在门内，祖孙二人陷入人生的抉择之中，是一道生活的难题，题面没有任何提示，看上去是为了彼此的生活，却双双忽略了生活的真相，而不存在妥协。

门外，时时传来踢踢踏踏的脚步声，经过铁匠铺的行人，走近、走远、越来越远，任建华一步步后退，紧接着撒腿奔跑，跑离铁饼街。面对困境，他选择了和姐姐任爱华截然不同的方向，一个归来，一个离开。

祖父在炉膛里添了一铲碎煤，连拉风箱，火苗像是醒来一般蹿起，显然这火苗深知身在何处，而且认识祖父，认识祖父的铁钳，当祖父将铁钳夹紧了铁件深入火苗，火苗紧紧地炙烤着它所熟悉的铁，并不张扬，这一点火苗和祖父心思一致。铁件渐渐转红，是火苗在告慰祖父，祖父迅速抽离铁件并将其置于铁砧之上，祖父一手抡起铁锤，一手夹紧了铁钳，他一个人使出双倍的力气，每砸一下都耗尽了所有精力一般，父亲任向东迟迟不归的日子里，祖父在日复一日的锻打中掌握了独自操作的窍门，他以双重的力气锻打铁件，同时付出双倍的心血。这一次，祖父手中的铁锤略显迟钝，是因为祖父没有和铁锤产生共鸣，祖父明显没有使出力气，铁锤乱了步骤，而铁已经渐渐发暗，错失火候的铁锤泄气地砸在铁砧上，铁件借机逃离了铁钳，祖父握紧铁钳的手保留着握拳的手势，而他颓然倒地，吐出了一口鲜血。

祖父病倒之后，任爱华每天早晨仍坚持打开铁匠铺的大门，她推开两扇木门，门面上是陈旧的痕迹、陈旧的门环，然后她低头清扫青石台阶，她重复着祖父迎接一日之晨的步骤，让铁匠铺里的煤炉、风箱、铁砧……仍立足于生活。

炉火并不永恒，而火是永恒的。

任爱华点燃炉火，她弄出很大的声响拉风箱，举着铁锤在铁砧上敲敲打打，杂乱的声音形成毫无规律的波纹。这些声音不是铁匠铺该有的声音，而炉火缺少了炙烤的铁件呈现出一种颓败之态。

任爱华不希望从此听不到打铁的声音，她依赖这些，以此掩藏内心的焦躁，以此生活下去。

有人上门来修理铁锹，一把不够锋利的铁锹，锹尖需要修整。任爱华试着将铁锹头置于烧旺了的炭火中，不时加些碎炭，她以一种锻打的姿势宣告自己的身份，当铁锤落下时，她听出了有些声音带有原始的力量，带有最初的爱意，这使得她的双手拥有了超乎平常的悟性，她凭借着悟性将铁锹放在水桶中，淬火，铁锹尖变得锋利。任爱华举着经过锻打的铁锹，试图取悦祖父，她渴望祖父因此认可她。

祖父躺在板床上，有年头的床架述说着古老的故事，而板床并非主角，它只是一个旁观者、旁听者。祖父瞥了一眼铁锹，他对任爱华的举动十分不解，满脸困惑地说：“爱华，你这是干什么？你以为能举锤就能打铁吗？”祖父长叹一声，“爱华，你寻个男人吧，肯打铁的男人，你爸、建华是没指望了，我一个人，都是硬撑到现在。”祖父长叹一声，“铁匠铺要人接管，不然，这个家就没了。”床架边沿的麻布蚊帐半开半掩，任爱华看见祖父只睡在半边，是祖父确立的位置，他负责以一生的时光巩固它，另一半空置着，在等待，一直等待，尽管这只是很小的位置。

“爷爷，我跟你学，我同样有力气！”任爱华说。她举着那把经过修整的铁锹，锹尖露出经过锻打后的锋利，能够看出来讲究的工艺技巧的原形，任爱华并非反驳祖父，而是受到了鼓舞，发自内心！

“你是让我丢掉这张铁匠的脸吗？”祖父说，“下次不许逞强。”祖父完全不懂任爱华对锻打声的依赖，当然不懂，永远不懂！

“任家需要个打铁的男人，就指望你了！”任爱华给祖父端来晚饭，补血的红枣在稀饭中若隐若现。祖父端着饭碗，目光却投向任爱华，只是匆匆一瞥，祖父的目光落在房梁上，空荡荡的屋顶收留了祖父目光中的无助和无措。“爱华，这个家要撑下来就指望你了。”祖父说着，低头喝了一碗稀饭，白瓷饭碗在祖父的扩大的手掌中再次收留了祖父的目光，恳切的、无奈的。

“我其实可以打铁的，我就想听到打铁的声音，让我打铁吧！”任爱华低低地哀求祖父，“爷爷，你就成全我吧！我还不想找人家！”

3

任建华一早来到铁饼街，看到铁匠铺的房门已打开，何连钢见他探身而入，满脸诧异道："你怎么突然来了？有事吗？"

任建华乜斜着眼，什么也不说，在何连钢面前，他总是有一种优越感，会无缘无故地厌烦这个姐夫。踏入铁匠铺，任建华先是抬头扫视房梁，接着打量着四周。

林场订购的30把镰刀就要完成了，下笔生意还没有着落，何连钢的心情也很低落，况且，任建华对他一向怠慢，他找不出要说的话。30把镰刀的生意，让铁匠铺突然拥有了生气，这几日铁匠铺里铁炉、风箱大锤、钢剪火夹都是跃跃欲试的劲头，不容辜负的劲头。何连钢延续了连日来的活力，先将炉火烧旺，再将几块原料放入火中，等到铁到了火候，抡锤锻打，铁坯渐渐有了形状，他站在铁砧旁，眼睛里只有铁砧与铁。

铁坯在铁砧上变化着，铁锤的声音也在变化着，任建华能够听得出来，而何连钢的注意力凝聚在锻打这件事情上，他平时也只关注打铁，而其他事情，何连钢认为都是次要的。何连钢的额头上出现汗珠时，任建华注意到何连钢的衣袖绷得紧紧的，他收紧的肌肉都是力量。

任建华走出铁匠铺，没有惊动何连钢，也无法惊动那些铁。走出去很远了，仍能听到身后叮叮咚咚的锻打声。任建华忽然想起祖父说过，要打造出好的铁器，材料、火候都有讲究，如果淬火技术不过关，就容易有缺口或卷口，一把普通菜刀经过5000次的捶打，才能最终定型。他想着这段话，绕过铁饼街，沿着文水河走向自家的院门。

院门紧闭，铁皮门面上的银粉漆深浅不一，能看出来补刷过，锈迹被铁砂纸打磨后被银粉漆遮蔽了，一扇没有锈迹的门，透漏出主人生活的智慧。任建华是突然想到这一点的，他认为院门之内，无疑处处都有这种智慧，闪着光的智慧。他退后两步，猛地发力，爬上院墙，跳进了院子。

院子里飘着零星的落叶，更多的落叶聚拢在墙角，竹扫帚立在墙边。房间阴暗而凌乱，到处都是被丢弃的杂物，空置的这段时间里，灰尘积累着成了这里的主宰。任建华从祖父的房间开始观察，房间已经搬空了，他拂去灰尘，墙壁、地面都沉默着，但任建华认为会留下痕迹，被打开过又被掩藏起来的痕迹。

铁匠铺里始终传出叮叮咚咚的捶打声。任建华注意到，祖父屋里的墙角有一道长长的裂纹，裂纹里填满了灰尘，但有些地方浅，他打开手机电筒，裂纹上面不同的石灰的痕迹，被不同的时间涂抹过。房间里有潮湿的霉味，裂纹上的灰尘也是潮的。这扇墙曾在翻建时被不断地推到、重塑，任建华忽然感到自己并不熟悉家里的老屋。

铁匠铺里，何连钢放下铁锤，淬火的间歇，添加碎煤的间歇，沉闷的、挖掘的声音便包围过来，铁坯渐渐形成，铁锤、铁钳、铁砧却被打乱了，来自老屋的一种干扰，铁坯卷黄。何连钢警觉地察觉到，有人在老屋里，他丢下铁器和铁锤，拉开铁匠铺后门，院子里，迎接他的每扇门都敞开着。

任建华在挖掘。

何连钢这时才留意到，平常斯斯文文常穿西装的任建华，今天穿了一件夹克衫，一条肥大的牛仔裤，脸上有种前所未有的兴奋的表情。何连钢没看懂，那是被激情蛊惑着才会具有的表情，而这表情的深渊就是欲望。何连钢被眼前的景象惊呆了，祖父的房间里，地面已被挖掘开，墙壁上那条隐秘的裂缝拓宽了，袒露着泥土，一些磨损的红砖被敲了下来，陈旧的碎水泥和白石灰混淆着，只是一些建筑材料被粉碎了，没有任何价值。

何连钢吃惊地嚷道："你这是干什么？快住手！"

何连钢没有夺下任建华手中的铁锹，所以任建华没有以铁锹为武器攻击他，他举着铁锹，锹尖泛着雪亮而锋利的光芒。"躲开，我们家的事情不用你管！"任建华警告说，"我挖我的，你不许告诉任何人，也不许过问。"

何连钢退后一步。任建华对他总是这样，不屑的、充满了怨恨的态度，任建华始终认为，他以男人的眼光看穿了何连钢当年留在任家学做铁匠的图谋。"你为了娶到我姐姐，才学的铁匠。"何连钢不否认这一点："你姐姐希望我一直打铁，我就会一直打铁，况且我喜欢打铁。""打铁和女人，你喜欢哪一个？"结婚后，任建华郑重地问过他。他坦诚地回答他："我还是喜欢你姐姐。"

"你走开，我早说过，你娶我姐姐是有图谋的，而我姐，哼！"任建华翻出了旧话。他把铁锹收回来，立在脚下的泥土上，他和铁锹肩并肩，像是一组出征的组合。他说："我现在不说，早晚你自己露出来真面目。"任建华挥着铁锹铲了一锹，他再次发问，"你怎么可能不知道我在干什么？也许，你比姐姐更清楚！"

何连钢不再争执。他是个打铁的人，力气是最大的财富，他说："我不明白你说什么，我对你姐好，和你没关系，你挖老屋，我得告诉你姐。"

接到何连钢的电话，任爱华便赶了过来。任建华站在祖父的房间里，姐弟俩，一个在门外，一个在室内。

“你是我姐，你要是坦诚点，我就不用花力气了。”任建华抱怨道，“别问我找什么，”他说，“你算计什么我找什么。”很显然，任建华把一些度过的岁月重新分配了，一把他寻找的宝剑，以看不见的方式割裂了姐弟俩的血脉亲情。任爱华说：“你找也找不到的，我和你之间有什么算计的？”弟弟轻率地推测一件利器的下落和价值，她相信是那把剑的魂灵在作祟，带着杀伤力，多年来，那魂灵一直在游荡，也曾流落他乡，如今带着某种惩罚回到铁饼街。

第四章

找啊找

1

夜幕还未降临，铁饼街就进入了昏昏欲睡的模式。一整天没有几个人光顾的街道上，洁净、整洁，环卫工老黄将绿色塑料的垃圾箱擦拭得很干净，他现在是整条街上与何连钢频繁打照面的人，他手上的长钳是何连钢打制的，但他更羡慕那种灵巧不锈钢材质的长钳，轻巧便利，他向何连钢抱怨道："你这长钳太耐用了，我退休了，它都不会退休。"

这种无所顾忌的坦诚，何连钢并不厌烦，他认为这是一种褒奖。老黄也曾是个打铁匠，独立门户不久，就脱离了打铁的行当。用他的话说叫脱离水深火热，比苦海更苦。他对何连钢带着深深的同情："老何，你就是太实诚，当年为了老婆，老婆到手了，你还守着铁匠铺，弄不懂你是被铁匠铺害苦了还是被女人害苦了！"何连钢听他掰扯，只在这时候，插上一句话："我愿意，我苦什么？铁匠铺也不是什么人都能撑得起的！"老黄谈兴正浓，听到何连钢的这句话，一时无言以对。他看着何连钢脸上从容而沉着的微笑，讪讪的，扔掉手里的长杆簸箕和长钳，蹲在铁匠铺的门槛上玩手机。他玩最简单的堆方块，炫耀说："你这一辈子，也没什么乐趣，不然，我们还能下个象棋。"

事实上，老黄最乐于光顾铁匠铺，铁砧、铁锤、火炉使铁匠铺的时间停滞不前，老黄在这里得以重温打铁时光。放弃打铁的手艺后，老黄曾南下打工，在流水线上焊接电子产品，不花力气却花精力。接着又去学习厨艺，他像是要和注重力气的打铁做彻底的决裂，但他已被渲染了，每一样不花力气的活路，他都没办法做到精湛。老黄最值得炫耀的营生是曾承包300亩果园。挂果头一年，由于不懂技术，植苗过密，收成欠佳；第二年雨水多，也未丰收；第三年，眼看着果实累累，雇请的园丁却在果园里被自家的三轮车辗断了一条腿。老黄内心惴惴的，赔了园丁40万，欠下贷款，翻身不易。老黄振作精神，却在果园里修枝时，一时头晕眼花，被紧急送到医院，幸亏抢救及时，急性脑梗治疗了半年，痊愈后，他对发家致富彻底灰了心，但他给自己留下了农民企业家的名号。街道照顾的这份保洁工作，他从心底厌恶。他对何连钢说："别看你当年比手艺时胜了我，但你就是不如我。"他嘴上逞强，心里是发虚的。何连钢并不反驳他，他知道老黄不是个可以交心的人，老黄对外人以商人自居，何连钢看不上他这一点。

老黄晃悠过来时，何连钢拉下咣当作响的卷闸门。他不能让老黄在铁匠铺逗留，不能让他听到任建华再一次在老屋里弄出的动静。老黄漫不经心地钳起一支烟头，丢在垃圾箱里，他瞥了一眼何连钢，戏谑说："你今天没守到亮灯，你有进步。"他追着何连钢走出了铁饼街。

何连钢没有带钥匙的习惯，住在铁饼街时他守着铁饼街就是守着家。搬到文鼎小区后，他回家时，任爱华都在家里，有任爱华在，家门随时都向他敞开着，对他而言，回家就是去见任爱华，是度过打铁之外的时光。这次，何连钢按响门铃，开门的却是何辰锋。"密码锁都普及了，还要喊门！"何辰锋不耐烦地说。最近，何辰锋总是挑剔，挑剔一切与他的高考毫无关联的人物或者事物。与他密切相关的高考日越来越近，冲刺的关头，总是越来越紧张的，面对抢时间的儿子，何连钢不知该说什么。何连钢脸上带着深深的歉意环视一圈，任爱华还没回来，他心里弥漫起一种令人不安的空落之感，任建华最近的反常举动，任爱华的经常外出和对任建华的态度，似乎都不是孤立的事物，他只希望任爱华只是外出而已。他在抽屉里翻找，找出一把家门钥匙，对何辰锋说："我带了钥匙去找你妈。""爸，我刚才不是故意的。"何辰锋摸了一下自己的后脑勺，脸上流露出歉疚之意。"我知道！"他拍了拍儿子的肩膀，感到欣慰，仍然不知该说什么。

街道上人来人往，都不是何连钢要找的人，他突然发现，这座城市悄然增加了很多道路，纵深望去都是簇新的、气派的、雷同的建筑，而他和这些变化并没有什么关联，这些街道上亮起的各式灯光或即将亮起的灯光没有一盏与他有关。

街道旁的建筑高耸着，建筑面上的玻璃幕墙十分耀眼，有不太真实的感觉，似乎随时会碎裂，又像是都带有令人心碎的笑容。何连钢从不喜欢去端详这些，包括脚下的道路本身，翻新了几次，地砖也都变了，路沿的空地都得到了器重，画了各种标志和箭头，公共自行车车桩，都是这样有序。但何连钢的脑海里却很乱，他和这些都没有关系，他像是还没有接受这些新事物，只要他没有接受，都是新事物，他只注意到车桩是醒目的黄色，是铁制的环状，这让他感到亲切。

这个城市的道路都是相通的，不然没有理由驻足在这座城市，他们相通是为彼此留下退路。何连钢不知道该往哪条道路上寻找。出了家门，除了铁匠铺，他发现他和任爱华之间一无所有，他被一种前所未有的凄惶笼罩着，他掏出手机给任爱华打电话，只有任爱华了解他内心的凄惶。

电话无人接听。何连钢没有办法重塑信心，他习惯任爱华给他拿主意，而对他来说任爱华不在身边是件大事情。他把自己完全交给了她，琐碎的事情、平常的事情他都交给她处理，他从未想过这对任爱华是否是一种负担，而认为是理所当然的。

他们的家就在身后的小区里，是何辰锋坚持要租住的住所，说这算是高档小区，有保安，进门刷门禁卡，私家车被电子栏杆一辆一辆检验，何连钢每次都有被监管的感觉，而且他没办法确认自己的身份，他的身份是由门禁卡决定的。

找不到任爱华，何连钢就不会踏入家门。小区大门向前走就会到达一个五岔路口，他走到尽头，望着眼前众多的道路，没有方向，每一条道路都通向迷途。他举着那部老年手机，再次拨打，仿佛这组号码才是他唯一不会迷乱的道路。

任爱华接到何连钢的电话时，正渐渐走近家门。这些天她不是单纯地前往报亭去寻找，而是以报亭为中心，向周边辐射，她没有停留过，在寻找，在倾听，她没有理由放弃，而一种她并未察觉的无畏的勇气始终伴随着她。这天她仍然一无所获，电话里，她不知对何连钢说什么，极力克制倾诉的冲动。弟弟任建华完全背道而驰，她从未想到会出现这样的局面，生活完全被打乱了，而她必须在何连钢面前保持平静。他们在电话里互相迎候，亲昵之感让任爱华完全松弛下来，面对何连钢时，任爱华恢复了平静的神情。

“你明天还是去铁匠铺吧。”何连钢在小区门外迎到任爱华，没有迫不及待地说出任建华仍在继续的荒唐的行为，尽管他有铁匠铺被掀开的预感，他不愿意她因此心急火燎地质问任建华。他相信只要他说出来，她就会去质问弟弟。

任爱华和何连钢一起上楼，在电梯狭窄的空间里，她看着他，带着品阅故事的神情对他微微一笑说：“你这么急着打电话，是遇到什么事了？”何连钢摇摇头说：“倒是你像是有心事，你今天怎么没去铁匠铺？”出电梯时，何连钢忽然说，他说话的语气和说出的内容同时让任爱华感到吃惊。哐当一声电梯门在他们的身后闭合了，任爱华身体抖了一下，她像是被电梯异常的声音吓到了。电梯里的广告电视仍然播放着，强迫性极强的广告语沿着电梯井隐隐传上来。那明明是个陈旧的伤害，她不知道何连钢能不能接受，她没有想要隐瞒他，也从未想要欺骗他。她想找出那个人，只是找到他，下一步她还没有想好。她下意识地整理了一下背包里的硬硬的皮革带，包里有她携带的水果刀，她带着这把水果刀，动机非常模糊，面对何连钢，她忽然觉得她为自己携带了一种赫然存在的伤害。

晚饭时，一家人收看同一个频道，电视里骑马的镜头吸引了他们，虽然，他们一生也未必能有骑马的机会。“任建华今天又在翻腾爷爷的房间？”任爱华问何连钢，她什么都清楚，她和弟弟之间到底怎么了。何连钢说：“我今天一直在铁匠铺里，这个小舅子到底在翻腾什么？”任爱华苦笑一下，说：“弟弟自小缺少父爱和母爱，总是觉得所有人都欠了他的。”“那也不能折腾老屋呀，屋子能给他什么？”何连钢问。任爱华摇摇头，注视着电视屏幕，她看上去对何连钢这个真切的问题疏于回答。

夜里，任爱华在何连钢的鼾声中睁开眼睛，并不是他的鼾声吵醒了他，他的均匀的低低的鼾声，带有一种安宁的共鸣，是一种安全的、安稳的、拉长了温暖的音符。她静静地打量着他，平稳的轮廓，是这样一个完整的夜里拥有的，她闭上眼睛拥抱着他。

2

在老屋里，任爱华阻止任建华，何连钢站在屋外，有些话她不能挑明。屋里的地面已经被任建华翻遍了，有些红色地砖带有时间的标志。“你住手！你在干什么？”任建华对任爱华说：“你该明白，我只能这么做。”任建华的外套和牛仔裤上沾满了灰尘和泥土，但他似乎并不在乎这些。他对着任爱华举着锹尖说：“你别过来！你别管我的事！”他戒备地瞟着何连钢，眼神里带着晃动着的寒意。

“你这还是一件大工程呢，照你这样挖下去！”任爱华讥讽任建华。她不明白这个弟弟为什么会变成这个样子。任建华并不回话。任爱华看着他，又感到心疼，说：“你有力气该加固这屋子。”任建华停了下来，他说：“我在这里，你们不许告诉瑞丽。”何连钢说：“那你不要再挖了。”他习惯以一个条件换取另一个条件，并不在意有时会有威胁的意味。

老黄拖着簸箕走过来时，何连钢瞥见他踏上台阶，连忙将他拦在大街上，他们都不希望外人得知任建华的举动。老黄却凑近何连钢，压低声音神秘地说：“我今天看到你小舅子溜回老屋了，你留心点。”老黄诡秘地一笑，晃晃悠悠地走开了。

下午，任爱华通过手机给弟弟发了一条短信，她建议弟弟使用金属探测仪。以这样的方式和弟弟交流，看上去有些滑稽，是为了避开何连钢，她不是真心要隐瞒什么，她只是觉得这件事情是她和弟弟之间的事情，有些事情只能是他和弟弟之间的事情，不是疏远某个人，而是为了维持某种平衡，她希望有些事情不要发生，永远不要发生，她在妥协。从母亲离开时有一种不安就降临了，她没办法驱散，只能减弱，而随着父亲的离世，她感到这种不安太强大了。她没办法和弟弟说起这些，他看上去总是那么满不在乎，而且直接，他从来不会顾虑什么，他需要什么，他不需要什么，也从来不会在姐姐面前掩藏，他明确地告诉任爱华，他就是认为有宝剑，认为他要发财了。

你太可笑了，铁匠铺那全都是铁，你让金属探测仪怎么测？你有什么话就直接说。弟弟回的信息，像是将她作为对立面。她感到和弟弟之间有些微妙的变化，弟弟不给她解释的机会，她确实没有想到这一点，弟弟比她想得周全。

一连几天，任爱华都会前往铁匠铺，何连钢每天都会打制菜刀，在刀柄的顶端刻上“任记”两个字，是弟弟当年的笔迹，说是篆体，但这在何连钢眼里是一枚印记。那些成品菜刀整齐地摆在门外，它们都在等待，会遇到真心喜欢它们的人。打铁的声音掩盖了房子里传来的挖掘的声音。她对何连钢说：“我们没有办法阻止他，就让他自己死了心，他什么也没有丢失，也找不到什么，如果他丢失了属于他的东西，他是应该寻找。”而且，任建华将他挖出来的泥土又填回去，他使那些失去生机的土壤恢复了生机，水泥被他敲落在地面上，水泥没有办法修复，有些关系就是这样没有办法修复。如果任建华还要挖掘院子呢？这是一件不小的工程。何连钢不免有些忧心。“他到底丢失了什么？”他追问任爱华。

任爱华说：“你一直在打铁，你和他不一样，你只是看到铁，看到四周。他总是到处跑，还带着相机，什么广角镜啊、焦镜啊，他和我们看到的不一样，他做的事情，可能只有我们会觉得大惊小怪。”何连钢认为任爱华的解释只是有一部分道理，非常牵强。他觉得任爱华也改变了，但他不愿意反驳她。任爱华总是袒护弟弟，这是大家都明白的事实，只有他们两个人没有意识到这种关系，因而他们习惯以这样的方式相处并且认为理所当然。

如果她存心隐瞒他，他该怎么做？这不是他情愿思考的。

“我总是觉得建华不太对头。”何连钢说，“要卖老屋也不至于这样。”“能有什么事情？”任爱华反问他。他们并排走在回家的路上，广场舞爱好者在向街心广场聚集，音乐响起时，普通人会成为舞者，只拥有音乐的舞者。

年初，任建华毫无预兆地提出售卖老屋，他因此建议任爱华下决心关店歇业，鼓动何连钢以老屋做抵押领取启动资金，任建华嫌弃他拥有的平静、团聚的生活，声称要辞去工作。他把这件事当成一件很平常的事情和大家说起，但他也知道这件事非同小可，毕竟他所在的公司是一家上市公司，他在行政部门工作。他强调说，他一直不想干这份工作，对他来说工作是件盔甲，而他并不想被束缚。他说，他想拿到老屋属于他的那一部分，有了钱，他打算辞职，去从事摄影，从今往后做个自由人，他还做了个诙谐的拍照的动作。最后他又说，姐姐一家有了钱，就有了出路，再也不用苦苦经营铁匠铺了。当时，一家人都在，刚好螺蛳上市了，任爱华特意去乡下镇上购买的，放在家里的搪瓷盆里，滴了麻油，养了两天，螺蛳吐尽了脏物，去尾，她召集一家人相聚尝鲜。

葱、姜、蒜、椒炝锅，豆瓣酱、豆豉酱出油、上色。任爱华翻炒螺蛳，一份是微辣的，一份是五香的，一份是祖父的口味，一份是弟弟一家的口味。一家人围坐在院子里，一个盘子里是螺蛳，一个盘子里是螺蛳壳。

几天前，父亲突然打来电话，父亲没有解释他是如何得到了任爱华的手机号码，父亲在电话里提到母亲，是个遥远的话题。父亲说：“我知道一家人都受苦了，你弟弟不理我，你爷爷怨恨我，我只有跟你说，过段时间，我要带你妈妈回来。”任爱华犹豫着螺蛳是不是祖父最得意的下酒菜，当时，也没有人想到那是弟弟任建华在场的最后的团聚，再也不会有了。没有感慨，没有遗憾，没有告别，最后的团聚。

任建华蛊惑说：“爷爷，我们两家随你挑着住，咱们都搬走，有的人当初走了，就别想回来！”听上去，他像是为了阻止父亲踏入家门，而不惜拆散眼前的家。任建华的建议，琐碎的语言就像在平静的水面上丢下了石头，在场所有的人都无力维持生活的平静。任建华没有继承铁匠手艺始终是祖父内心的一道梗，是对弟弟抱有成见的一部分，任建华的想法无疑是拆散家的想法，对祖父，无疑是一种突如其来的伤害。祖父对任建华的想法反应最为激烈，他抓起面前的菜盘子向任建华扔过去，任建华敏捷地躲了过去。盘子摔在地上，一地的碎裂的灵魂，脆弱的假装有硬度的灵魂。“你不学打铁，一辈子就这个样子。”祖父咬牙切齿地斥责道，“什么叫苦苦经营铁匠铺？你配这么说吗？”而其余的家庭成员坐在桌边惊慌失措，任爱华恍惚看见父亲突然出现，他坐在角落里，垂着两只手，像是过客，或者旁观者，类似于这个家里的器物，错过了很多朝夕相处的时光，而没有共同的回忆。她揉了揉眼睛，再看，墙角空空的，飘了几片落叶。

当时，弟媳瑞丽拉长了腔调，开始控诉，也许是她平时讲课的腔调，每个字都带着浓重的哭腔，让人感到压抑而憋闷。“从来不求上进，书都读哪去了？整天鼓捣那些照片，我要是养不活瑞睿，她就要去讨饭了，跟着他怎么能过上好的生活？”“不会的，你们的生活挺好呀！何况弟弟会有发展，会挣到更多的钱的。”任爱华劝慰瑞丽。“你总是袒护他。”祖父和瑞丽同时怒声对着任爱华，他们逼视着她，仿佛任爱华的宽慰中带着某种罪。

那天晚上，瑞丽带着女儿先行离开，她不允许任何人相送，任爱华垂着两只手跟在身后，走到院门边时，瑞丽咣当一声快速关上了门。其余的人在铁门的余震里领会她强烈的愤怒。

任建华离开时，他像是对形势预知得到应验，嘟囔道：“我就知道会这样！”他离开时留给大家一个轻松的背影。任爱华跟上他，院门在身后合上后，任爱华轻声问：“弟弟，你是不是也接到了爸爸的电话？”任建华烦躁地说：“别跟我提他，他一无所有地回来，我就要让他无家可归……”“你不能这样想，家，永远是爸爸的家，”任爱华打断任建华说，“爸爸不肯说出地址，不然我立刻会去。”任爱华说，“我很想亲自去接回爸妈，一家人早些团圆。”任建华没吭声，他烦躁地甩甩手，像是甩掉任爱华的想法。

回来后，任爱华收拾满地的残局，碎裂的瓷片划伤了她的手，流出了鲜红的血液。她听任鲜血流着，像是她应该为弟弟承受一种疼痛的折磨。

有一段时间，任建华在铁匠铺拍摄照片，他的镜头捕捉陈旧的、斑驳的打铁工具，似乎通过镜头定格、镶嵌在相册中的工具拥有生命力，而唯有相册会带来新的生命力。他也曾拍摄何连钢的打铁过程，声称是珍藏版，似乎这个过程只能存在于画面中，而在现实中，这些记录毫无一席之地，而会成为历史中的场景。在那些照片和镜头中，何连钢看到一个并不真实的自己：在打铁和现状之间左右为难。自己无法割舍的隐隐地留在眼睛里的落寞，让他感到陌生，他说：“你这拍的什么？我不是这样的。”

何连钢反感珍藏版，认为他每天展示的都是他的虔诚、坚韧，一种精华。而在照片中，他能够令人为之一振的力量，任建华并没有记录、体现出来，任建华所呈现出来的都包含有一种颓废、一种张皇，在照片中，这种颓废不会改变了，成为一种恒久的记忆。何连钢提出抗议，要求任建华删除那些照片。他对任建华说："你这是不明白，不了解铁匠这活。"他额头上冒出了汗珠，急忙搜索合适的词语来表达，表达他对铁匠技艺的迷恋，但他说不出"迷恋"这个词，这是一个柔媚、矫情的词语，他的笨拙的舌头，无法贴切地配合发音。最后，何连钢长叹一声，带着愤懑、委屈、不平。任建华依然贸然闯入，他总是能从不同的角度，留下他所需要的，有关打铁，这种古老的技艺，他镜头里的主角未曾更换，他称之为珍藏版，带有消沉的气息。

3

一大早，任建华坐在何连钢铁匠铺的门槛上。经过一段时间的挖掘，老屋的外表并没有发生变化，任建华的举动像是使老屋经历一次内伤，伤口弥合了，仔细看似乎只是对这方空间的一次眷恋之举。任建华显然没有找到他要寻找的东西，他的迷乱是从他的举动上表现出来的，他是个直接的人，有些直接他表现得淋漓尽致，而有些他隐藏的，比如关于寻找的目标被他隐藏得毫无痕迹，他的隐藏也是直接的，让人无法质疑。

任建华看上去面色憔悴，没有懊丧，胡子拉碴的，连日的挖掘使他疲惫。任建华嘴上吃着鸡蛋煎饼，手里还拎着一个，塑料袋油腻腻的。任建华满嘴都是油，看上去很贪婪，像是一个贪婪的人，遇见了贪油的嘴巴。

“我今天在铁匠铺，你可以走了。”任建华直接说，他把另一个油腻腻的鸡蛋煎饼递给何连钢，何连钢摆摆手拒绝了。何连钢开门，铁的味道扑面而来，任建华堵在铁匠铺外。何连钢心里不解，但他并没有表现出来，任建华继续吞咽鸡蛋煎饼，他并不是征求姐夫的认可，只是来知会对方。他说：“这个铁匠铺应该是我的，早就应该是我的了。”何连钢咚的一声扔了刚拎起的一把铁锤。

“你走不走无所谓，也不是你能做主的，我得仔细看看。”任建华把鸡蛋饼的油渍随意擦在衣角上，伸长脖子四下打量，随手拿起一个小铁锤敲打，铁锤落在铁砧上，落在铁件上，铁匠铺里的每样东西都在打量着他。

16 平方米，裸露的房梁上积满灰尘。“你整天待在这，有没有什么秘密？”任建华和何连钢面对面，从他手里夺过铁锤，掂了掂扔在地上，带着与他的年龄和场合都不协调的挑衅。“别闹了，就算你说了算，这能有什么？”何连钢点着一些废纸，有些是他随手收集的广告单。他将引火丢进炉膛，铲了一些碎煤，准备起火，为了节省电费，他用上了早年的风箱。今天他没有思量打制哪种制品，手上没有订单，但他加快了节奏，他依赖忙碌。“过一段时间，我还要仔细查查你这个人。”任建华边拍打铁件留在他掌心上的铁锈边说。

何连钢龇着牙，他有一口洁白的牙齿，没有牙垢，与他粗糙的面庞极不相称，他笑出了声，那些牙齿白得耀眼。何连钢调侃说：“我算是明白你姐为什么把你当成孩子，你看看你现在这个样子。”何连钢不说话了，开始挑选铁料，像是表明与任建华对话是一件毫无意义的事情。何连钢说：“你说这里是你的，你先要学打铁的，来呀，拉风箱。学打铁，这都是基本功，你可不能小瞧了。”任建华晃晃肩膀，不屑地说：“我才不会学这个。”

任建华绕过何连钢，站在他的身后，专心打量着挂满一排工具的墙壁，一张胶合板钉在墙壁上，充当某种屏障，像是这块墙壁羞于示人，而墙壁上有浅浅的灰尘的痕迹，任建华搓搓手，他还穿着那件夹克和牛仔裤，像是一个坚定的诀别，他的那些西装、衬衫、软牛皮鞋都不再是他的标配。

“这里需要动一动！”任建华指着那块胶合板，“你今天什么也别干了。”任建华拎起淬火的水桶，哗地倒在炉膛里，灭了火。

任建华的行为带有威胁性，早就预谋好的。何连钢也意识到这一点，这绝不是偶然。任建华的行为任性又滑稽，他说：“你何苦害我浪费了煤炭？我这里的东西对你有什么用？你要翻就翻吧，你得给我规置好，在你姐姐中午送饭之前，我会回来的，别让她烦神，你闹腾够了就行了。”

走出铁匠铺，何连钢毫无选择地走在通往家的道路上，步伐缓慢，他的心里充满忧伤和耻辱，但他压抑着这些情绪。多年来，他熟悉眼前的这条路，熟知它经过几次改造，那几乎是一种面目全非的改造。一半路被围栏了，一半袒露着本来的面目，承受双重的压力，车辆、人仍然通过这条路到达目的地。经历多次，他留意过一次路面铺设的水泥，钢筋平铺在地面上，混凝土浇灌之前，他无意中瞥见了那些铁的制品，无声无息地被掩埋了，他有一种被扼住喉咙窒息的感觉，任建华一直带给他这种感觉。他把目光挪开，装作像路人一样若无其事，但当他的目光落在公路边的高楼上，墙壁森立，他透过那些粗糙或者精致的墙面仍然看到了铁的本质。

角钢、槽钢、H 型钢，他在电视节目里面看到过，这些钢最后成型，用于建筑材料，他把他们都看成了铁，钢材最原始、最初的铁，他把铁看成有生命的。这些铁和铁匠铺里的铁没有区别，它们的生命都是平等的，他平等地对待，没有冷漠，没有高傲，没有讥讽……而铁给他锻造的力量，像亲人一样成全他。

多数时候，何连钢没有时间去想起这些，他想这些的时候，表面上是平静的，因为没有人理解，他想这些也不需要共鸣，也不需要摆在桌面上，这是他独有的财富。他在通往家门的道路上慢慢地走着，这个时间他不能回家，因为会引起任爱华的怀疑，而他不想杜撰任何谎言，任建华坚持要售卖老屋，他这是在对铁匠铺下手，有些突然，但又不像是一时冲动，何连钢一时琢磨不透，他脑子里很乱。自岳父意外去世后，他们的日子被打乱了，他希望日子趋于平静，这只是任建华的一出闹剧，铁匠铺里的一切只有属于铁匠才有价值。

玻璃幕墙俯视着何连钢，看上去是透明的，却是模糊的，身处同一个世界，却又像是不同的人间。何连钢坐在路边花坛边沿，灰色的大理石有一层亮亮的釉面，坐得久了，凉意从石面上渗出来。离开铁匠铺，整个城市都是陌生的，而他度过的没有炉膛、铁砧、铁锤的这个上午仿佛是虚度了，熬到太阳升到头顶，他掐灭烟头赶回铁匠铺，步伐很快。

墙壁上的胶合板落在地面上，而墙壁明显被震动了，何连钢料到任建华会对这扇墙感兴趣，里面什么也没有，他说："你赶快复位吧，你姐姐就要来了。"

任建华说："要动这堵墙，这屋子都要动一动，你告诉我，你来之后，这堵墙动过吗？"

"没有，谁会打开一堵墙呢？"何连钢警觉起来，警告说，

"胶合板动就动了，你不能动这堵墙的，这是承重墙！"任建华未置可否，但是这堵墙明显横在两人之间。

"你不用瞒着我姐，她都知道。"任建华说，动不动这堵墙我说了算。

中午，任爱华站在门槛边，手里拎着保温饭盒，她注视着眼前的场景，满脸忧愁，而忧愁之后是无法摆脱的疲惫。她没有过问任建华，而她放弃过问像是对他的一种惩罚。任建华把保温饭盒打开，三样菜，一盒饭，他不理解姐姐为何固执地沿袭送饭的模式。饭菜的香味弥漫开，任建华吞咽饭菜的样子，仍然让她感到吃惊，他像是从里到外都是空的。何连钢注意到任爱华的消沉，他握了握任爱华的手。任爱华说："祖父不肯与我说话了，不知被什么触怒了，这可怎么办啊？"她忧心忡忡地看着任建华，他上次带去的照片显然触动了祖父，在她的眼睛里，父亲离去的悲恸延续着，而另一种让人更加疼痛的悲伤即将到来。

在房间里，祖父像是在铁床上获得了力量，起床后，独自走出门外。回来时，祖父带进来一个陌生的年轻人，他像是更信任这个陌生人，他以手势夸赞陌生的年轻人："你比我那个孙子强。"他从贴身的口袋里取出一沓钞票，数出一张递给对方，"这是给你的奖励。"年轻人挠着头拒绝了祖父的好意："我只是送货的，这是我的工作，我们不能私自收费的。"祖父坚持说："是我给你的见面礼。"随后，年轻人为祖父送来了一张铁艺折叠桌，四只坚实的铁制的桌腿，还有两张铁艺椅。祖父端量着簇新的铁艺桌椅对商家说："其实这些我都能做，但我没法去铁匠铺了，我没有力气了。"送货的年轻人离开后，祖父端坐在铁艺椅上，脸上带着沉醉的笑意，那是可以填满岁月的微笑，但他没有分享给任爱华，包括语言的交流。

任爱华找到了商家和送货的年轻人，祖父的康健和健谈给送货年轻人留下了深刻的印象。这个年轻人一再表达了羡慕之情，在他的眼里，姐弟俩的祖父是一位慈祥的老人。

祖父与姐弟俩之间的最大的阻碍不是语言，而是祖父放弃了，他放弃了热爱或者憎恨。

“老头子，就是个怪老头！他这是和我们划清界限，他这样做是担心我们得到什么？”任建华突然停了下来，他的嘴里塞满了饭菜，停下了咀嚼，沿着他的思路思考，他说：“爷爷就是个守财奴，他肯定有值钱的东西。”任建华说，“我下午就去看看，我要让他说出话来。”任爱华说：“我想，爷爷是对我们不满。”任建华说：“姐，你这是什么意思？我难道还不够意思？”他瞟了一眼何连钢，像是带着威胁。

姐弟俩一同出现时，遭遇了祖父更强硬的拒绝。

祖父坐在那张新近购置的铁椅上，像失去亲情的依靠而独自端坐着。“爷爷，你为什么不跟我们说话了？”任建华问。祖父依然注视着窗外。“爷爷，你是不是把那把值钱的宝剑藏起来了？”任建华突然问，这是让任爱华最懊恼的，她没想到任建华会这样问，她以为任建华已经放弃了。她呵斥弟弟道：“你胡说什么？不是说过没有吗？”任建华坚持说：“爷爷不跟我们说话，一定是把我们当外人了，或者只把我当外人了。”任建华说的每句话都没有人应答，反倒一种新的矛盾出现了。

任爱华独自看望祖父时，祖父没有打开房门，隔着玻璃祖父向任爱华挥挥手。他换了锁，没有留给任爱华一把新的房门的钥匙。

每隔一天任爱华定期给祖父做好饭菜，送饭的人换成了何连钢。何连钢到来时，祖父会把房门打开，祖父以一个铁匠对另一个铁匠的礼仪款待何连钢，给他足够的尊严。而何连钢像是铁匠铺的形象代言人，匠人的手掌，匠人的言语，匠人的气息，憨厚的、勤恳的、坚韧的气息已经渗透其间，祖父钟情这些。他像是将何连钢当成了铁匠铺，闻到它的气息，何连钢是一种他不能舍弃的气息。偶尔，何连钢陪着祖父精神矍铄地在公园散步，他看上去已经从一种失去中走了出来，而得到了一些。

祖父身姿硬朗，步伐稳健。任爱华悄悄跟踪过，她看到祖父走在城关街道上，他在祖母曾走过的道路上放慢脚步，任爱华相信祖父是想起了祖母，祖父以他的方式回到了过去。祖父在不打铁的时候，会陪伴祖母，祖父并不是独自一人，他看到的也不仅是眼前的景色。

4

城关街上的报刊亭，那部公用电话的经营者远远地向任爱华挥手，他不允许任爱华踏入他的领地，说："你别过来打听，走远点。"任爱华没有停下脚步。"我跟你说，没有人打公用电话，"店主甩了一下手中的报纸，"算今天已经 4 天了，人家不愿意理你。"他揣测出一个版本的故事，带有他的逻辑："你这样的人，谁不怕啊！这么穷追不舍，一定是欠了情了。"他斜着眼睛打量着任爱华，任爱华已经走近了。"不会是为了情吧？"他说出"情"字时，卷起了舌头，像是不忍亵渎这个字，任爱华是那么普通，不高不矮的个子，皮肤还算白净，却毫不掩饰地落了几点斑点，使得整张脸黯然失色，穿着的铁锈红上衣毫无出色之处。

“你走吧，你在这又不能给我招揽生意。”他拿起一包中华香烟晃了晃。

任爱华并不介意报刊亭主人的奚落，她不能向一个不相干的人说明什么，她接近电话机，站在明晃晃的街道上的目的，她也不能告诉他，她不是站在这里抓住一个人，而是在驱逐自己内心的恐惧。她站在这里，并非施加一种伤害，而是使一种伤害不再成为永远的伤害。

接到那个电话已经 4 天了，她起初的惧怕已经被弟弟转成了一种伤害。

离开报刊亭后，任爱华给任建华发短信。打电话虽然更方便直接，但短信可以避免情绪上的波动，她劝弟弟放弃寻找和挖掘。几条短信发过去，任建华并不回复，显然对内容抵触，不愿一字一句回复，而是直接打来电话，带着不被抛弃的情绪：“姐姐，我本来也不想找的，可是你不告诉我呀！你说没有，那人家为什么打电话给你？你在担心我会找到吗？”任建华在姐姐面前直言直语，而他的直言像一把尖锐的匕首，真正的匕首。电话里，任爱华沉默着，仍然坚持一字一句发短信。冷静的诚恳的，每一个文字都是真诚的，“你要相信姐姐啊”，她强调这句话，是一句将度过的岁月嵌在其间的心里话，“如果有，姐姐怎么会不告诉你？”任建华又打来电话，电话铃声都是一惊一乍的，他说：“祖父不待见我，父亲没有来得及交代啊，你笼络了祖父，这是明摆着。”任建华以他带着杀伤力的语言割裂了姐弟的情分，他们像是没有相似之处，他带着报复性仇恨，这不是偶然的，他说：“母亲抛弃了我，父亲不管我，姐姐你一直在伪装，你为了独占老屋一直不劝祖父出售老屋，这能说明什么？”

远远地，任爱华看到任建华站在店铺门外，对着电话指手画脚，他那件夹克衫和牛仔裤颜色有深有浅，深处明亮，浅处黯淡。他曾在铁饼街长大，成长中的部分时光都用来逃离此地，现在他为着一个留有钝痕的伤疤，在铁饼街上挖掘和搜寻，他不像是在这里成长的而像是贸然闯入的。

从一开始，她就为弟弟承担了某些生活的难度，她认为这是爱，她把看不见的爱化作承受。“你很缺钱吗？姐姐来想办法。”任爱华问，她一向是这样关心弟弟的。“我缺不缺钱，不用你管。那个打电话的人，是你的威胁，并不是我的，除非你亮出那件宝贝。”

挂断电话之前，任建华说：“姐，你还让我相信何连钢？你们是一家人，他为了留在家里，你嫁给他就是为了不离开家吧？还要我都点破吗？”电话里，任建华留给任爱华无尽的忙音。

伍　抛钢

踏上铁饼街的街道时，是何连钢离开家的第二天，说是家，其实只是一个落脚点。9年前，6岁的何连钢跟着父亲从省城一路颠簸到达城关街，革委会的接待人员直接让他们去乡下了，那是父亲的原籍，他的母亲没有跟着，而是留在省城。

父子二人在乡下安定下来后，何连钢的母亲曾来过一次，她拥抱何连钢时紧紧攥着随身携带的一个布口袋。

何连钢的母亲和父亲被关在房间里，是一间以前的牛棚经过修缮后的土坯房。房门镶嵌的木板风裂了，透过缝隙可以看清室内的一切，但何连钢站得远远的，目光到处乱闯。他身旁的牛桩上拴了一头牛，是一头眼神温柔的水牛，何连钢发现水牛的尾巴来回鞭打自己的屁股。断断续续的抽泣声从门缝间招摇而出，父母的对话被压低、压扁，何连钢不愿接受一种现实，他希望那扇门关闭着，留住一些压低的对话。他蹑手蹑脚地贴近房门时，母亲似乎在等待着，及时打开了房门，母亲红着眼睛，从布口袋里掏出了一双黄胶鞋，塞在他的怀里。她没有让何连钢试穿那双黄胶鞋，而是搂着他继续哭泣，像是以此在他身上留下母亲的遗韵。母亲离开后，父亲对他说："别想她了，她和我们划清界限了。"父亲乜斜着眼睛，嘴角撇起笑意，一种讥嘲的笑意带着悲楚："鞋合不合适，只有脚知道，用得着她来哭吗？"

何连钢觉得自己和父亲也有一条明显的界限。父亲对教师的职业念念不忘，离开城里的讲台，下放回乡不愿下田劳作，父亲似乎没有意识到他已被剥夺了梦想，他建议生产队成立学校，自荐任教。摇曳的煤油灯下，父亲低头恳求生产队队长："公社的学校太远了，孩子们上学不方便。"生产队长背着手，环视了一圈牛棚，给出了定论：你没资格提建议。

下放回乡的父亲负责饲养生产队的水牛，父亲是个负责任的饲养员，他有小时放牛的经历，总是能让水牛吃得饱饱的，而父亲的执着却害了父亲。何连钢16岁那年，父亲为了降服一头不肯套枷的水牛，栽倒在水田里。谁也说不清是水田夺去了父亲的生命还是水牛剥夺了父亲的生命，父亲离世后，何连钢离开牛棚改建的家，他没有明确的目的地，他当时只想离开那块水田。

到达铁饼街时，何连钢顺着街道向前走。正值中午，米饭的香味混合着铁饼街上的市井之气。当时，铁饼街上的人对铁饼街之外的任何人都带着一种怜悯，他在茶水铺子讨到一碗茶，在馄饨铺子里讨到一碗面汤。

走到任家铁匠铺前，何连钢假装打量铁匠铺门外售卖的农具，眼角的余光却在打量着打铁的人。他第一次见识女孩打铁，何连钢羡慕铁砧上通红的铁锹，他并不清楚刚巧那次是任爱华擅自做主，无师自通地修整铁锹，他也没想到眼前的女孩试图以此改变什么。女孩的力气用在打铁上本该逊于男人的，何连钢却感到震撼，眼前的女孩的力气并不大，但她竭尽全力，令人着迷但也令人迷惑。何连钢看得入了迷，以至于铁锤已停止了敲打，他还站在街道中央。正午的阳光，直射着他，脸上油亮亮的。

这一天，何连钢没有再踏出铁饼街，他先是在街东的文水河边洗了把脸，接着洗了脚，把身上的浮灰都掸净了，蹲在街井边喝了满肚子的井水，直等到暮色降临。

借着暮色，何连钢再次来到任家铁匠铺前，门板掩上了一部分，留着一人进出的空当，像是一道光。何连钢站在远处张望着，弄清了铁匠铺的布局，白天里严实的一扇木板，傍晚时分打开了，恢复了房门的功能。一个男人正在背对着大门在磨刀石上打磨，手里握着的是一把菜刀，房间的进深不短，从屋前到屋后，那扇门一打开就没有了任何阻隔。何连钢踏上青条石台阶，站在门外留存的空当，他和铁匠铺的家人处于两端。一抹红色在窗口若隐若现。铁铲和铁锅的喧闹中，菜香弥漫过来。何连钢始终记得第一次见到任爱华的情景，她抡锤敲打时的决绝神态抓住了他的心。他还判断出在这间铁匠铺里磨铁的老年男人是真正的铁匠，他节制地使出力气的举止，让人联想到，他经受了打击，正在等待复原，而整个铁匠铺里的静默的风箱、炉膛、铁砧都在观望，他们正在等待着，为了会发生翻转的这一瞬间！

何连钢跨过青石门槛，他对着那道红色的身影喊道："路过的，能讨一碗水喝吗？"

铁饼街上的店铺多数都已打烊了。夜色已温和地笼罩着铁饼街，借助有限的灯火只能看到铁匠铺外横躺的隐晦的路面，泛着青色的微弱的光，而看到道路的延伸。铁饼街上没有招待所，而人民招待所在城关街上，何连钢说：“我不想走了，我想留下来打铁。”他本来想留宿的，话到嘴边却改变了。他的念头是一瞬间产生的，何连钢说：“铁匠大爷，我孤身一人不想回城里，我留在这拜你为师。我在村里修水库时，看过铁匠打铁，没人留意我，我可记得铁匠，这世上，我最佩服铁匠。”祖父的脸上洋溢着光彩，一个家庭的困境变得并不重要，而是何连钢的出现成全了他，那是两全其美的。

祖父说：“跟我学打铁，就要成为我们家的人，你可想好了。”祖父并没有说清更深层的话意，何连钢连连点头。他的诚恳的态度和祖父的主意，轻松地将任爱华推到命运的悬崖边，是一种年代久远的对赌，而对手双方一个在明处，一个在暗处。当时，坐在房间角落里的任爱华的脑海中呈现了平静，一种令她期待和安心的平静，走钢丝！她在一瞬间明白了走钢丝这种幼年时神往的杂技的精髓，尽管她从未亲眼看见这种表演。

铁匠铺里有风箱声、锻打声，任爱华在这种喧闹声中找到自己的位置，而眼前的年轻人流露出来的本性，并非表现出来的，而是自然流露出来的，总是令人心安。

当晚，何连钢留宿在铁匠铺里。他在墙角支了两张条凳，条凳上横了一张门板，门板上铺了厚厚的稻草，何连钢带来的铺盖发黑、发硬，已失去了保暖作用，只是分离开稻草。任爱华将父亲的一床垫被和盖被送到铁匠铺里，她为他铺开棉被时，打开这些棉花以及棉织品，像是献上最饱满的感激，感激眼前及时出现的年轻人，使棉被不受冷落。而这些都使她内心平静。“我看到你打铁，你真了不起。”何连钢只表达出了钦佩之情，被打动的心情他不好意思说出口。任爱华打量着何连钢，何连钢憨厚的模样看起来像个中年人，目光中却有着青春的光芒，铁匠铺里瞬间充满了温馨的气氛。任爱华发现一直围绕着她的不安逃遁了，一瞬间，安静降临了，铺陈于铺子里的每个角落，而她坦然面对安静。

这年寒假前，学校通知任爱华参加期末考试。任爱华怀揣忐忑的心情走在竣工的公路上，贯穿铁饼街和城关街的公路，宽阔得超出想象，她瞥见那个田野中的壁垒完全消失了，而她能够坦然面对内心的平静。

那个和她一同被美术老师赞誉的男同学，在操场上遇到她，猛地停住脚步，像是被一个没有结果的局面所阻碍，香樟树在冬天里树叶碧绿，他们站在树下，像是站在绿意盎然的春天里，而他的双眼里闪动着春光，任爱华熟悉这种目光，他羡慕她的一些美术作品。他说："你回来了？"一种强烈的欣喜在他的脸上蔓延开，他说，"初中毕业我们一起考师范学校吧。"他是干部身份，在学校里可以专门学习美术！任爱华抬头仰望，每一片香樟树叶都在摇摇欲坠，每一片叶子都能够认清季节。她看到有一片树叶飘飘摇摇地落在脚边，她低着头，能够感觉到男同学的目光紧紧地、紧紧地拥抱着她。她弯腰捡起一片树叶，起身的瞬间她仓皇逃离了香樟树，是她内心的慌张鼓动着她，她必须逃离，这位男同学无法让她内心平静，而她感到恐惧，慌张是恐惧的开端，她必须扼杀。

铁匠铺里，何连钢带来的惊喜使祖父已渐渐恢复了体力。祖父边拉着风箱边对何连钢说："抛钢有两种，一种是明钢，一种是暗钢。明钢是在刀具关键部位、刀刃上用钢全部包裹了铁料。"任爱华静静地站在角落里，等待着锻打声响起，等待着目睹被钢全身包裹的铁料，等待着在敲击声中震落内心的恐惧。祖父接着说："还有一种是暗钢，是在刀刃部位将钢与铁混杂敲打在一起。开始吧！"他们未曾留意任爱华的等待，而任爱华也并没有分辨出何连钢锻打时运用的哪一种，这是一种有传承的锻打，钢料在刀具上的多寡与均匀度往往成为评定刀具好坏的标准。

那天，院外的榆树和楝树的绿意从柴门间渗进来，修长的枝条随风摇摆，每一片树叶都像是要抓住滑落的阳光的梦。任爱华打开铁匠铺的后门，穿过长长的走廊，身倚柴门，文水河在阳光下与她遥遥相望，她的眼睛里有橙色的太阳落在河水之中，而河水的目光并没有聚焦于她，任爱华身上的灯芯绒外套已经褪色了，因为短而修改过，在裁缝张的台板上，裁缝张一边补贴，一边摇头，她只摇落了一些无奈，上海女人的针脚还在。铁匠铺的敲打声盘旋着，任爱华点燃大灶，准备晚饭，何连钢没有吃卤菜的待遇，但他打制的铁器正在成形。

这年学期末，中考通知书发到任爱华手上，她的大拇指和食指捏着这张白色的纸片，她像是对待有生命的白色蝴蝶，对着阳光注视它，她看见阳光穿透纸面，不再拥有迷人的光环。

任爱华没有参加师范学校招生考试，祖父不愿看到她的身份发生改变，从而与打铁匠有一道明显的界限，祖父说她这样做对不起何连钢，仿佛他们之间已经形成了某种承诺。而任爱华很清楚，她依赖何连钢的存在，因他的存在，铁匠铺的无形的声音持续着，而她从未因此怦然心动。祖父见任爱华低着头，在铁匠铺和任爱华之间，他加上了一个筹码，祖父说："你弟弟如果愿意打铁，你就可以离开，你们两个必须有一个留下来，但你弟弟这个浑小子肯定不会留下来了。"幸运或者不幸都必须得益于他人的命运的宽容。任爱华觉得她的梦想轻而易举就被打破了，还没有形成思想，而弟弟无疑是幸运的。

这年夏天，任爱华参加县纺织厂的招工，成为纺织厂的纺织女工。纺织车间里，纺织机带着机器的聒噪之音迎接任爱华，不停歇的振动音频使她内心时而涌出来的不安和恐惧沉默了，已经存在的事实，她无法驱逐，但可以被密封起来。

任爱华坦然接受安静时，她怀念那些时光，想念美术老师，每当指尖掠过暖意时她就会想起美术老师温暖的手掌。她少女年代唯一触摸到的暖意，其余的都存在于想象之中，有些是祖母的，也有些是母亲的。

领取人生中的第一份工资，任爱华给弟弟添置了衣物，她发自内心地想给予弟弟更多。内衣、外衣、外套列出一长串的单子，用一支读书时遗留下来的绿色的水彩笔。长单子末尾她随手添上几笔，整个广阔的草原跃然纸上，最末一行字，她写上“找幸福”三个字，是竖行字，像是一棵绿树，会开花，会结果。她还列出一份出行计划，和弟弟同行，他们姐弟俩从小心里就搁置着寻找的愿望，最初是强烈的，渐渐地，这种愿望便成了一种态度。他们缺少父爱和母爱，这不是他们造成的，但他们又从未将这些看不见的东西交给他人，多年来，有些东西已经演变了，任爱华觉得她想要找到一些，以便握住或者矫正。现在，她已领取工资，可以正大光明地购买前往目的地的火车票，而不必购买站台票。当她向弟弟展示计划表，却没有得到任建华的响应，而是扑面而来的愤怒。任建华撕碎了那张表格，困在他身体里的积怨，长就了一副怨恨的心肠：“姐姐，你还找他们干什么？他们不配做父母！也不配让我们去寻找！”

3 个月后，青年女工任爱华连续加班，积攒了 5 天的余休。5 天，足够一次上海之行，这一次，任爱华有裁缝张提供的具体地址。裁缝张将一个纸团塞在任爱华的手心里，压低声音说：“这是我当年委托你妈妈帮我买一件的确良上衣，她留下的地址，详细到弄堂牌号。这地址不会错的。造孽啊，当年，我是不能给你的。”这么多年，一份沉甸甸的成长的岁月之中，缺失的母爱，被揉皱了，浓缩在单薄的纸条之中。裁缝张的意思是，此行，任爱华是去声讨的，怒怨该是唯一的行囊。

任建华拒绝同行，即使任爱华在他眼前展平了那张纸，那上面的地址，一目了然。他揉皱了那张纸，抛给任爱华：“姐姐，你吃的苦都白吃了，你能不能为自己而活？”

任爱华带着简单的行李、单纯的念想，她只是去寻找，这是一种生活中的慰藉，是光亮和温暖，不应该在生活中缺席。况且，可以治愈弟弟的愤怒，是一副有双重作用的盾牌。

任爱华的期待落了空。

纸条上具体的地址，是一片拆迁的废墟。残垣断壁间，所有的人间烟火落在碎裂的砖瓦之间，废弃的衣物、彩色塑料袋点缀其间。有序的家门、按序排列的门牌同样拆除了，通向每家每户的道路上堆满了碎砖瓦。而这一切被竹篱笆遮围在范围之内。任爱华在竹篱笆的缝隙间看见，她的成长中的阳光、雨露、天空、云朵，经过这里，将她拽入时光的隧道。

隔着马路，任爱华望着上海的另一番景象，整齐的高楼，气派的商场广告，她看清了一种寻常生活，母亲的生活，但她不属于这里，她本应得到的母爱白白流失了。而父亲或许经历过同样的迷失。

穿过马路，任爱华挑了一家门脸低低的面食店，要了一碗小刀面，她向柜台边收银的中年女人打听：“老板，马路对面的原住户都搬去了哪里？”

“这哪个知道？这可是上海呀，大得很！”老板带着北方口音回答后，转身进了后厨，像是不屑厚待一碗小刀面的食客。

一次上海之行，使任爱华意识到，母亲所在之处她无法触摸，母爱像坚果一样被禁锢了，而她只是一名迷失的旅者，不是母亲的女儿，不是寻找母亲的女儿。

离开上海那天，天上飘着毛毛细雨。一路上，任爱华倚窗远眺沿途的风景，村庄、城市、田野、池塘……江南的秋季，是分明的秋季，凉且带着撩拨人的湿。她身上那件铁锈红的上衣，颜色来自小时候那件上衣的底色，纯粹的铁锈红，一种纯粹的保留，她特意穿在身上，祈望与母亲相认的瞬间，唤起共同的记忆。一路上，她不停地揉搓衣角，忍住眼泪。车厢里，一位母亲带着儿子，孩子两三岁的样子，原本在安静地玩弄一个塑料的小黄鸭，忽然哭闹起来，那位母亲对周边的乘客报以歉意："对不起，这孩子是要睡了，闹觉呢！"说着，她松开头发，长发飘散下来，她撩起一缕塞在孩子手心里，像是施展了魔法，孩子安静下来，任爱华的泪水瞬间流了下来，那柔软的头发打动了她的心。

出站台时，雨依然下着，更密集，更细绵。任爱华无心躲避雨水，她感激雨水，混淆了她的泪水。站台外，她看见何连钢撑着伞张望，四目相对，她的泪水沿着脸颊滴落，她的泪水是告白的引导者，对于一个迷失的旅者，无可选择。何连钢为她撑着伞，一把遮雨的伞，足够他们两人回避雨、回避路人而表明心迹。何连钢说："我能理解你，我也经历过。"

任建华考上大学那一年，铁饼街上人人都在传递他的好消息，而他本人躲在屋子里，埋头看一本从旧书摊上淘来的《世界地理》，醉心于世界各地的风光照片。填报志愿时，任建华绕过了上海。他对姐姐任爱华说："你亲自去找了，你就该清楚他们多么自私，他们在我的世界中早已消失。"任建华被南京的一所高校录取。学校距离家只有一小时路程，而任建华寒暑假都不肯回到铁饼街。任爱华当时在纺织厂当挡车工，遇到轮休，便坐班车去看望弟弟，带着新鲜的螺蛳，蒸了自家灌的香肠留给他，她最愿意和人谈起自己的弟弟，眼睛里都是骄傲的神情。

最时新的外套，任爱华都买给任建华，她总觉得自己对弟弟关心不够，而不清楚对于弟弟而言，内心存在的缺口越来越大。她自认为不能取代弟弟，但有些方面她可以代替弟弟，比如铁匠铺里打铁的继承人，她甘于接受何连钢而并非奉献。她下了决心，弟弟所需要的，就是她的需要，她和弟弟之间所谓索取或者奉献，从未存在过，无法存在。

大三那年春天，任建华突然回到铁饼街，结伴回来的是瑞丽。任建华带着瑞丽走进铁饼街时，瑞丽鞋底发出带有节奏的声响，任建华的步伐跟着节奏。尽管瑞丽只是小学音乐老师，但她带动的旋律中的每个音符都深入任建华的内心深处，他因此理解了颤音的另一种诠释。他们没有停下脚步打断祖父的锻打，也没有拜见他们，没有穿过铁匠铺，通过长长的走廊进入家门，而是带着节奏沿着文水河走进院门。

铁匠铺里，生意红火，何连钢已经独当一面，祖父的眉头舒展着。院子里，任爱华正在缝补衣服，是何连钢的一件上衣，她劝他重买一件，但何连钢认为打铁时就要穿旧衣服，否则浪费了，作为铁匠，何连钢无疑是正确的。与瑞丽初次相见，任爱华来不及收起何连钢的褂子，慌乱中，针尖戳了手，她倒吸一口凉气。弟弟站在瑞丽身旁，说着文水河边的春天，他等着任爱华收起了针线箩，他说："姐姐，这是瑞丽，我的女朋友。"他嬉笑着，伸出手要钱，仿佛女朋友是一个理由，索要金钱的理由。弟弟念书的开销，是任爱华的工资。他谈了女朋友，任爱华觉得自己把一部分爱像接力棒一样交给了瑞丽，除了金钱，她还慷慨地亮出所有的热情。

下一次，瑞丽登门之前，任爱华借了钱置换了沙发摆在厅堂里，沙发使家里亮堂而阔气，借此给弟弟增加面子。瑞丽登门的日子，她总是换了新衣服，站在门外迎接，望着文水河边垂柳吐了新芽，让人满心欢喜。

弟弟结婚时，她张罗着给弟弟买彩电、空调，有些花销是借的，由她来偿还，她以工资偿还那些借款，铁匠铺的收入承担了一家人的开销，有时多，有时少。让她不能忘怀的这些她都装在心里，偶尔拿出来想想，守住了一份亲情。但当她一个人做自己的事情时，她就会觉得自己就是一个人。

5

后来，任爱华想起那天白天在铁饼街遇见弟弟任建华，她相信，那一刻铁匠铺承受了不安，被怀疑、被锻打、被围剿……而她完全忽略了。

任爱华当时问任建华院子里是不是都翻遍了，她带着懊恼，试着分析任建华的心思，越想深入内心越发纠结，逝去的时光中，她竭力呵护全家，仍然留下了创伤。任建华翻着白眼，看着铁匠铺的大门说：“现在只有这铁匠铺没有翻了。”他怀疑会藏在这里，任建华的样子就像是在说一件真实的事情，他得要想办法把这个查清楚，并且必须做到这件事情。

“你不去上班吗？”任爱华问。“我请了假，如果不给假，我就辞职！”任建华说，像是在玩一种游戏，带着小孩子的必胜神态。换而言之，姐姐，你不告诉我宝贝在哪，我辞职也是你逼迫的。

铁匠铺里，何连钢在锻打，可以看出是一把菜刀的铁坯，叮咚叮咚的声音传过来，锻打声很难形容，有思想，有形状，但肉眼看不见，只能去听，锻打声是个神秘的锻打参与者。

铁匠铺是如此简陋，它支撑了这些年是因为有个坚硬的核心，它守着的并不是秘密，只是一些需要，何连钢需要它，任爱华需要它，祖父需要它。一张边角破损的卷闸门、一个踏平的门槛、一个用来煅烧铁坯的火炉、紧邻火炉的风箱，一度代替风箱的风机闲置了一个风机、一台铁砧，最本分的也是最简单的。门外没有熙熙攘攘的人流，没有人排着队购买那些菜刀、铁锹，它们等待着。风依然从街边横穿过来，一部分溜进屋门，毫不嫌弃地落下来一些灰尘，风始终是这样光顾铁匠铺，可以追溯到它矗立于此的那一天。风过去后，是寂静的街景。何连钢依然在锻打，他看到任爱华，大声说："你不要不放心，没有什么。"

何连钢穿着那件多年前的外套，还有一件也是多年前，一件打铁时穿，一件不打铁穿，一件穿回家去，一件不穿回家去，几十年如一日。他穿衣服时扣子都不会系上，他从不会觉得寒冷会穿透整个身躯。

这天夜里，何连钢的鼾声突然停了，他坐起来，在黑夜里紧蹙眉头，他是被一个梦惊醒的。梦中的场景很乱，铁匠铺的铁锤、炉膛的黑炭、红砖灰瓦、泥土混杂在一起，呻吟声此起彼伏。他没有摇醒任爱华诉说他的不安，他想铁匠铺里没有什么值钱的东西，对不打铁的人来说都是不值钱的东西，它们孤零零地留在那里不会有人产生盗取之心。

第二天早晨，他到铁匠铺时，才明白那个梦是一种暗示，是生活垂怜他的，他却因为毫无敌意和戒备而在睡眠中，没有阻挡一些事情发生，而有些事情一旦发生了，有些损失存在了就再也无法挽回。

这天夜里，任建华将整个铁匠铺的地面完全挖掘开来，没有人知道，他一个人花费了多大的精力，或者说，铁匠铺如此不堪一击，一种古老的脆弱被击碎了。任建华为了表明他是个光明磊落的人，利用手机全程进行了录像，而录像的尾声里他身处凌乱之中，看上去憔悴而疲惫。

从头到尾的场景都是他在挖掘的镜头，他挖掘铁匠铺局促的地面，敲碎地面敷衍的水泥层，利用那些锻打铁件的铁锤敲碎凝固的水泥块。那把何连钢打制的铁锹成了他的帮手，他和无奈的铁锹齐心合力地深挖地面，他像是独自一人进入一种困境，随着深度的加深，他挥动铁锹的动作越来越慢。他把挖出来的泥土用铁桶拎到门外，铁桶是铁件淬火时所用的铁桶，而一些被利用的地面也被他腾空了，铁砧卧在泥土之上，工具、“铁画”案板被挪到了院子里。通向院门的铁皮门敞开着，院子里黑乎乎的，夜风偶尔掠过铁皮门，门板晃动着，充满忧愁。在镜头里铁饼街都在酣睡之中，没有人过问和围观，毕竟这只是一个小小的工程，只发生在铁匠铺内部，而整个铁饼街多数是空置的，没有迹象表明，这里将惊现传奇。可以看出，铁匠铺的照明灯光线暗淡，那些镜头只留下了模糊的身影，无法看清任建华的表情，他的贪婪、他的愤懑、他的猜疑都无法看得清，只道明了一个经过，任建华在挖掘、在寻找、在索取。他挖掘铁匠铺的地面，他不是一名挖掘工，但也没有人说不可以这样做，他深挖地面时，有些奇怪的念头在墙角被追赶着，在寻找缝隙掩藏。任建华没有放过那些缝隙，他检查那些现身的土壤，他想看到的并没有看到，泥土坦然裸露，是泥土本身，他想看到的与泥土无关，置身铁匠铺下的泥土仍然只是泥土。

这是个寻常的夜晚，铁匠铺从内部发生了改变。

这是个不寻常的夜晚，铁匠铺的外部没有任何改变。

一轮苍白的月亮挂在半空中。

视频的尾声，镜头一一掠过一片狼藉的铁匠铺，被彻底翻出底部的铁匠铺，被翻出的泥土，被掩埋的铁件，被移动的空气锤……任建华最后凌乱的脚步，被他带走的脚步，他不是突然想这么做的，而是长久积攒的念头，被触动了。“小舅子早就想拆铁匠铺了，他做得很彻底，底都翻朝天了。”何连钢劝慰任爱华，“他实在要出售老屋，就依了他吧，我们出钱买下铁匠铺，别让铁匠铺跟着遭殃。”说到铁匠铺，何连钢话音擅抖着，像说起他没有保护好的生命而愧疚。

任建华是在路上发回这段视频的，他坐在前往上海的列车上，但他没有告诉任爱华，也没有点明他掌握了一条线索。

这一次出行，任建华没有和瑞丽告别，也不再关心家里的气氛是否沉闷。他在列车上看着窗外的风景时，车窗外绿树和电线齐齐地向后退去，发出了视频。

接收了视频，任爱华一阵眩晕，勉强支撑着下了楼奔到铁匠铺，在原来门槛的位置，她再也无法支撑而跌坐在地上。这一路，她像是就为了跌坐于此而不顾一切地奔跑而至。“是任建华，是任建华干的。”她脑子里嗡嗡地听到何连钢怒声喊着，她第一次听到他这么高声的怒吼，几乎把她震碎了，而他们之间彼此贴心的平静的日子显然被震碎了。她和弟弟任建华的日子，她和丈夫何连钢的日子，她和生活共处的日子，属于她的，属于他们的。

在铁匠铺狼藉的现场，任爱华联系任建华，手机提示对方已关机。这使得眼前的一切都带有惩罚性、报复性。何连钢感到不解，他脸上布满了困惑的神情。他这到底要干什么？而任爱华的表情让他更加心疼，她面色灰白，嘴唇哆嗦着，她不单是自己的妻子，还是任建华的姐姐，她和一种沉重的血缘纠缠不清，被残忍地伤害着，深及内心。

第五章

逃

行李箱、背包以及那件满是口袋的马甲都不在了，是什么时候不在的？瑞丽只记得任建华把这些行李丢进家门，像是表明他回到了家，而他这个人是否出现、何时出现，他没有留下一点信息，他没有拨打电话通知她，而他的手机已关机。也许，他只是寄存了两天行囊，而他的心仍在路上。他并未在家逗留，一回到家就立刻走出了家门，他们夫妻已错过多次告别的时刻，有些时刻是注定的，在这之前，有些迹象已经流露出他们无法在同一个空间共处。

瑞丽记得，任建华这次突然回家时，她很意外，对一个钟情奔波在路上而无所建树的丈夫，她并没有摆出欢迎的态度。因为是女儿离校返家的周末，她吩咐小时工烹烧了几样菜肴，倒像是为了迎接任建华似的。任建华也毫不客气，坐下来先吃了两块红烧肉，女儿进家之前，瑞丽想跟任建华好好谈谈。她问："你怎么又回来了？""我还要走！"他们面对面地坐着，任建华一手抓着筷子，一手拿起汤匙，舀了一碗紫菜汤，他盯着汤碗，没有看瑞丽。"你怎么又回来了？"瑞丽坚持问。任建华每次背着摄影器材离开家，她多么希望是他的一次终结之旅，她对任建华的出行早已厌烦，一种通过镜头的获取，除了视觉上的冲击，并不能带来什么，而她认为任建华的寻找是一种逃避，逃避对生活的改善，他们的生活中需要改善的方面太多了，房子、车子……

他们的生活……

任建华闷头喝汤，他脑海里一直琢磨老屋的角角落落，他已经将整个房屋的建筑布局像画一样映在脑海里。他不是故意隐瞒瑞丽，他了解她，这女人的心里藏不住心事，即使嘱咐她严守，她的身上也会有征兆，她的言行举止会出卖她。任建华认为最近的寻找是一件必须对妻子保密的事情，做这样的事情，只能信任自己，无论是否认清自己。他的脑海里满是利器，纷纷亮相又各具特质，他不能确定他要找的是哪一种，他在脑海里清点着它们，越数越兴奋，数了一遍再数一遍。他想这些时，姐姐任爱华不是他的对手，而是他的敌手。

女儿任瑞睿进家门时，任建华吃了一惊，以为在熟悉的环境里看到了一个陌生的女孩，他对瑞丽说：“就半个月没见，女儿长得像个大姑娘了啊。”女儿站在他面前比量身高，已经高过他的肩膀了，女儿已经 12 岁了。任建华忽然想到姐姐的 12 岁，只是一个闪念。而任瑞睿也并没有表现出见到父亲的欣喜。晚饭桌上，一家三口没有找到共同话题。

有一段时间，任建华闭门不出。在家里，他穿着肥大的家居服，随意地将自己的身体一会儿扔在床上，一会儿扔在沙发上，床单因此皱巴巴的，而沙发陷进去一个坑，他离开时填充在里面的弹簧和海绵会尽心填满那个坑。如果在电视节目中找到了令他喜爱的风光片，沙发垫下的弹簧和海绵便必须忍受压迫，一整天或者一整夜。他注视着电视里的异域风光，眼睛里闪烁着光芒。茶几上堆满了碗碟，洗过的或者盛满食物的，瑞丽烧什么，他就吃什么，后来瑞丽不再烹饪，他吃光了冰箱里的食物，没有人去关心这些。就像他不关心这个家，而瑞丽也不会关心他。他们当然争吵过，没有唤醒彼此，就此放弃了，并像是在赌气。

在客厅里，瑞丽指着一小块空处，对任爱华说：“这是他堆放行李的地方，就摆在这里，这次他离家前，我们都没有见面，我也不想问他，他怎么是这样的人？”瑞丽眼圈红了，但没有眼泪，她说，“姐姐，我眼泪都流干了，你们问我，我还要问你们呢！他去哪了？”

窗帘配着淡雅的窗纱，任爱华以一个有阅历的纺织厂的老员工评判过面料的材质，核桃色的实木家具、原木的扶手沙发，都是她帮弟弟选购的，为了将这个家打扮起来，墙上挂满了他装裱的摄影作品，有些是风景，有些是人物。任爱华是来寻找弟弟的，原本就不抱任何希望，他怎么会留在家里？他自己都说了，他是个逃跑的人，他认为这是个游戏。

“任瑞睿择校的学费还没有着落呢！”瑞丽说，她总是这样，带着嫌弃又带着她矜持与任爱华偶尔聊几句。瑞丽的嫌弃也是矜持的，嫌弃没有改善的住房，嫌弃她自己的化妆品，嫌弃嗓门大的邻居。她没有开口借钱，只是在完全麻木之后以一个母亲的直觉，想起这是她最关心的事情。“学费会凑齐的，我来想办法！”任爱华主动说。

“建华电话里说是在寻找什么？他到底在找什么？我觉得他一直都在寻找。”瑞丽说。可他明明离开了，像是一个闯了祸的孩子，丢下了一个烂摊子逃跑了。这一次，任爱华更是无法和盘托出，从头到尾都是为着一件无影的事情，而她的内心总是在不停地收紧，她被不安笼罩了却不能流露出来。“他这样子，我的损失太大了，我没办法跟他过下去了。”瑞丽又说。

告辞时，瑞丽仍然撇着嘴矜持地说：“姐姐，你也不能太自私了，爷爷也不待见他，你说，他还不是缺少什么，才总是要到处跑？他常说，姐姐你不是爱他，有些地方是害了他。”任爱华说不出话，她因为不善言辞而不善于辩解。她明明清楚弟弟有太多欲望，总不能满足，而他骨子里懦弱、逃避、仇恨，不惜从内部伤害，弟弟的贪婪，是一种内心需要的补偿，但从物质的渠道是不可取的，但她不知该如何表达，有些话她说不出口，有些事实她又不愿承认。

“姐姐，你有他的消息要告诉我。”任爱华离开时，瑞丽坐在沙发上说这句话时，她没有起身相送。任爱华带着瑞丽的淡漠离开，直到走出小区大门，她还无法恢复到原本走路的姿势，她被瑞丽的这句话捶打着，心口绞痛。弟弟并不是个贪婪之人，他只是内心需要补偿，缺少爱的失衡，可她只是个姐姐，同样没有得到父母的爱的姐姐。

小区大门没有人看管，有些原住户已经老了，必定是成长了，有些新住户在这里开始了一个新的成长。任爱华不认识这些弟弟的邻居，这些朝夕相处的人都是陌生人，才是正常的。

小区大门是铁艺大门，粗细相间的铁艺栏杆间镶嵌着装饰铁花，形成了一种风格。她站在大门外，没有办法说出内心的苦楚，也没有倾听的人，也没有办法得知谁是弟弟熟悉的人，有谁知道弟弟的下落。即使有人知道也未必愿意告诉她。

路过社区派出所，任爱华站在门外张望，三三两两的警察从她身边进进出出，她并不熟悉这个地方，但她心里感到片刻的踏实，脚步迟疑了下，继续向前走。

街边一家糕点店，店外招牌上写着“老街坊”，一个诱人的名字，任爱华走进去，点了一份糕点，她感激那位改良的厨师，让这糕点留有年糕的香味，她把盘子里的每一粒糕点都小心地拈起来放进嘴里。邻座的顾客，是两个中年男人，任爱华听清了其中一个人的嗓音，压迫性的，但这嗓音只从她耳边划过去，她不是故作镇定，而是在明晃晃的空间里，一个单纯的声音没有再给她带来恐惧，有些恐惧原本就没有存在的理由。

从“老街坊”出来，任爱华来到弟弟的单位，弟弟为之奉献青春的单位，容留了他的一些时光，他在这里度过的年华，必定会留在他的生命里。

参加工作的第一年，春天到来时，弟弟要带着一名同事到铁饼街来游玩。得知消息的前一天，为了招待即将到来的客人，任爱华去田里摸了螺蛳，在菜市场挑选了一块心仪的五花肉，她那时已熟练地掌握了一些荤菜的烹饪技巧。

弟弟的同事有个响亮的名字——甄向亮。当年，前来春游的甄向亮离开铁饼街时，表示说还要来，那是一句客气话，他说得很真诚，像发誓一样，没有一丝杂念，任爱华和弟弟同事的交往当然没有后续了。后来，任爱华听弟弟提起过，为了在单位里优先分到福利住房，两个条件相当的同事做任何事情都彼此分开了，弟弟没有分到单位里的福利房，转而购买了政府惠民的商品房，搬家时，甄向亮也来祝贺乔迁，他看到任爱华仍称她“姐姐”，姐姐只是称呼，不比姓名更亲切，只是个符号。任爱华隐约记得地甄向亮和弟弟都面临升职，历经多次角逐，弟弟一直原地踏步。

到达任建华单位大门处，任爱华没有报出任建华的名字，她说：“我找甄向亮。”门卫打开带有门禁卡的匝门，允许任爱华跨进门槛，在门卫的登记本上留下到访的姓名、性别、年龄、事由、到访时间以及联系方式。门卫以一种便扭的方式打开人脸扫描，又以一种便扭的方式伸出手边指给她看边说：“左边那栋办公楼三楼左边第一间是厂长办公室。”任爱华这时才得知弟弟的同事现在在管理这家工厂，而他何时成为弟弟的上司，她从未得知。办公楼对面是厂房，蓝色的玻璃缸瓦，钢结构的厂房，封闭式生产车间没有流露出关于铁、关于钢材的成长过程。

称呼还是没有改变，甄向亮仍然称任爱华为姐姐，带着符号意味的“姐姐”。“姐姐，我要是知道任工在哪里我也会告诉你的，甚至会去找他，再忙都会去的。”他诚恳地说，任爱华注意到，他的牙齿还是那么白，可以将说出的每句话截成两种意思，他说："有些事情不是我们外人能干涉的。"身着蓝色厂服的秘书进来了，端了一杯茶水，轻轻地放在任爱华身旁钢化玻璃面的茶几上。任爱华的目光跟着秘书，希望能发现一丝端倪，但秘书轻轻带上房门，始终没有和任爱华对视。这些都是和弟弟朝夕相处的人，他们都没有弟弟的消息。"我已经让各个车间都问遍了，建华没有跟任何人说起他去了哪里，就像他辞职，我们也觉得很突然，他到底怎么了……"甄向亮问。

"等等，你是说任建华辞职了？"任爱华打断对方，"这怎么可能？我弟弟为什么辞职？"

"你做姐姐的都不清楚，我们更不清楚了，他前两天请假被拒就突然提交了辞职报告，辞职原因只有问他本人了。"

弟弟的这位同事变得富态了，坐在办公桌后的办公椅上，给人一种压迫感，同时那把座椅被挤得满满的，像是为他量身定做似的。除了她在寻找弟弟，而没有人知道弟弟的下落，任爱华觉得她坐在窗下的沙发上像是一座孤岛，而周围都是蔓延过来的海水。后来她走出工厂大门才明白自己当时想起了水，是因为阳光太刺眼了，而只有水才能衬托她孤坐的感觉，没有任何语言适合再交流了。

任爱华起身告辞时，甄向亮从桌面上的文件中抬起了头，不断地点头，仿佛风吹过草尖。"好的，好的，走好，走好。"他接着埋头处理文件，那对于他都是些重要的事情。任爱华没有在这里找到弟弟，但她还是找到了一部分现实中的事实，没有关心，没有关系，没有互相的利益，这是让任爱华失落的，也是理所当然的。

电话依然打不通，弟弟如果知道她曾来过他工作的地方，一定会不舒服的，弟弟在单位里明显没有得到重视，也没有被器重，一个没有名望的人的冷遇，她代替弟弟走了一遍，即使他消失了，这只是他们的家务事。不是她在寻找弟弟，而是她被弟弟嫌恶。

铁匠铺里，何连钢重新归置，将他的那些大的、小的、中号的铁锤依次排开。他已经夯实了地面，将火炉的坐基垒了起来，他自己动手搅拌的黄沙和水泥，红砖是他寻找的再加上一部分原有的，那些没有碎裂的红砖体现了忠诚的本质，让他感慨不已，他用遍布老茧的手掌拍打它们："真好，真是好砖。"他把它们砌成炉壁，抹上水泥，以保证它们不再受到伤害，而失去尽责的机会，他说："我看谁再来扒我的炉子，我看谁不想让我打铁。"

保洁老黄站在门外张望了数次，依然理不清头绪，他认为任铁匠看不起他，他遭受轻视的回击是漠视。他搞不懂，拆了正常，拆了又建起来才不正常。

老黄拖着簸箕走在空寂的铁饼街上，手里握着那把长钳，空寂的街道上，鲜有垃圾。任爱华出现时，老黄坐在路沿边的树荫下远远地看着她走近，任爱华低着头，她的精神和力气像是遭受了迫害而逃脱了。

你为什么突然辞职？任爱华给弟弟手机留言。如果你坚信找到了什么也没有必要不辞而别。她把这样的短信发出去，心里带着不甘心的绝望，她觉得不应该是这样的。事情的发展完全是她想象不到的，她最初只是想找到那个打来电话的人，而弟弟完全走向另外一个方向。任爱华看着手机里那个座机号码，现在那个书报亭也成了她心里的掩藏下来的阴影，面积并不小。

从弟弟曾经的单位回来后，任爱华去了城关街。她必须要去！弟弟的寻找不是针对一种罪，他放弃了罚，而她不会放弃，一种罪，没有理由，没有结果。她心里像有一张网在交织着，多年前的、多年后的，屈辱、恐惧、愤懑、诱惑、欲望、虚无的、现实的，不仅仅关乎她个人，有些不许扼杀，有些必须挑明，如果没有善意，恶意必须遁形。人行道上人来人往，车流在机动车道，形成了城市的景观，任爱华纤细的身影在人流中，像是一个移动的圆点，没有根基，而寒冷的风在城关街依然毫不收敛。

报刊亭还在原处，没有打开塑钢门，可以客串货架的塑钢窗关闭着，一个封闭的空间在街道边，可以看成一个空壳、一个困惑、一种贪婪，一种欲望、一个诱惑、一份期待。

塑钢门上贴着一张规整的打印通知：停止营业！白色塑钢的小房子，四角已发黄，暗锁关着还有一道明锁，报刊亭一定有过短暂的辉煌，曾全心全意地投入为他人服务，就像城关街的每栋房子都有各自的使命，而它简易的结构一经亮相便注定了短暂的宿命。任爱华站在那儿，一栋简易房屋与她对视，它有洞悉真相的经历，它看清了那个打电话的人，但一切和它没有关联，她的弟弟上演着出乎意料的续集，事情明明有真相，弟弟却在寻找假象。

任爱华拿出手机，拨打报刊亭的公用电话，仿佛她只和这部电话号码有关联。“您好，您所拨打的号码是空号！”任爱华耳边回响着冷漠的回答，是虚拟世界的回答，永远无法触及内心。她不知道有没有目光注视她，也不知道她所寻找的在何处。但是，电话已经侵入她的生活之中，带着多年前的恶意，她没有理由听之任之，由于弟弟已经出走了，她没有理由放弃寻找，她必须重新面对，面对爱或者恨、欲望或者贪婪，即使重新面对生活。

铁匠铺里，何连钢在垒炉子，炉底已经封好了，留了风口，他安慰任爱华：“还好炉顶没有塌，我都修复了，就不要埋怨小弟，也不要到处找他了，我深挖了炉底，他挖得太浅了。”何连钢顿了一下，留住了一部分话，接着说，“你知道他找什么吗？”任爱华用力地摇摇头：“找什么？没什么可找的呀！”“那就不要管他啦！”何连钢释然道，在对待任建华的态度上一直都是这样。“我把这些都重新归拢好了，”他指给任爱华说：“只要铁匠铺在，我就要接着打铁。”任爱华拿起地上的铁锹，用力铲进水泥里，她只有干这些力气活才感到踏实的，她说：“我们动作快点，听不到打铁声音我心里发慌。”

“你不在的时候，有个人跑来买了很多菜刀，他说是我们的老主顾，还说最近你经常去城关街找他。”何连钢很高兴，难得干活时有人陪他聊天，他说，“那个人还说看着你长大的。”

水泥和黄沙里的水明显过多，使得两种材料没有办法聚拢在一起，而任爱华没有注意到这些，她机械地拎着水桶，任由水肆意地流着，她被一种巨大的力量钳制着，是一种久远的、古老的无助，多年前的软弱，任爱华脸色苍白。直到水桶里的水流尽，任爱华直起腰，僵立着，她问：“什么人？你说的是什么人？”冷风往房间里闯，因为火炉没有垒起，冷风肆无忌惮。她看着门外，铁饼街上空荡荡的。

“他没说，我也没问，我怎么没有听你说起过？你最近在找的是什么人？你找他干吗？”何连钢放了一块红砖，他从任爱华的手里拿过铁锹，铲了一下水泥，他说，“水太多了，你干这个不拿手啊，让我来，也让你见识一下我的瓦工活。”任爱华不回答，他也没有接着问，那是什么人并不重要，城关街上有很多任爱华的老同事、老同学、老邻居，当然有看着她长大的人，这只是个日常的谈资，并不重要，眼下，何连钢只关心水泥和黄沙以及水的比例。他没有注意到任爱华僵立着，脸色渐渐发红，呼吸凝重起来，她的两只胳膊交叉着抱在胸前，过了一会儿，她转过身，幅度很小，转了一个方向。

任爱华慢慢地挪到墙边，墙面上是电灯开关，她怔怔地注视着单控开关，仿佛简单的开关有自己的生命，有生命的尊严，她伸出手点亮了灯。灯光倾泻的刹那，何连钢说：“那个人还说你和建华小时候吃过他给的糖果。”何连钢边说着话，边铲着水泥，他已经调匀了水与泥沙的比例。他没有注意到，任爱华浑身战栗，脸色由红变白，她扶着墙壁，身子慢慢贴着墙壁仍像摇摇欲坠的，最后，她收拢了自己的双臂，慢慢蹲了下去。一缕斜阳悄悄地跨过门槛，像是一把斜插的剑，带着亮的冷的光。

一天的时间就要过去了，傍晚很短，像是只有一会儿，夜幕就要来了。

夫妻俩离开时，何连钢像往常一样，换上那件回家的外套，那件打铁的外套留在铁匠铺里。拉下卷闸门时，哐当哐当一阵响。他们绕道菜市场，菜市场里很多下班后来买菜的人，临近歇市，有些蔬菜是打包的，会便宜很多。自从任爱华发现晚市的菜也很丰富，就没有买过早市的菜，这样一个月下来，也可以节省一些菜钱。在菜市的流动摊位，何连钢相中了一条黑鱼，不是很大，他认为这是意外收获来的，打算下厨做酸菜鱼。菜市上的摊主多认识任铁匠，杀鱼的、卖肉的都用着他打制的刀具。

摊主动手宰杀黑鱼，他先是用刀背敲了鱼头，黑鱼很快放弃了游动，像是被打晕了。何连钢伸手协助摊主，左手按紧鱼身，右手刀锋已划过了鱼肚，他像是在检验刀的品质。“不错，”他说，“这刀还是不错的。”接着刀锋划过鱼身，细密的鱼鳞便脱落了，黑鱼的眼睛仍乌溜溜的。宰鱼的动作一气呵成。任爱华的目光跳开，喉咙发干，莫名地同情那条野生鱼。她去买了香葱和红尖椒，在杂粮店买了点黄豆芽。等她回到水产摊前，第一眼看到落入了塑料袋里那鱼像是苏醒了，挣扎了几下，白色鱼腹上有醒目的刀痕，一瞬间，任爱华的眼眶红了。何连钢站在鱼摊前等着她，他和那个卖鱼人都抽着香烟，像两个熟人见了面，彼此聊着家常。

一路上，任爱华都闻到鱼腥味，他们家里烹烧酸菜鱼都是何连钢掌勺，吃鱼的时候何连钢会破例喝一两酒，为了助兴，仅仅为一顿晚餐助兴。

直到何连钢将油热了锅，翻炒了黄豆芽，又翻炒了酸菜调料，鱼落在酸菜汤里，翻滚着。鱼的香味弥漫着，任爱华还是隐隐地闻到鱼腥。餐桌上，她像是忽然想起了一件本该遗忘的事情，她问："对了，那个买刀的人长什么样？"何连钢问："哪个人？"他酒量不大，每次喝酒的醉态都像是假装的。"你常找的人，你还不知道吗？"何连钢抿了一口酒说，"没印象了。""下次再遇见，你要下他的手机号码。"任爱华一字一句地说，"我看看到底是谁！到底是谁好心照顾我们生意还是要干什么？"何连钢抿了一口白酒，说："照顾生意！"何连钢在专心吃鱼，他吐出了一根坚硬的鱼刺，说，"真奇怪，你找的人，还要来问我。"

手机一直很安静，连一个广告电话都没有，任爱华总是要看两眼，她不断地拨出号码，拨给弟弟。"那个人出现了"，她编辑了简短的信息。"那个人！"这三个字像一张可憎的网，她最终放弃了发送，而拨打的号码。电话里面始终在提示任爱华，任建华依然关机。

半夜里，任爱华在黑夜中睁着眼睛，何连钢均匀的鼾声在黑暗中起伏，像是形成了海，形成了波浪，温暖地包围了她，而她不能交出自己的心，在其中沁润。她的内心被不安占据了，那个人出现了，出现了！一个巨大的旋涡觊觎着她。恐惧的感觉她饱尝过了，而并不是她的罪。她受够了，要有个了结！任爱华推了推何连钢，试图叫醒他，何连钢却睡得很沉。

她想不明白弟弟为什么不辞而别，弟弟放弃了寻找，也许有新的发现，她同样想不明白弟弟会有什么发现。多年来，所有的家具、摆设，老屋的格局并没有变化，弟弟发现了什么？弟弟不是去惩罚一种罪，他也没有打算以沉默面对一切，他只是不愿收场。这样想着，她摸出手机，发了一条信息：姐姐担心你，你回个话。信息发出去，像是丢入无边的黑夜。

任爱华闭上眼睛，在鼾声中蜷缩起自己的身体。

两天后，铁匠铺基本上恢复了原貌，一种带有新意的原貌。

何连钢购买了一些涂料，将外墙涂了一遍，是白色的防水涂料，使铁匠铺在颜色灰暗的铁饼街上很夺目，整个铁饼街从东到西贯穿了一种修缮的冲动，有些被遗忘的感觉被唤醒。何连钢将剩余的涂料刷在李馄饨店铺的外墙上，尽管有风吹、日晒、雨打，白色无法长时间专注于白，但白色的外墙早已征服了铁饼街老街坊的视觉审美，不可能有其他颜色了。

地面经过夯实，泥土复归于泥土，新鲜的和陈旧的泥土没有明显的区别。何连钢将地砖一一复位，炉壁上也是新涂料。任爱华打量着，她没有感觉出有任何变化，没有被挖掘和被掩埋的。一个是任建华摧毁的，一个是何连钢重塑的，这些也是她所预料的。她说："你知道弟弟为什么这么做吗？"她想让何连钢认出事情的真相，认出她，她已经鼓足勇气了，有些事情在瞬间就会明白了。"谁知道他！"何连钢满意地打量着被粉刷一新的墙壁，他的脸上是纯粹的满意的表情，而任爱华的问题并不是问题。任爱华胸口提起来的气流松弛而下，她忽然不愿意破坏何连钢的满意的表情，对墙壁、对现状的满意。

穿过后门时，任爱华感觉到有挖掘声传来，她没有找到挖掘的弟弟，声音却留了下来。

一种新貌是另一种旧貌的写照。

接连几天，任爱华都守在铁匠铺里，她对何连钢说，她在构思一幅“铁画”，一幅有冲击力的作品，但是她没有说明她冲击的目标是什么。何连钢并不追问，任爱华每完成一幅作品，都是他们共同的“铁画”，等到画面呈现出来，他就会明白，铁的底色，铁的经脉，他都会欣赏，他们从未在意艺术家的审美和眼光，他们是独一无二的。但任爱华迟迟没有动手，她像是在等待，对铁画而言，何连钢轻易地认为，任爱华在等待灵感的降临。

铁饼街上，裁缝铺开门营业，会有几个顾客光顾，多是女客，嬉笑声隔街传送，任爱华会站在门口张望，她站立的姿势就像受到邀约，被唤醒了。任爱华守在铁匠铺的这几天，并没有接待一个客户，生意惨淡，两人并没有在意，最糟糕的状况莫过如此，这只是一种事实。何连钢打制菜刀、锅铲，任爱华琢磨“铁画”，生活继续着，这是最重要的。

偶尔，门外有行人经过，任爱华都会追出去确认，她对何连钢说：“你看到那个照顾生意的人，一定要告诉我。”她说，“到时候，我们一同认清他！”任爱华只有直面他，才能看清他，他带着一种罪，而她带着一种罚，当她是一个孩子时，她是罪的对象，现在，她是罚的掌控者。

其间，任爱华抽空再次来到弟弟家，瑞丽对待她依然是不满的态度。瑞丽开了门，并未让座，自己先坐在沙发上，她对家里人都是这个态度，即使在公共场合，瑞丽的声音像是压住了一部分，她有一副音调和表情是留给自己人的，非常真实。

“我一点也不担心，担心也不能给我带来什么。”瑞丽正在涂抹指甲油，先是用卸甲纸卸了指甲油，她卸去的和她新涂抹上的无法分辨，都是这种自然色系列。任爱华从未如此呵护过自己的指甲，瑞丽就像是在给她做示范。

房间里很凌乱，弟弟的、孩子的、瑞丽的衣服，东一件西一件，任爱华动手收拾屋子。她把那些脏衣服分类放在洗衣机里，有些是留下来手洗的。当她搓洗时，瑞丽说：“我的手指甲不好碰水的，没有钱了，小时工也请不起了。”她抱怨结婚后生活质量没有改善，反而越来越差，沦落到只请得起小时工。任爱华并不喜欢瑞丽的做派，瑞丽总是对做家务摆出一副瞧不上的态度，家也不收拾，就这样凌乱着，没有金钱维持，家务就搁置着。而她追求的有情趣的生活，无非唱歌、跳舞、参加各种民间表演协会活动。瑞丽的生活在任爱华看来非常虚无，但她从不对瑞丽说出自己的想法。

任爱华问瑞丽：“建华辞职是不是因为你们太缺钱了？”瑞丽说：“我们什么时候有过钱？凭着那点工资，我们一直过着苦日子。”洗衣机的滚筒转动着，五颜六色的衣服搅在一起，污渍和清水混淆其间，缸内的水很快就浑浊了。有几件面料轻柔的衣服，需要用手清洗，任爱华打开水龙头，将衣服浸泡，依然是五颜六色的衣服，清水很快浑浊了，洗衣液的泡沫闪着光，慢慢消失。任爱华不断地搅动水盆里的水，泡沫仍然消失着，她强烈地意识到，她只是瑞丽眼中冒着泡的泡沫，她在瑞丽、弟弟的生活之外。瑞丽所言的苦日子，在她看来，无非是寻常百姓的普通日子。

她越来越不懂瑞丽，也不懂弟弟，他们偏偏要把普通日子过得不如意。如果不是寻找弟弟，她从来没想到弟弟是这样过日子的。她想起瑞丽结婚这么多年，只为任瑞睿下过厨房。她需要很多时间练嗓子，但从没有登上更大的舞台。

她站在门边时，瑞丽说："你不要担心建华，他昨天打电话回来，他人已经到了上海。""他去上海干什么？他为什么不接我的电话？"任爱华掏出手机，打电话给任建华，仍然关机，瑞丽笃定地说："他换了手机号。""换号了？为什么不告诉我？"任爱华问。瑞丽耸耸肩膀："这个你要问他，他让我不要告诉你。"任爱华从来没想过弟弟会这样对待她。

"姐姐当年不也是独自去过上海？是因为上海有什么？任建华说他要去把失去的东西找回来。我没弄明白。不过，任建华也许觉得有些话说透了，就像是撕破脸皮。"瑞丽已经很节制了，她忍着没有逼视她，而是找到自己的手指甲作为替代品。任爱华无法接受，也明白瑞丽为什么这样对她。瑞丽说："姐姐，不如你来我这里做小时工，任建华挣了钱再给你。"任爱华洗净双手，丢下正在清洗的衣服，她打开门准备离开。

临出门前任爱华问："任瑞睿上学的钱有眉目了吗？实在不行就上公立学校。"瑞丽不屑地撇了一下嘴，她看不上毫无名望的任爱华，连带着看不上她给出建议，这建议本身打着廉价的标签。洗衣机转动着，发出轻轻的声响，瑞丽将手洗的几件衣服拎起来，埋怨说："你为什么干到一半就不干了？"衣服在自来水下兀自冲洗，瑞丽继续修剪自己的指甲，那十个指甲都发出矜持的光泽，有一点骄傲，有一点自然，裸粉色的指甲换成了珊瑚红，一种可爱的俏皮的颜色。

弟弟为什么去了上海？弟弟不接听电话，她只能一遍一遍发短信。她没有料到，一个意外来电，一个久远的关于财富的臆想轻易改变了她和弟弟的关系，现在，弟弟回避她，弟弟对她的态度变得古怪起来，她像是他的仇敌，又像是债主。

任爱华再次来到城关街，她从祖父的住处经过，仰脸望向那扇窗户，窗前有个模糊的身影，她相信那一定是祖父站在窗前俯瞰。任爱华走得很慢，她心里清楚祖父不会注意到她，祖父也不会关心她在城关街上寻找什么。也许因为隔着辈分，她和祖父在一个屋檐下生活多年，却从未关心过彼此灵魂的出逃之路。她认定现在的这种寻找就是在寻找一条路。

城关街上的人行道上依然是人来人往，而报刊亭却不见了。

报刊亭盘踞的位置空了出来，局促的、毫不起眼的空间消失了，没有影响整条街的格局，像是这空间从未存在过。人行道上，黄色的盲道砖与普通红色地砖区别开。任爱华横穿人行道，有些脚步落在盲道上，有些落在红色地砖上，她踏进街边一家精品服装店，店员打量着她，眼神里满是挑剔，没有接待她的意思，任爱华指着那个空荡荡的角落："那个报刊亭怎么不在了？"一名店员扫过懒洋洋的眼神，并不回答。另一名店员一边回答一边下着逐客令："市容整顿拖走了！不要到这里来找！"

拖走了！连同其中的一切，那部电话机！任爱华退出店门，沿着人行道向前走，脚步落在盲道上，到了转弯处，盲道上遍布凸起的圆点，但任爱华没有注意到这些。报刊亭被拆除了，连同那部公用电话，曾经有多少人的想念、询问、无助者、求助者从那里鱼贯而出，没有留下声音，而带给她的，她还不能确定她必须找打那个打电话的人，必须面对他，现在，电话机却拆除了！无法将已经发生的再演习一次。

任爱华站在街道上，是报刊亭的位置，可以看见阳光穿过行道树照射过来，光与影交织着，取一个点可以成为一幅"铁画"，她将目光向上移，光与影也随之升高了。她通过光与影可以看见风景，有人也会看见她站在这儿，陌生的人不知道她是谁，她也不知道谁会暗中注视着她。广告发单员从她身边经过时，递给她一袋餐巾纸，餐巾纸的包装袋上印有一家餐厅营业的广告，广告语直白而热情：开业大吉，欢迎光临。任爱华追上个那发单员，发单员是个染了黄发的中年女人，看上去没有傲慢的眼神和戒备的神情，任爱华断定她是个热情的人，她说："大姐，我也想发广告单。"她没有说她借此站在这里是想抓住一个人，听到一个声音，得到辨别的机会，她是光明正大的人，她要站在明处，表明她在战胜恐惧。

发广告单，任爱华选择了城关街发放点，她站在报刊亭的旧址，一个起点，一个终点！

任爱华站在街上发放广告单，看得见很多人的面孔，听得到很多人的声音，她的口袋里仍然装着那把水果刀，她像是在进行一种较量。

初发广告单时，任爱华有些不好意思，她担心她的企图会被识破，后来就不在乎他人的眼光，她以眼光赢取他人的信任。任爱华每回到家都会问何连钢："那个说我找他的人有没有到铁匠铺？"何连钢摇摇头："明明他说你去城关街找过他，怎么又要问他来没来铁匠铺？你们倒是像熟悉的陌生人。"他饶有兴趣地追问任爱华，"这到底是个什么人？你为什么没有他的电话？"夫妻二人陷入同一个谜。看上去，任爱华并不在意那个人独自出现在何连钢面前，她说："他只要出现了，你就拽住他，然后联系我。"她向何连钢亮出背包里的水果刀，刀身很亮，刃口很薄，仿佛可以削平一切，她说："这是我最近带在身边防身的。""你最近不做'铁画'，也不在铁匠铺，又去发广告单，你变了。"何连钢说。但他没有表现出任何疑虑，他认为这是自然的，“你呀，一直这样闲不住，打铁的生意不景气，也难为了你找了个铁匠。”他说，“我没让你过上好日子。”窘迫的收入渲染了何连钢的心事，他说：“要不是我坚持打铁，任建华也不会这么折腾，你也不用这么辛苦挣钱。”任爱华凄然一笑，何连钢是个老实人，对待生活一心一意，认为所有有偿的劳动都是为了生活，她从事的这份临时工同样是生活中的一个出路，他未曾揣测她的内心，既令她庆幸又令她不安。

有些化妆品的广告单，任爱华会选择专门送给一些穿着打扮时尚的女性，要么迎面递上去，要么追上目标。偶尔，她恭维擦肩而过的女士，“去看看吧，专为您这样漂亮的女士打造的”，有时散发的是新近开张的酒店的广告单。她做这些，不是浮游于这座城市的表面。

发广告单的初衷，原本是将自己当成一个目标，而后，任爱华改变了初衷，她想她是为了摆脱自己成为他人的目标。

有时会有推销酒水的广告单，任爱华会在入夜后去一些娱乐场所散发。在一家KTV，任爱华遇见了瑞丽。

灯光时明时暗，打在欢愉者的脸上，若隐若现的眼睛、脸颊、嘴巴……而有些嗓音被撕裂、被贯穿。在灯光柔和的长廊上，任爱华听到熟悉的嗓音，房门虚掩的包厢里，任爱华从一道缝隙中看到是瑞丽，歌声带着柔情缓缓地流出来。瑞丽站在落地麦克风前，液晶电视下一个有宽度的台阶是她的舞台，局促的舞台，没有呼吸的舞台。听着瑞丽的歌声，有种怪异的感觉，不是家的背景，她和瑞丽虽然同处一室，她不愿意承认那是瑞丽。

一曲高歌后，瑞丽款款地走下台去，她上衣镂空处有点点金色的碎片，走一步，碎片就抖一抖，像是絮絮碎语。瑞丽落座于一位男士的身旁，她的紧身上衣没有遮住肚脐。陌生的男人，留着稀疏的小胡子，胡子使他肥胖的脸和他人区分开，产生怪异之感。男人的手在瑞丽的裙子下面，灯光像是拥有了辨识度，移动着，定格在瑞丽的脸上，有笑容的脸。瑞丽像是对那只手没有感觉，任爱华全身收紧了，像是被无形的绳索收紧了。

灯光牵挂着昏暗，疏忽明亮，疏忽暗淡，像是这种场合的帮手，制造暧昧，不停地旋转。整个大厅像是旋转的摇篮，令任爱华感到窒息，瑞丽戴着环状的耳环，晃荡着，她整个身体也在晃荡着。任爱华紧紧地抱住双臂，身子靠在厚重的隔音门上用力撞开了房门，大开的房门为她开辟了一条道路。任爱华紧紧拽住瑞丽的手腕，钳制着瑞丽的挣扎。瑞丽的嗓音很尖锐，不似舞台上的嗓音："放开我，你凭什么管我的事？"任爱华眼睛里冒着火星，不顾瑞丽趺趺撞撞的，将她拖拽到了大街上。

在远离歌厅之处，任爱华松开了手，她比瑞丽更加气愤。"你为什么这样？""我干什么了？"瑞丽喊道，"我这个年龄，若不是有个好嗓子，这个钱都挣不到，你不知道任建华挣不了多少钱吗？你知不知道任建华欠了债？他不断地索取，我这个兼职还是任建华介绍的。"瑞丽扔出一连串的信息，还有隐约的碎裂之音，他们维护的假象只是一层易碎的玻璃，只要轻轻一掷，便碎裂了！任爱华松开了手。

任建华的债务是赌博欠下的，直到讨债的追上门，瑞丽才得知，债主都是她熟悉的人。最初，他是为了购买摄影器材欠下了债，在幽暗的逼仄的暗室里，他在镜头中看到他捕捉的世界，他想要的世界，局部的世界，花的花蕊，别墅的阳台，女人的一部分身体，微小的局部，无穷的欲望。为了偿还债务，任建华妄想以赌博翻身。

任建华参加摄友朋友们的活动，周游各地采风，他不仅踏遍国内还环游海外。他们先去东南亚，又从外高加索南下，穿过中东抵达非洲，沿途的风景都记录在镜头中。任建华购买的摄影器材、休闲服、运动装、背包、帐篷都带有品牌的标志。他的自由受限于工作、家庭，他认为是这些将他热爱的生活分开，他没有细究热爱生活和生活本身是需要分开的。

瑞丽将任瑞睿择校的费用收在矮柜的夹层里，防止意外被盗，她积攒了整整一年。等任瑞睿开学报名时，瑞丽才揭开一个假象，她不仅被丈夫欺骗，还被那张有着芯片的卡蒙蔽了，余额5元，假象让她出尽了洋相。瑞丽的眼泪冲刷了假睫毛，无法遮蔽皱纹，她说："你知道我是怎么熬过来的？你知道你弟弟是个什么样的人吗？你给他钱，你能一直给下去吗？你知道我们用钱的地方有多少吗？你又给了多少？"听上去，这些开销都是任爱华的某种责任，而瑞丽显然认为她需要负责，她并不认为放纵心灵是错误的。

任爱华站在窄窄的巷子里，被瑞丽逼问，呆呆地注视着瑞丽推开那扇厚重的隔音门。沿着堆满垃圾、垃圾桶的通道走到大街上，那些垃圾散发的味道尾随着任爱华。"你知道吗？我们需要钱。你知道吗？你弟弟任建华一直都不满足"，瑞丽的追问尾随着，遇见巷口的风，渐渐向上飘，成了风的一部分，无法再次收回。任建华像是用一生在索取。

手中的广告单，是广告语通俗易懂：人生几何，不醉不归。酒瓶包装是蓝色的，想象中的海洋。任爱华未曾外出旅游过，而任建华的足迹已经遍布全国，周边国家也去了不少，弟弟每次出行，她都会为他担心，而他讲起那些见闻，她都会去想象，他的摄影作品她都会仔细端详，像回味她旅居的故地，比照细节，比较变化，她从弟弟的摄影作品里接近各种风光。

外出旅行，对于任爱华是奢侈的，是一个长远而慎重的谋划，需要停下铁匠铺的生意，需要安顿祖父和何辰锋的起居，需要安排每周末对任瑞睿的款待，而这些排列在日常生活中，每一天、每一周、每一个月，她都不能因为外出游玩而打乱家人的生活，她的日子并非她独自享有的。

任爱华给瑞丽发了一条微信，她编发这条微信时，想到那个小胡子男人的手，手指发颤，她发送的内容却是姐姐的语气，她说：瑞丽妹，姐姐理解你喜欢唱歌，换个地点唱歌吧，一切都会变得美好。瑞丽并未回复。

任爱华找到瑞丽任教的学校，希望瑞丽不要再去那家娱乐中心，她潜意识里希望瑞丽远离那些男人，但她不便表露心迹，她给瑞丽留面子，她说："你是一位老师啊。"站在学校的院墙边，孩子们蹦蹦跳跳地进入校园。瑞丽穿着普通的套装，头发整齐地梳着，她的脸上没有假睫毛，没有浓浓的眼影，没有假发套，普通的老师的样子，站在学校的院墙边。"你不要来找我，你去找你弟弟？"瑞丽低低地说，"我喜欢唱，有人请我唱，我为什么不唱？"瑞丽依然带着倨傲的表情，高高地挑着眉毛，她皱了下眉，眉毛之间有一道明显的界限。瑞丽说："我想清楚了，当年，任建华娶我并不是爱我，他只是需要娶我。现在，你弟弟去找什么，你应该清楚。"瑞丽的这句话对任爱华是真正的打击。

"任建华跟你说了？他是为了这个离开的？那他去哪找？"任爱华说，"其实根本就没有什么宝剑……"她忽然看见瑞丽的眼睛里闪过一丝怜悯，女人的伤感，在情感、罪与罚之间留有空间，她说："那时候姐姐什么都不懂。"任爱华不知该不该对瑞丽和盘而出，她人生的一次疾风骤雨，她如今面对的旋涡，她努力保持镇定说："瑞丽，你听我说……"

"任建华可没跟我说过你什么都不懂，你可是什么都管着他，所以也瞒着他呀！"瑞丽提高了声调打断她，带着授课时的普通话的腔调，她说，"任建华想早点卖了老屋，他打算有了钱就买套别墅。姐姐，他一直不满足，一直在寻找，他缺什么，姐姐最清楚，你能成全他的。"

瑞丽昂着头，绕过任爱华，独自离开。她穿了一件土黄色的风衣，像一片流动的土地，经历过寒冬的蛰伏正等待春季的复苏。

任爱华想起和弟弟之间的一些片段，相互依傍的，没有隔阂，而这都是逝去的。总是让她想起，父亲在外的日子，祖父在前面铺子里打铁，他们从后门溜出去，沿着河堤去捕螺蛳，竹竿上圈着铁丝，用捡来的尼龙纱做成网兜。螺蛳都埋在水底，他们圈出属于他们的螺蛳。任爱华陷入岸边的淤泥中，她拔出一只脚，挪动一步，结果另一只脚又陷入淤泥中，她在淤泥里打转，弟弟在岸上从来没有怯懦畏缩，他的脚步很轻，沿着草来营救她，"姐姐，姐姐，姐姐"，他哭喊着。

秋天，他们去收割后的庄稼地里捡拾被遗落的稻穗，会去花生地，一些花生遗落在土壤里，弟弟跟在她的身后，"姐姐，姐姐，姐姐"，拥有收获时他这样喊她，没有收获时也这样喊她，她背着竹篮，弟弟跑前跑后。

当年，她将铁匠铺的废铁都换成甜蜜的糖，那时她从来没有想过她和弟弟之间要交换什么，她认为他们就是交心的一家人。这些回忆有无尽的甜蜜，她这时候想起似乎是在抵挡什么。

吃晚饭时，任爱华很随意地问何连钢："今天铁匠铺生意怎样？有没有遇见那个人？"她做了一个吞咽的表情，细微的表情，像是不得不问又不情愿得到答案。“就是说看着我长大的那个人。”她解释说。“没有。”何连钢说，带着琢磨的表情又慎重地说，“还真说不出他像谁，就是这么一个人。”

第六章

手

1

铁饼街上李馄饨的馄饨铺子搬离后，何连钢便再也没有吃过馄饨。他只认李馄饨的馄饨，李馄饨的馄饨是货真价实的馄饨。

一连几日，任爱华都没有到铁匠铺来，更不会中午过来送饭。拎着竹篮送饭就这样在一连串的日子间中断了。何连钢有些不甘心，形式已经不重要了，重要的是坚持，他也不明白坚持有什么意义，但就此放弃了，有些看不见的东西就改变了。何连钢从心底不愿意，现实中改变的事物他都来不及接受，他不愿意再加入改变之中。

早晨，任爱华对何连钢说："是去城关街发广告单的。"城关街是她的经营点，但没有固定的位置。任爱华对何连钢说碰巧找到这份工作，她没有提起她在城关街寻找什么，也没有掩饰什么，她在何连钢面前看起来神情轻松、愉快。她和何连钢一同走出家门，穿着那件款式过时的外套，一条锥子裤，看上去就是去干一份临时工。

一个上午，何连钢敲敲打打的，打制了一把铁刀。这把铁刀他打制得很愉快，不急不躁的。任爱华找了一份临时工，一改前几天恍恍惚惚的样子，这让他感到心安，在这种状态下，工作会完全吸引他的注意力。他很享用这样的时光，只是为了锻打铁器而存在的时光。借机修葺的铁匠铺呈现出新的面貌，令人舒坦，他加热、锻打、淬火时，周围没有其他人，但它们都在，铁件、铁锤、铁砧……都在听着，在看着，从开始塑造到成品，不是恢复出什么，而是创造了新的铁器。

保洁老黄都没有拖着簸箕从门外经过，这门外的时间也不会打断他，何连钢有自己的时间，一件制品是一个单位，这件刀具从头到尾就拥有了自己的时间，从头到尾就只有他和这件刀具。

在砂轮上打磨时，手中的刀具发热，是刀具的温度，是对他的一种试探，探查他的平静，探查他的生命，探查他的生活。他决定把这件完美的刀具留着，这是第一件他不舍得出售的制品。这是在任建华挖掘铁匠铺后的第一件制品，他更认为要收藏起来，更何况还如此完美，似乎就是为收藏才降临的。他在铁匠铺里找了一件旧上衣，用上衣把这把刀包着，只穿了件肩膀上有一处脱线的羊毛衫。他抱着这把刀出了门。任爱华发传单辛苦，他早晨跟她说好午饭自己解决。

何连钢打算借机去找李馄饨，顺便在李馄饨那儿买两碗馄饨，一碗带回去给儿子，一碗放在竹篮里拎到铁匠铺里享用。李馄饨的馄饨皮薄，落在汤水里，散开，会起舞，肉馅嫩滑。汤水里有肉香、葱香、酱香、油香，几种香凝聚在一碗汤水里，各自较着劲，争着露头。

李馄饨的手艺是代代相传的，这里面还有个让人回味的独家绝活。李馄饨用的剁肉、切面皮的菜刀，是何连钢换给李馄饨的，说是换，其实就是他打制的刀具都被换成了馄饨。那把菜刀是个上品，刀刃锋利，切菜省力，李馄饨使用这把菜刀对何连钢也是一种荣幸。

李馄饨的新铺子在城关街西街，开业时任爱华去捧了场，何连钢留在铺子里打铁，那天铁锤没轻没重的。任爱华拍了视频，李馄饨的新铺子挺气派，进门有两级台阶，橱窗是一溜儿的玻璃，厅堂里明亮整洁，门面上的匾上写着“李馄饨”，据说是请市书法家协会的主席挥毫泼墨，相形之下，铁饼街的店面就是个灰头土脸的棚子。新店铺里增设了不少品种，后厨里还请了厨师。厨师是二级厨师，有好几样拿手菜，就是不会包馄饨，馄饨还是李馄饨亲自操持的。如果不是李馄饨亲自操持，何连钢也不会光顾。

为了吃上当年家门口的馄饨，何连钢走出铁饼街后，没有走上通往家门的那条路，向左拐500米后，他登上了公交车。这是他今年第一次乘坐公交车。再过个把月就是元旦了，树上的叶子多数发黄了。树叶总是对节气反应敏锐，有时秋老虎还在耍威，有些树叶就先行枯落了，比如车窗外划过的樱树，何连钢想起任爱华觉得那些树有些属于神经敏感一类的，就像有些人。车上的乘客并不多，何连钢有些意外，像是这条线的乘客都改变了人生道路了，这本来是条热线。去年，他乘坐这趟公交车是去接何辰锋，何辰锋参加了一个封闭培训班，结束时他去培训机构帮儿子收拾行李。当时，车上乘客很多，他手上拎着包在被单里的被子，鼓鼓囊囊的，占据了空间，他从前门挪到后门，不断地遭到过道上的乘客埋怨，后来，他把被子顶在头顶上，窘迫地站到下车。那次，何辰锋要喊出租车，是他坚持乘坐公交车的。他俩从培训机构门外绕过一辆又一辆私家车时，一直为此争执，谁也没有说服谁，最后是何辰锋无奈地跟随了父亲。在公交车上时，何辰锋手里抱着两个枕头，固执地抱着，脸涨得通红。那天到家后，他们谁也没有对任爱华提起公交车上的经历。何连钢总是想起那次乘车经历，想起他明明判断能力落伍了却不愿妥协，想起他这个窘迫的父亲在儿子面前窘态百出。何连钢当时没想到，路上那么多私家车，公交车上还是有那么多乘客。而现在，他更不知该如何判断了。车子开得很快，车窗外，风景还是一样的，像一条流水线。

很远就看见李馄饨的招牌，何连钢咽了口口水。他走进店里，服务员问：“你点什么？”她斜睨着何连钢肩膀上的线头。“馄饨。”何连钢说。“哦，”服务员的嘴巴圆圆的，嘴角骄傲地向上扬，“中午没有馄饨。”何连钢说：“怎么会？那你们卖什么？”在铁饼街，李馄饨的馄饨可是从早卖到晚的。服务员随手一指，何连钢这才注意到，一组玻璃柜态度鲜明地立在大门左手边。玻璃柜有一人高，柜里是各种配好的净菜，芹菜、韭菜等，色彩鲜明，这里，显然没有特色馄饨的一席之地。

何连钢心里翻腾起一种说不清的滋味，他再次咽了下口水，空落落的感觉取代了心里原本的滋味。他问：“李馄饨呢？”服务员的不屑换成了一种提防，她以询问搭起了一道界线，服务员：“你是不是找李总？”何连钢讨厌这个称呼，觉得这简直是对李馄饨名号的玷污，但他不得不承认这应该是同一个人。他说：“是的，就是你们老板。”

李馄饨一出现就紧握何连钢的手。李馄饨的双手像一团带着热气的面团，软绵绵的，都要融化何连钢手上的老茧了。他握手的动作像是他和何连钢见面，这个步骤是不可避免的。一种需要伪装的魄力。握完了手，他拍着何连钢的肩膀，慷慨地说：“任总，馄饨没有了，我这儿的菜随便你点。”“我只想吃馄饨，能带走的。”何连钢老实地说，摆了下肩膀，仿佛李馄饨称他任总，尴尬的是他的肩膀。李馄饨迟疑着搓搓手，捏弄着指尖。何连钢熟悉他这个小动作，他捏馄饨总是这样先搓搓手，那馄饨就像是一朵花开在他的手心里，何连钢认为手的改变至关重要。李馄饨说：“那你先等等。”说着，他搓着手，打开玻璃柜边上的一道门。何连钢这才注意到，这门后是一级向上的楼梯，这楼梯倒像是暗藏于此。何连钢退后一步，那道门像是得到感应似的，悄悄关上了，何连钢再看那道门，门越发神似一堵墙。

店堂里就餐的食客挺多，不少食客聚在玻璃柜前看菜点单，服务员拿着个点菜器，霸王别姬、十里香……菜名听着像听戏，馄饨连受冷落的资格都没有。

从店里让到门外，何连钢站在台阶上等待。

在铁饼街，享用李馄饨的馄饨也是要等的，排着队，一个一个地来，石棉瓦顶的店堂里飘满了香味。李馄饨包馄饨、下馄饨一气呵成，他老婆负责下馄饨，食客排着队等，从一毛钱一碗到一元钱一碗，钱就丢在收钱的铁皮盒里。何连钢总是九点钟隔着街喊一声，李馄饨这时候忙过了一阵，抽时间给他端过来一碗馄饨，他们两个聊几句，一天总要聊上几句，不至于不说话。

在铁饼街时，有一次李馄饨的铺子里人声喧哗。吃了馄饨的食客瞬间变成了明目张胆的窃贼，抢了李馄饨的菜刀，架在李馄饨的手腕上，喝令他掏出一个月的营业收入。何连钢听到动静，拎着铁锤赶到，铁锤不偏不斜地砸在窃贼的手腕上。铁饼街的人都说他何连钢是李馄饨的救命恩人，他说自己没救李馄饨的命，救的是手。施以援手的何连钢并不以此自居，吃馄饨照常付钱。李馄饨不收钱，他是要翻脸的。人的命都救了，还在乎一碗馄饨钱吗？越是亲近越应该相互照顾生意。

冷风穿过何连钢的羊毛衫，像是把衣服从身上剥离了。李馄饨一直没有现身，何连钢想李馄饨的外表发生了很大变化，尤其是脸上的神采像是抹了油，穿着的也不是那件灰色的褂子，而是一套藏青色的西装。从上到下，李馄饨从外表上看不出铁饼街的痕迹了。这一变化，使铁饼街的李馄饨像是另外一个人，他在铁饼街包馄饨、下馄饨、卖馄饨也像是很久以前的事了。

再次踏进店铺，何连钢缩着身子。点餐的服务员见了他，一边按着计算器算着什么，一边说：“我们李总正忙着在包厢里陪客呢！”何连钢的脸腾地红了，怪只怪馄饨太有吸引力了，明明没有馄饨，还等什么呢？他急急地退出大门，一分钟也不能多待了。他肩膀上的线头松开了，成了一个洞眼。

抬脚下台阶，何连钢跨出李馄饨的店铺，险些迎面撞上抬脚进店的顾客。是一个大个子，何连钢定睛一看，认出了这个人！前几日，就是这个男人在他店铺里选了几把菜刀，照顾了他的生意。何连钢注意到对方肩膀很宽，额头上耷拉下一绺头发，而他的头发油亮亮的。何连钢收回脚步，连声喊："你是认识任爱华吧？"他伸出手想学着李馄饨的样子握握手，"你也认识李馄饨？还是来吃饭啊？"何连钢一连串说了这么多，想借机缩短两人之间的距离，他说着转身向前走了两步，一下子和这人只相隔半米，几乎面对面了。那个人明显愣怔了一下，侧身让过，匆匆瞥了一眼何连钢的手，看着远处，似笑非笑地点点头。何连钢注意到这个人的手莫名地抖了抖，脸上像是被抽打着，嘴角的笑容很不自然。何连钢想，摆明了没有握手之意，便顺势挠了下头说："我老婆爱华说要下你的电话呢，别怠慢了，上次照顾我生意。"何连钢搓了搓手，独自将自己手心里的空气焐热了。这个人张嘴却没说什么，嘴角又抽动了一下："算了，算了！"何连钢却不肯罢休，他说："我这人不会说感谢的话，爱华吩咐的呀，你一定要告诉我你是谁，要不然，我现在就给爱华打电话！"何连钢这样一说，那人报出了电话号码。何连钢注意到，这个男人牙齿很白，薄嘴唇上留着浅浅的胡须，他断定这人是个讲究的人。何连钢闷头在手机上记下电话号码时，这人进了门，一闪身就不见了。何连钢想，恐怕是李馄饨的熟客，专走暗门。他用心地想了想，老婆任爱华熟悉的人他也不陌生，但没有这样的人，除了牙齿很白，他忽然又记不起这人的长相特征，尤其是面部特征，仿佛这人没有特征，这真是奇怪啊！何连钢嘴里嘟囔着，抱怨自己没有记性。

没有打声招呼就离开了李馄饨的饭店，何连钢在公交站台上犹豫着，是不是坚持等待。他心里清楚自己其实不是为了一碗馄饨，只是想跟李馄饨交交心。他救过李馄饨的手和救过李馄饨的命是一样的，这就等于他们交过心了。他没吃上馄饨还不至于挨饿，他没有找到可以说话的人，对他才是真正的打击。

前一阵子，何连钢觉得任爱华有事情瞒着他，而且是件麻烦事，她瞒得天衣无缝，他插不上手，这在他们婚后还从没有过。在何连钢看来，任爱华隐瞒的是什么事情不重要，重要的是向他隐瞒，他已察觉了，一模一样的，任爱华的不安，是多年前的。因此，他断定任爱华表面的平静是假装的。最近，她又频繁地外出发广告单，他总觉得这是个幌子，到这个年龄了，她还在他身边做戏！任建华的闹腾也让他心里不好受，铁匠铺虽然恢复了，但这种折腾明显是冲着他这个姐夫来的，反而成了一种障碍。

没跟李馄饨说上话，何连钢心里的话积累着，堵得发慌，让他有强烈的压迫感。任建华的这次折腾，其实让何连钢心里动摇了，他来找李馄饨，心里还期望为自己找到一条出路。对打铁的坚持并不是才松动的，抓在手里的日子终归是要放下的，打铁也是这样，他眼睛发花，一直也招不到徒弟，任爱华都去发广告单了，他的心里不是滋味。

何连钢至今记得，第一次看到任爱华打铁时，简直是第一次感到震惊。她憋着劲，没有一丝犹豫和迟疑。她把铁锤砸在通红的铁锹尖上，一个铁屑落在她的手背上，她咧了一下嘴，不像是疼痛，是像心里面有比皮肤更疼的疼痛，她咬着牙，他第一次遇见一个能把疼痛吞进肚子里的女孩。打铁结束时，他看到她躲在门后，没有带着劳累后的轻松，而是偷偷地哭，她垂着两只胳膊，泪水顺着脸颊滑进脖颈窝，他猜到她没有抬起胳膊擦眼泪，是胳膊疼得抬不起来了。

以后几年，何连钢得知任爱华坚持要学会打铁，整个铁饼街的人都知道任爱华为了不让弟弟受这份苦，宁愿自己担着。何连钢却看出她总像是心事重重，而且总是将心事糅进内心。他留下学习打铁技艺，更进一步发现，她借助打铁声吞噬她的心事，她心里是有皱褶的。他当年暗下决心熨帖这些褶皱，他以为无非是困苦，穷苦。过去这么多年了，还没有熨帖，他感到沮丧而恤惶。

“有人欺负你？”何连钢当年问任爱华。“没有。”任爱华脸上挂着泪珠，对何连钢咧嘴一笑，是嵌入的一个微笑。任爱华在何连钢面前攥紧了双手。何连钢看得出来，任爱华在撒谎，她的目光里总是有一团图案交织着另一团图案，不断地流露出不安和恐慌，又不断地被模糊的光芒覆盖。她的眼睛不止一次出卖她，而她对听觉的依赖只是对某些事情的混淆。

当时，任爱华对何连钢撒谎，这让他很受伤。他不是个没有胆量的人，面对她，却滋生了无以名状的胆怯，不敢纠正她，也不敢正视她。

留在铁匠铺后，一有机会何连钢就对任爱华说：“你不该打铁，你看着我打就行了。”他拎起的铁锤，怎么也算是她放下的铁锤。他从没想过一个人还会看穿一个人的内心，才会弄懂彼此微笑的含义。

这么多年了，何连钢没有看穿任爱华的内心。何连钢想，他们本应该是一体的，不需要隔着心的。认识到这一点，何连钢感到懊恼极了。他没有乘坐公交车，而是沿着人行道向前走，路程不短，何连钢想，他需要在这段路上好好想一想，一边走一边想。

18 岁那年，任爱华参加工作，成为县城的纺织厂的纺织女工。她去工作的第一天，穿了一件铁锈红的新上衣，辫子下端系着黄色的蝴蝶结。两种鲜艳的颜色从街边闪过，他没有抬头，正和祖父锻打一把锄头，烧制之后还需要锻打上千下。他眼前铁砧上的红铁呈现出迷人的铁锈红，刺眼、夺目，一种古老的、有年代的红。他忽然停下了铁锤，祖父的小锤已经落下了，而他的大锤停滞住。他抱着头蹲在地上，整个人被铁锈红吞噬了。祖父淬火，在升腾起的雾气中，祖父说："你的心事我都懂。"城里的亲戚找到他，父亲恢复了工作关系，母亲虽已远嫁，也托人带来了口信，他有好几种选择，可以去招兵、招工、求学。他放弃了，留在铁饼街并不是单纯为了打铁，而是任爱华希望他留下来打铁，他就留下来。

任爱华从工厂下班回来，背着新买的人造革的皮包，手放在包带上，纤纤细细的一双手，亭亭玉立地站在他面前。在铁匠铺的三年间，除了打铁，何连钢只关注一件事情，她长成了他心目中的样子，像春天有着春天的样子一样自然。"你为了我学打铁的？你为了我放弃当兵了？""不是。"他说，"我走了，家里就没人打铁了。"她注重这个家的存在，他也是这样，他其实就是在向她表白。

任爱华低头抿嘴一笑，她的表情越来越丰富，有时带着孩子气，是她本来的样子，而她超于成人的端庄当年是假装的，该出现时却沮丧地萎靡了，错位的表情使得任爱华看上去更加年轻，惹人爱怜。他看着她时总会有发现的神情，他告诉她，你现在才是大人了！他欣慰、慎重的语气像一个长辈。而他，一个接替她打铁的铁匠，显然比她清楚更多的生活的真相。任爱华的眼圈突然红了，她以 18 岁成年女性的目光打量着何连钢，头发、眉毛、眼睛、肩膀……接受它们，以目光拥抱它们。从那以后，她常常这样做，她没有假装爱上他！

她始终没有勇气接受他的爱，但她接受爱存在的现实。

后来，在婚礼上，她攥紧了他的手。那是一场简单到简陋的婚礼，一家人多做了几样菜，他从铁匠铺搬进了西屋。祖父要张罗得隆重些，他提出来，省下那些花销留给任建华。他的提议又让任爱华落了泪，他们想到了一处。新婚之夜，任爱华也落了泪，他一直记得，她说她是为自己度过的一些日子伤心。

2

何连钢回到铁饼街时，在巷子口买了两个烧饼。卖烧饼的小夫妻是最近从外地落户铁饼街的，他们租的房子在街后院，图的是租金便宜。烘烤烧饼的铁炉子先在铁饼街里面，为了招揽路人挪到了街外，铁炉子架在铁板车上。卖烧饼的小王，没想到何连钢会买他的烧饼。他的生意基本上是面向路人的，很少有人走进铁饼街，铁饼街的巷子口丝毫不起眼，文水河上的码头被废弃之后，就更没有人了。整个铁饼街上有历史的房子有好几栋，整个铁饼街上有很多空房子，墙上的灰泥脱落了，露出腐蚀的红砖，像是一块块补丁。整个铁饼街遍布岁月留下的补丁，每一块都有故事。但何连钢总觉得在他出现之前，有些东西潜伏过、出现过，又被掩盖，并没有毁灭。铁饼街上的老住户，基本上很少照面，独独任铁匠是小王见面次数最多的，他决计不收烧饼钱，两人推让了一会儿。何连钢说："这样吧，我给你打制一把刀，你既然住在铁饼街，没有不用我的刀的道理，你不收我烧饼钱，我也不收刀钱。"

家门口交换的这单生意，一下子驱赶了何连钢的负面情绪。小王觉得自己占了大便宜，许诺说："明天起，我天天给你送烧饼。"何连钢连连摆手，一连声地感谢小王。

下午，何连钢挑选了一块上好的铁料，好铁料的成分他说不清楚，凭感觉掂量。铁料像是领会了他的心意，没有给他轻薄的感觉，放在铁砧上一敲，也没传给他太脆的响声。他认定这铁料是块铸造性好的铁料，能打制一把好品性的刀具！吞咽了烧饼，喝了水，何连钢突然想起了那个留下电话的人，心里感到蹊跷。这个人他并不认识，为什么知道任爱华在找他？他们又没见过面。何连钢想打电话给任爱华，拿起手机的瞬间又改变了主意。他打算今天再次打破常规，下午，他要离开铁匠铺，走出铁饼街。破例起来并不难，像是一件很平常的事情。

何连钢习惯终日待在铁匠铺里，不是站在铁砧边，就是站在火炉边，两只手要么握着铁锤，要么握着铁钳。这会儿，他空着两只手，闲散地走在街道上，觉得手上的几个小疤点痒痒的。他手上遍布疤点，这都是打铁时落下的，这些都是难免的。这似乎是打铁人的标志之一，说不上有什么荣光，也未因此获得荣誉。粗糙的手心里的老茧厚得毫不含糊。何连钢不确定自己要看什么。他能看到的都在等待着他的目光，他可以到处看看，但他浑身不自在，双手不自在，双腿也不自在，一双眼睛东看看西瞧瞧，无法聚焦在具体的东西上，也无法帮助他缓解不自在。远远看去，何连钢脚步僵僵的，像是在模仿闲逛的路人。

城关街和铁饼街其实是遥相呼应的，少了哪一个都像是一种缺失而不是开发，它们的灵魂太过相似，存在于土地上的历史相同，经历类似就不可分割了。城关街经历过改造，一些有百年历史的房屋被保留下来，看到了就会想起过去，否则就乏味了。何连钢专注地看那些老建筑。多年前，他跟着父亲，坐在板车上，车上是木箱和包着床单的棉被，床单上的补丁压在棉被下，没有显露出来。他和父亲从省城坐了一夜的火车，又坐了一天的长途汽车，到达城关街。县城革委会负责接待的人员是个干净利落的女青年，短辫子扎得像两把毛刷，褪色的土黄色上衣扎进了腰间的皮带。她走在他们父子两个的前面，指着板车说："板车借给你们，你们把行李搁在上面，去吧！"女青年挥手时的嫌厌之色，令他记忆深刻。父亲将他抱起放在板车上，他坐在行李中间。穿过城关街时，啦着板车的父亲步伐缓缓的，目光时时停留，城关街上的老房子默默地接受父亲的浏览。父亲的脸上难得地露出了笑容，笑容里面已经有病容了，只是何连钢当时没看出来。何连钢并不愿意想起这些，但他从未忘记这些。他很少来到城关街，他和任爱华共同生活这么多年，也从未提起，这只是他记忆中的一部分。城关街有很多变化，道路加宽了，道路两边都是些新建筑。一些百年的老建筑像是在夹缝中生存，既像是夹缝中的城关街，又像是城关街浓缩在夹缝中。

何连钢并没有在城关街上看到任爱华，街上有很多巷子通向纵深处，有的通向一个小区，有的通向一家门店，或是咖啡厅、茶室、手机体验店……他站在一棵香樟树下的人行道上等待，并不确定任爱华会从哪里出现。他不知道自己在等什么，他和眼前的道路、建筑以及路人都保持了一段距离。

何连钢挺直身子站在街角，身边不断有人走过，没有他要等待的任爱华，他觉得整条街上就像是只有他一人。路灯、近处和远处的灯光照亮了整条城关街。浓重而压抑的黑暗在灯光之外，没有明显的边沿。何连钢退到街边的墙根处，是一家大型酒店的外墙，墙面上贴有冰冷的大理石。

何连钢在角落里刚站定，便有人向他走过来，像是认准了目标，又像是蓄意等待，是个高个子男人，直到面对面，借着酒店耀眼的灯光，何连钢才认出来者薄薄的嘴唇、修剪整齐的胡子。何连钢一时讶异地张大了嘴巴。何连钢等的任爱华没出现，不相干的人却一天见到两次，成了他这天的奇遇，仿佛他是为巧遇而来似的，在这么一个逊色的城市角落里。何连钢迎着走上前，对方的嘴角没有抽动，目光定定的。借着灯光，何连钢想记住他的五官特征，眉毛、眼睛、嘴巴……何连钢没有抓住对方的特征，他感到作为一名铁匠，自己观察人的眼光毫不敏锐。而让何连钢感到惊讶的是，他看不出对方脸上有什么表情，相形之下，何连钢的笑容尴尬地僵在脸上。好在这人说话的语气还很诚恳："你跟任爱华说，让她不要找我了！我出差路过，明天就离开了。""是有什么事吗？"何连钢突然有些紧张。那人说："都是过去的事，我前几天打电话就是问候一下。"仿佛为了避免握手的尴尬，说完话，他挥挥手。何连钢注意到这人的手臂有些长，手腕露出一截，衣袖绷着，像是委曲求全。何连钢忙说："那你等等，我打电话给爱华，她一直在找你，她这阵一直在这发广告单，应该就在附近。"何连钢说着掏出手机，低头拨号。只一瞬间，那人的身影像是抓住了风，急匆匆地在他眼前消失了。何连钢立刻跳出角落，明晃晃的街道上只有行人匆匆的踪影。

天色渐渐暗下来，何连钢手握老年机，他的接听电话基本都是任爱华打来的，这几乎是他和这个世界上的专线，再没有其他了。他每次拨打出去总怀着惊扰的歉疚，也许任爱华在忙碌着，那都是可以想象的，但这一次，他忽然担心一些可能发生或者已经发生的事情。电话拨通后，任爱华说："我已经回家了。"何连钢四处张望着说："我刚刚遇到你要找的那个人了。"

“谁呀？”任爱华在电话里问何连钢，又追着问，“你在哪啊？遇见的是谁？”何连钢一时说不上来，这个谁到底是谁。但他举着电话，更诧异地睁大了眼睛，语气里满是讶异，他说：“我看到祖父了。”

3

独自行走的祖父奇怪地侧着身子，像是身边有陪伴的人，嘴唇翕动着，像有所表述，偶尔会抬起手做个手势。何连钢没有惊动祖父，祖父坚持独自居住，也许就为了这份自由，他莫名地认为祖父心里一定有个相伴的人。祖父微微驼背，步伐却很稳健，身影给人飘逸之感。

何连钢注意到，祖父会在保留的老建筑前停留，从前的邮政局、县政府、人民电影院……像是都与祖父有着约定。何连钢有种奇怪的感觉，觉得那些建筑、建筑旁多年的合欢树在和祖父窃窃私语，而这能使祖父感到宽慰。像是这里有祖父隐藏的心愿，它们帮助祖父完成夙愿。何连钢可以确定祖父现在做事、说话不是以他铁匠的身份，周围的来往的人没有显露出怀疑的神态。

距离很远，何连钢没有看清祖父手背上的那几个疤点。祖父打铁后手上的疤点会发红，而在平时会是棕色，随着祖父年龄的增长，成了深棕色，像是老年斑，在适宜年龄出现了，而这之前一直潜伏着。

在铁匠铺之外遇见祖父，何连钢觉得祖父像是另外一个人，虽然也满头白发，但祖父双手的姿势、走路的姿势完全不像是个铁匠，也许祖父和铁匠铺之外的关联会令人费解，他已习惯将铁匠铺和祖父联系在一起，这个发现同样令何连钢吃惊。

穿过人行道，祖父随着人流缓步向前，他身旁的人，有的落在他身后，有的超越他。

灯光带来玄幻之感，何连钢觉得眼前的祖父，一如他最初见到的祖父。

在铁饼街住下后，何连钢每天早晨都会被打铁声惊醒，他们从没见过这么多的铁匠将一条街盘活了。他从头数到尾，最后，停在祖父的铁匠铺门前。祖父身材高大，表情严肃，这使得他和红铁之间很般配，而不是凌驾于红铁之上。

铁匠铺里的火炉、铁砧、风箱都带着一种魔性，是祖父引领的。每当祖父举起铁锤敲打铁砧上的红铁时，力量凝结成有形的东西，带着方向，不会被淹没在时光之中。祖父的臂膀上有着力量的轨迹，发自他的身体，凝聚于双手，令人热血沸腾。祖父的双手，让何连钢在那个阳光明媚的铁饼街的早晨，明白劳动会使铁具有生命力，而且生生不息。

明白了这些，何连钢觉得自己不再是个孤独的孩子，他从父亲苦涩的叹息中剥离出来，祖父迷人的风采让他看到耀眼的铁的光芒，使他看见另一种人间。

祖父的风采穿越了时空和一切表象，抵达了本质而源远流长。

祖父侧着身子从建筑前走过，从路人身边走过，何连钢看清了祖父的脸，神态慈祥而亲切，是对待亲密的人的神态。

陆　淬火

高考成绩出来后，任建华成了铁饼街的第一位大学生。

炎热的夏季举办的升学宴，就摆在院子里。太阳已落下，文水河就在眼前，河面上不时掠过微风，但仍然是热热的微风。铁饼街上前来道贺的邻居一拨又一拨，祖父大方款待，席间难免要提起任建华父母。祖父说出了父亲的下落，他说："我这个儿子在外面做事，做大事，我们任家个个都是好样的。"任建华的金榜题名无疑是一种佐证，任建华给祖父挣回了脸面。

宾客散去，祖父将任爱华叫到身边："他这不是要考大学，他这是想着法子离开这个家，这下他如愿了！"祖父给任建华的金榜题名定了性并为之怅惘。任爱华突然明白了弟弟虔诚的模样和他的嘴角上扬，挑战神情的由来，弟弟不受约束，他主宰了自己的人生。房间里非常热，纱门和纱窗虽开着，却没有一丝风，任爱华感到胸闷。祖父洞穿了弟弟的想法，她为自己的迟钝感到难过，也为自己感到悲伤，她其实也可以离开的。

弟弟任建华高考结束，任爱华曾悄悄地独自前往上海，这一次。她的线索是铁饼街上的铁匠老黄提供的，老黄去上海是另谋出路，在闸北区街上看到了"上海女人"。老黄遗憾地说："她说不认识我，明明是看不起我们乡下人，你爸爸又不在她身边，我没法证明我是铁饼街上的邻居。"任爱华买了一条软中华，塞给老黄，老黄说出了地址。

一路上，任爱华所遇都是陌生人，她保持高度的警惕，内心颤抖着，而手和双腿都跟着颤抖，安静的或者嘈杂的空间都无法抚慰她的颤抖。她去了南京路、外滩，按照纸条上的地址，一条窄窄的巷子，容不下第二个人，而迎面的巷子里随时会出现一个陌生人。任爱华退了出来，站在街口，早点摊、电器维修铺都是寻常店铺，但她没有找到铁匠铺，她不能和锻打的声音待在一起。出发前，她已做好心理准备，但她没想到，她对那种锻打声会依赖到这种程度，她终于明白，她是在和一个真实的自己战斗，在寻找另一种依赖，而这原本就是属于她的，不是被剥夺了，而是逃离了。

这一次的上海之行与其说是寻找之旅，不如说是徒劳之旅。或者说她因为脆弱不堪而精疲力竭。

母亲并没有出现。她站在那栋外墙沧桑的楼下时，一遍一遍确认过，一栋三层楼，楼梯在墙的外侧，外墙一半涂了水泥，一半红砖裸露，楼道逼仄。最东边的一扇木板门，门面上红漆斑驳，门外摆着一个肮脏不堪的垃圾桶。从房间里走出来一个十三四岁的少女，她半掩房门，手叩门环，站在半米开外打量着任爱华，任爱华也打量着她。少女脸圆圆的，眼角挑起，不像母亲。任爱华忽略了记忆中的母亲，经过数年的想念，母亲已经被她美化了。任爱华的颤抖引起女孩的警觉，她说："你是什么人啊？快走吧，要是乡下人来找我妈妈，我爸爸会发脾气的。"任爱华说："我找我妈妈，她叫叶佳宜。"少女的眉毛挑高了，戒备的目光在任爱华身上上下扫视，她一点点地退回房间，猛然砰的一声关上了房门。任爱华不甘心，扑到油漆斑驳的房门前，额头磕在门板上，发出砰砰的声音。房间里一阵响动，传出女孩尖厉的嘶喊："我妈妈叫你滚啊！滚啊！"

站在楼下，任爱华仰头向上望，蓝色天空俯瞰着她，毫无杂念，她突然间觉得自己飘离了地面，她的想念、悲伤零落地留了下来。恍惚之后，任爱华突然明白，无论如何，结局都是注定的。这么多年，母亲从来没有回来过，也没有寄出一丝想念，她和母亲、母亲与他们只是曾经演绎过的往事。有着绿色雨棚的阳台上，一个中年女人俯身向下张望，她穿了一件乳白色的松垮的男式套头衫，锁骨外露，一张苍白的脸。任爱华没有看清女人的表情以及眼睛里流露的目光。她浑身颤抖着，想喊却喊不出口，她瞬间对那个神圣的称谓产生了怀疑。阳台上，曾面对任爱华的少女出现在女人身后，环腰抱着女人，她们双双离开了阳台。没有人注意任爱华，她仍然颤抖着。任爱华站在楼下，直到暮色降临，那扇窗户映出橘黄的灯光。

任爱华回到铁饼街后，弟弟先知先觉，并未追问细节，他说："我就猜到会是什么结局。"任爱华和弟弟避免再提到这个话题，而她避免提到自己的颤抖。

从上海回来后，工作之外的时间，任爱华都守在家里。她没法离开那些有力的锻打之声，她依赖它们、信赖它们，它们流出来，在她眼里形成固定的形状，可以一动不动。

祖父喝酒后，会说出心事，他对任爱华说："爱华，我知道你偷偷去了上海，你上海也去过了，书也供你弟弟读了，读到他离开了铁饼街，下面你该嫁给何连钢了，铁匠铺里不能没有咱自家的铁匠。你要是不嫁给他，这个家就没了。他是个勤快人！我是个过来人！"

她和弟弟，弟弟与铁匠铺，她与何连钢，像是一笔连环债。

祖父说："你们成家必须住在这院子里。"

祖父并非为任爱华安排婚姻，并非为她个人，是为这个家留下一个铁匠，也是为这个家留下那些声音，而她离不开这些。至于爱情，在她看来是一种滋味，既然没有品尝过，索性放弃。

单位发的电影票，任爱华随手送给了同事，下班后，她远远避开电影院。电影院的宣传栏里张贴的海报令她心悸。海报绚烂的色彩以诚实的耐心，从容地叙述了电影的内核，却让任爱华惶惑，瞬间将她逼到了脆弱和逼仄的成长时期。电影《甜蜜蜜》，她不知内容，但对这名字从心底抵触。对于她，这几个字以隐喻的方式揭示了生活世相的内核。甜蜜是一个陷阱，如果不是糖果麻痹了她的味蕾，如果不是弟弟对甜蜜的贪婪，她不会被祖父逐出家门，不会坐在一个陌生人的膝盖上。任爱华一路战栗，刚到铁饼街，她便小跑起来，迅速冲进了铁匠铺。何连钢正站在火炉旁，手抓铁钳，一件长方形的铁料在红色煤炭上炙烤。任爱华冲进来猛然拉动风箱。风箱里传出风，炉膛里的火苗蹿跳着，红色的火焰是最直接的对生命的疼痛的探查，而铁被义无反顾地深入火焰。何连钢没料到任爱华的贸然之举，一时有些发蒙，他看着她，眼睛发红，却比平时更明亮更亲善。“你不用帮忙的。”他窘迫地说，又担心得罪她，他愿意她待在身边。任爱华注视着何连钢。他真实有力的手，一只紧握大锤，另一只握紧铁钳，铁钳上的铁料伸进了炉火，他的手上没有糖，只有令人信服的力气。

铁匠铺里闷热难耐，祖父端着茶缸走进来，他以过来人的身份敏感地觉察到一些想当然的情愫。祖父说：“我们家爱华是这个家的大功臣，连钢，你不能欺负她。”何连钢满身汗水，他舔了一滴脸上的汗水，点着头，有些汗水滴落了下来。

祖父说：“爱华，你出去吧，我一直要把淬火的独家诀窍传授给家里人，今天我来交给连钢。他现在是我信任的一家人了。”任爱华没料到自己很快镇定下来，她演绎的角色，她不知是否需要挽救，她一直都在自己精心准备的角色之中，是她自己的角色，挽救看来没有必要了。当着祖父的面，她的脸突然红了，她松开握着风箱拉手的手，走出铁匠铺。

祖父伸手试了下铁皮水桶里的水温，他说：“这是淬了一次了。”祖父接过何连钢手中的铁钳，夹紧了铁件，是一把已见雏形的菜刀，在炉火里再次泛红。祖父吩咐何连钢去端一盆水来，任爱华已经准备好了。水端到铁匠铺里，铁件在盐水里升腾起热气，刀具增加了光泽。祖父说：“我现在可以告诉你，这水不是普通的水，这水里有盐。”

任爱华与何连钢结婚时，祖父张罗着要购买一台彩色电视机。任爱华拒绝了，她对那些有色彩的物件有抵触，偏爱一些素净的，跳出这些颜色的，她偏爱铁锈红。

第一次袒露彼此，任爱华紧紧握住何连钢的双手，她抓紧这双厚实的双手，越过头顶，环在枕头上方，他们的身体呈现了奇怪的身姿。整个过程，任爱华不允许何连钢放下双手，她自己也坚持举着，是一种释放的姿势，同时也是一种冒犯的姿势，对身体的冒犯。而何连钢看到了另外一个任爱华，是一种惊喜，也是一种放纵。

关了灯，任爱华取出了一个小小的电器，她告诉何连钢是录音机，她悄悄在上海购买的。她把一盘磁带放在卡槽中，吧嗒一声打开开关，是纺织机器的声音，纯粹的声音，突出的声音，她在这些声音中完成了一种仪式。她躺下来完全在倾听，仿佛这些声音已成功地帮助她完成了人生的一次跨越。

她必须借助这些声音，别无选择。

婚后第二天，铁匠铺仍然营业。下午，任爱华出现在铁匠铺里，她拎着那台录音机，隐藏在角落里，她录下了铁匠铺里汇聚的声音，锻打的声音、风箱的声音、炉膛燃火的声音。录音机擦得亮亮的，并不是尊重录音机本身，而是给予那些收录的声音足够的尊严。然后，她悄悄拎回录音机。

在新婚那些不安静的夜晚，何连钢觉得他和任爱华所有的羞涩、试探、激情以及巅峰都被录音机中源源不断的声音掌控了。他没有看到想象中的害羞、惊慌的任爱华，也没有看到开放、成熟的任爱华，而是他们将彼此当成了柔软的铁，而深深地吸引。

白天，任爱华将录音机收在衣橱里，上面盖着一块洁白的丝巾。她的这个举动仿佛为了避免一些尴尬，又试图始终将录音机当成他们新婚的礼物。

何辰锋是在次年的冬天出生的。他是个安静的孩子，在产科医院里，6名产妇共处的病房里，婴儿睡在母亲身旁，有的大声啼哭，有的哼哼唧唧，何辰锋却很安静，他像是天生获得了一种应对一切噪声的能力。但任爱华能确定，新生命的诞生使她也获得了一种能力，她终于融入安静之中！

她和陌生人待在一个房间里没有再颤抖，她进入了一种常人都坦然享有的安静之中，她安静地睡觉、起夜。何辰锋也从不吵闹，而这个安静的孩子带着一种胜利的魅力。何连钢停下了工作，陪护在他们身边。他常常握着任爱华的手，有时是左手，有时是右手。任爱华清楚，他使她获得了融入安静的能力，她从心底感激他，但他本人并不清楚。

三天后，一家三口离开了医院。这三天里，在陌生人中，任爱华获得了一种能力和新生，但没有人注意到这些。那个让任爱华重新融入安静的空间，只有30平方米，而且没有占据他人的地方。

产假结束后，任爱华休了六个月的哺乳假。她常常要求何连钢注意锻打的节奏，婴儿需要安静的环境，即使襁褓中的何辰锋从未被锻打声惊醒，他们理所当然地认为安静是必需的，在窗户上加了一道玻璃。从那时起，他们就计划搬离铁饼街，仅仅为了一个安静的环境。她觉得她是渐渐认识何连钢的，同时再次接纳了安静。

任爱华已在纺织厂工作了2年，被评为“劳动模范”。颁奖大会上，任爱华穿了一件铁锈红的毛料上衣，她中意这件上衣的纹路，像是已深谙经纱和纬纱的排列。当她站在颁奖台上，掌声平息之后，她心里清楚有些人无法忍受纺织车间里的噪音，噪音对于她却是一种精神上的释放，她心里清楚是这些声响解救了她。回家时，踏上铁饼街，铁匠铺里传出锻打声。何连钢无疑是解救者，有些声音是从他的手里流出来的。

她看着台下无数双眼睛，满脸通红。她看见工厂的纺织面料设计师，她羡慕设计师驾驭颜色而且根据消费市场需求，及流行趋势的变化进行纺织面料色彩、图案、织纹、质地、功能、风格的设计工作。

她在台上注视设计师，为自己设定了奋斗目标。

4

晚饭桌上，何辰锋很快就吃完了，他看起来十分利落，对食物毫不挑剔。高考复习已进入模拟考试阶段，一模考试的成绩达到了预期，这让他信心倍增。他没有对父母提起这些，父母也从不详细盘问他。在家里，夫妻俩和儿子将学习和命运、前途分开对待，将学习和情感、需要分开，他们自然地这样做，默契地这样做，彼此从未受到伤害，这让何辰锋感到幸运。“我吃完了！”何辰锋离开饭桌，电视机调到静音，画面变换着，是一场演唱会，没人关心谁是舞台的主角。

何连钢见何辰锋关上了房门，漫不经心地说：“哦，我今天去了李馄饨那儿，却没有吃到馄饨。”任爱华边吃饭边看电视，她瞥了一眼何连钢，眼睛里流露出关心他的遗憾，目光很快回到电视屏幕上。只是匆匆一瞥，何连钢还是捕捉到了她眼神中的躲闪，碎裂过、拼接过，顽强地存在的慌乱。何连钢的心猛地一沉，一种无法形容的失望拽着他。任爱华不看他的眼睛，她心里有不愿公开的心事，她一个人的心事。

何连钢夹了一块红烧肉放在任爱华的碗里，说："巧的是，我今天遇见了你常去城关街寻找的人，而且遇见了两次。"他盯着红烧肉，诱人的色泽，皮与肉的糯性等待着。他说："你总是省下给我吃，你吃点肉啊。"他看着她，终于目光对着目光，他看着她眼里被点亮又被不安占据的神秘的光。他从口袋里掏出牛皮纸封面的小小的记录本，是他用来记录订货信息的，生意好时一年用几本，现在这一本从去年用到现在，还有一半是空白。他说："我让他留了电话号码，我又特意记在本子上了，他让你别再找他了。"何连钢举着记录本凑到灯光下，报出了一串数字。他话音慢吞吞的，有很重的鼻音，每一个都像是带着惊叫，他说："你可以打过去问问他是谁。"他看着任爱华，"打吧！"像是在验证什么，当着他的面，他让她没有理由回避。他在老年手机上一个一个按下那些数字，然后，按下免提，将手机递给任爱华。任爱华举着手机时，何连钢望着任爱华的手。

她的手曾吸引他，白皙、柔软，手背上有天然的肤质光泽，他不希望那双手变得粗糙，指关节粗大，掌心结茧，皮肤失去弹性，经过多年的劳作而被毁。当年面对任爱华产生保护她的愿望，保护她的手，这么多年了，他仍然有这种愿望。

她的手指已微微变形，指关节收敛着，绘制铁画留下的印记。手指上没有结婚戒指，结婚时为了省钱，她不同意买，现在，何连钢突然后悔当时没有坚持，他想，她的手指变了形，如果戴着戒指，很难褪下来。

老年手机里，一个客气而矜持的声音回答他们：您好，您所拨打的号码是空号，请核实后再拨。

第七章

妹妹

1

出门之前，任爱华站在窗前，透过窗外密密匝匝的香樟树叶俯瞰楼下。她不是勘察绿色植物，而是出于一种戒备，她最近的寻找没有任何进展，而何连钢竟然一天有两次奇遇。昨天晚饭时，手机的扬声器确定号码是空号时，她全身松懈下来，脸上的笑容是假的，她心里清楚她表面上的平和其实禁不住推敲。那一瞬间，她几乎要和盘托出，她没有可耻之处。她却微笑着，维护自己的伪饰，对何连钢说："怎么会是空号？老何，你记错了，一定是你记错了。"

弟弟的所作所为也让她焦虑，她和弟弟之间的距离形成了一个黑洞，一个存在于世间的黑洞。她所接听的那个电话，并非简单的罪的起因，而是蛰伏已久的一种罚的诱因。

留给何连钢的空号，是一个灵巧的闪避，也许有一层层面纱，也许是庞大的迷宫，不过是一个人的贪婪的心，曾经伤害过他们，现在又带着恶意出现。这几天，任爱华感到她某些软弱部分被激怒了，不再畏缩。一通电话借以产生的折磨不该他们来承受，不该伤害姐弟俩的感情，罪恶卑鄙地存在着，惩罚同样等待着，一样都不会少。

仍然无法打通任建华的电话，发送的短信同样没有回音。弟弟和她之间发生的事情，让她迫切地想讲清楚，她和弟弟之间不该是这样难堪的景象的。任爱华暗自决定前往李馄饨的馄饨铺。

一个中年女人站在小区保安身边，女人穿着精致，站姿凸显了一种无法收敛的风韵。任爱华当时以一个旁观者的角度想，这个女人应该不是小区的居民，所以被保安拒之门外，隔着距离她观察这个女人，像是在旁观另一种生活。

接近小区大门时，任爱华注意到这个女人也在留心她。这个女人伸长了脖颈，目光直直的，突然对她喊道："任爱华！"任爱华听出了这喊声中的试探，她带着诧异，本能地回应道："是喊我吗？"这个女人见她回应了，立刻说："当然是喊你啊。"

冬季早晨的阳光很金贵，一层薄薄的云随意一挥，阳光便像是掉入世界的边缘。

任爱华的目光在这个女人的眼角停留了一下，那是个熟悉的眼角，向上挑着，带着与生俱来的风韵，五官增加了靓度。任爱华的心揪了一下，紧接着，脑海一片空白。她空洞地笑了一下，眼睛不再注视对方。她看着公路对面的楼房，楼层间整齐的玻璃窗完善了那栋建筑，而非点缀。任爱华咬着嘴唇说："我不认识你！"

"我认识你，你是我姐姐！我从上海来的！"女人大大咧咧地说。任爱华心里的空洞越来越大，几乎将她整个人吸进身体里，就要形成局促而诡异的乱象。任爱华移回目光，带着探究的意味打量着对方，带着赌气的成分。女人目不转睛地盯着她，以一种强迫性的眼神。女人直接说："我们同母异父，我是你的亲妹妹，我叫丁友利。你是不是还因为那年去上海而记恨我？我们是有苦衷的，那时妈妈已经病了。"她指了指自己的脑门说，"头脑里的事情讲不清的。"女人说她带着她母亲的身份证、家里的户口本、她本人的身份证，就像是一份证明世上有这样一个组合的家庭，血肉相连，让任爱华没有理由拒绝来自亲生母亲身边人的造访。任爱华想试着接受她，毕竟她来自母亲身边。任爱华问："妈妈好吗？"她说出这四个字时，不由得打战，很难想象这四个字能够存在，能够继续，她等待了几十年，而发问仅仅就在瞬间。任爱华搓着手，她的手心热乎乎的。丁友利没有回答她，她像是要表明这不是个问题，她说："我有哥哥任建华的消息。"

这次，她说有哥哥任建华的消息，这句话之前她称任爱华为姐姐，她称任建华为哥哥。而这之前，得知父亲遭遇车祸，她和弟弟匆匆赶去上海。她和弟弟以父亲直系亲人的身份前去相认，一个离开他们又回到身边的父亲，一个离开他们又回到身边的离去的生命。悲伤和疼痛陪伴他们，而他们不愿接受这些。办案的警察确认了身份后，将父亲的遗体交给他们，从那刻起，父亲回到他们身边，直到永远，而他们被现实击垮了。

在父亲的手机上，她和弟弟查到一个频繁联系的号码。他们同时想到了母亲，而父亲的工友们知道的详情多于姐弟俩，工友们证实关于姐弟俩的母亲，父亲任向东留在上海就是为了守候这个女人，父亲的工友们知道得更清楚。她和弟弟遭遇巨大的意外和悲伤时谁都没有拨打那个电话，他们认为母亲应该出现的，而不是由他们来通知她。是父亲生前的一位工友拨打了那个电话，无人接听！工友道出了实情，第一时间就通知了，是个年轻的女人代接的电话，她只是说知道了，她们不愿意来！

父亲是为了寻找母亲，耗尽了一生，而他们已经成长了。

姐弟俩认为，一切都结束了，一切都完了。

现在，任爱华既无法信任她，也无法预测他们之间会发生什么，现在，她称任建华为哥哥，她的这句话留住了任爱华。

2

任爱华拖着丁友利的行李箱进门时，丁友利下了判断，说：“这个小区外观看上去很高档的，还有这样的小户型呀！姐姐，你太节俭了，应该买个大户型的。”她四处打量着家里的陈设，嘴里发出感叹，“太小了呀，太可惜了呀。”何辰锋在学校里，他的房门紧闭，像是拒绝打招呼。她砰砰敲门，对着门板主动介绍说：“你好，我是小姨呀。”踱进主卧，她打量房间里紧凑的壁橱，再次感叹：“哎呀呀，这个房间也不大呀！”

一种遥远的亲情温和地笼罩着，在任爱华和丁友利之间，很难一下让这之间更浓、更热烈。丁友利显出愉快的样子，任爱华却无法做到，她的矜持内敛在陌生人面前更加明显，带有很强的戒备性，何况有些事情很难翻转过来。矮柜上有一幅人物的“铁画”，原型是父亲，丁友利欣赏那些摆在墙角的“铁画”时，她对几幅“铁画”都点赞，但她略过了这幅“父亲”。有一瞬间，任爱华留意到丁友利搜寻的眼神，她的眼睛发酸、发胀，有被刺伤的感觉。她给丁友利倒了一杯热茶，请她落座沙发。丁友利从一进门就在打量这套小居室，她似乎对每一个细节都很留心，而空间很小，并没有太多可供观赏的，任爱华想这只是丁友利的习惯和偏好。她仍然追问丁友利弟弟任建华的消息，丁友利越是拖延，她越是不安。

“他很好，等我慢慢跟你说！”丁友利坐下来喝了一口茶，“姐姐，你这个茶叶很一般呀，你过得这么节俭呀。”她以评价茶叶的品质避开了任爱华的追问。

任爱华看到丁友利皮肤白白的，长长的头发，微烫的鬈发。她和妹妹并排坐在沙发上，微微背对着她。任爱华悄悄将丁友利的一绺鬈发绕在手指上，软的，有弹力的，被她抓在手心里，她当年这样抓过母亲的头发，却没有抓牢，守住母亲的意志力败给了睡眠，也可以理解成她成全了丁友利，丁友利的发质有母亲当年的感觉。她有一个妈妈，一个爸爸。她是独生子女，一个人拥有了父爱和母爱，双倍的爱，丁友利转过身，头发滑出任爱华手心，像是一段时光溜走了，有些光滑的、细长的失落被留下来。

“妈妈好吗？”任爱华又问。她还有一个愿望，为了实现它，她等了很多年，但她慎重地保留了这个愿望，担心被拒绝，被伤害！

“我先洗一下再说吧，我去下洗手间！”丁友利说。任爱华想，她听到了问话，甚至她看到了愿望，都在任爱华的眼睛里，迫切、热烈，但丁友利不愿触碰这些。

“你们的洗手间也太简单了！”丁友利在洗手间里像一个挑剔的评判员，评判任爱华物质生活的简陋。

见到何连钢、何辰锋时，丁友利同样用打量房间的眼神打量着他们：“哎呀呀，姐夫看上去很有力气，一副要欺负人的样子。”然后，她拉住何辰锋的手，“姐姐，你怎么让孩子穿得这么寒酸？”任爱华没有说明，何辰锋身上的校服是一种标志，重点中学！带给他们骄傲。她只是想，这个丁友利仍然没有提到母亲，也没有说出任建华的下落，她的贸然闯入像是一个令人不安的引子。

任爱华在厨房里忙碌晚饭时，丁友利在梳妆台前照镜子，她得意地看着镜子里的自己对任爱华喊：“我喜欢买新衣服，也最喜欢照镜子了。”她用一种小女孩撒娇的语气说话，是习惯了这种语气，是可以在父母面前撒娇，而任爱华没有这些，她从一开始就没有她得到的多。

入睡之前，丁友利护肤、贴面膜，任爱华平躺在床上，仰面看着天花板，她有种飘浮之感，丁友利的背影像是一幅并不真实的“铁画”。丁友利说：“姐姐这样很好呀！素面朝天，很自然的。”夜里，丁友利和任爱华睡在主卧的大床上，上床前，丁友利审视着说：“你们这床一米五宽，小了点，我睡惯了大床，不知梦里会不会把你踢下去。”她做了个踢腿的动作，有些做作。任爱华浅浅一笑，她不仅换了新床单，还换了被套和枕套。她们两个并排躺下后，丁友利举着自己的右胳膊，伸着右手展示她无名指上的黄金戒指：“五克，是我结婚时妈妈送给我的，那时妈妈又清醒了些。”戒指是一朵花，金光闪闪地落在手指上。任爱华瞟了一眼，注视着天花板上的吸顶灯说：“妈妈到底什么情况？你知道我爸爸的，这么多年了，你这么了解我们的情况，为什么到现在突然联系我？”“现在也不迟啊！”丁友利很精明地回答说。“现在，你告诉我，妈妈好吗？任建华怎么了？”任爱华很郑重地强调说，“我要知道！妈妈过得好吗？”

任爱华的母亲当年回到上海后，第二年便重新组建了家庭。丈夫是宝钢的轧钢工人。丁友利说父亲是个白净而冷漠的人，总是带着失望的神情，不像是闸北出来的。丁友利出生后，总是不断地生病，父亲没有因此体恤母亲，相反争吵不断。有一次，父亲动手推倒了母亲，母亲重重地跌在地板上，房间逼仄，母亲的身体躺在桌角和床脚之间，没有多余的空间让她撑起身体。那次，母亲腰椎骨折了，需要钱手术。最后，是任爱华的父亲送了钱来。丁友利说，她那时候小，不知道难过，记事后，每次任爱华的父亲来她就很开心很轻松，不仅她的父亲会消停一段时间，任爱华的父亲总是会带来乡下最新鲜的农产品，新稻米、新花生。他就像是一棵摇钱树，一转身还会从口袋里掏出钱来，更多的时候，他会从口袋里掏出很多糖给她。丁友利说：“我那时候就知道你，我真羡慕你有这样的爸爸！”丁友利滔滔不绝，她并不介意聊起往事，在往事这里，任爱华的父亲任向东是他们一家的友人。

丁友利接着说：“有一年，妈妈想来看你们，她还答应带上我。临出门时，爸爸突然摔碎了桌子上的座钟，那是我们家最值钱的东西。妈妈留在了家里，她坐在座钟的残片里，坐了很久，时间停留在钟面上，时针和分针都已变形弯曲。从那以后，妈妈的脑子就常常犯病，是从乡下带回来的头疼病，有了病我妈妈就打消了去看望你们的念头，我也得知了你们的真实身份。”

任爱华和妹妹并排躺在床上，妹妹身上盖着一床羊毛被，这是他们家质地最好的盖被，纯羊毛，没有混合的丝绵，她们的身体来自共同的母亲。丁友利将小腿伸出被子外面。有些东西被掩藏了起来，有些东西裸露着，然而，她们是如此亲近。妹妹主动从上海来，跨越了一段距离，她和他们之间此时近在咫尺，曾经无法企及。丁友利描述的生活中，出现了自己离家多年的父亲，还给她带了乡下的农产品，她在想，这是一个扮演角色的父亲，他带去的农产品并非产自铁饼街。这么多年，父亲也许在另一处乡下落脚，远离铁饼街，远离她和弟弟，使她和弟弟远离父爱，远离双倍的爱。丁友利断断续续地说着，远的或者近的，让人的联想在夜色中有一层浓重的玄幻的色彩，令人眩晕，令人昏昏欲睡。

丁友利的父亲年前去世了，是在小区里的娱乐中心打麻将，糊了一把，激动地站起来直拍大腿，双手颓然僵在空中，撞翻了桌上的一副好牌，栽倒后得了急性脑梗。丁友利说这些话时，像是说着很久远的事情，自然的事情。她略过了一段紧接着发生的事情，接着说："后来发生的事情是不该发生的，现在，都不是从前的样子了。"她说着话，话音含含糊糊的，有些要让聆听的人仔细辨别。任爱华没有回答她什么，她不能确定接下来她们会面对什么。

提到共同的母亲，丁友利总结说："妈妈这辈子没有找个有钱的男人，才会过得这么苦！"她没有再提到任爱华的父亲，似乎她们的母亲和任爱华的父亲的相遇是生命中的一种挫败。而父亲和母亲拥有过，在彼此的生命中。

柒　回火

父亲把祖父的忠告丢在家里，丢下她和弟弟。任爱华曾经尾随过父亲，父亲半夜出门，一切都在沉寂之中，他背着挎包，轻手轻脚地掩上房门时，任爱华从暗处跳到了明处说："爸爸，我也要去看妈妈，你带上我和弟弟。"她央求着父亲，父亲点点头说："等我找到你妈妈，我就带你们去！"她始终坚信父亲在寻找妈妈。她始终期待着父亲找到母亲，而她照顾这个家，能够给父亲带来安抚，而母亲出现时，她会让他们感到安慰，一种强烈的责任感陪伴着她成长。

她会照顾好爷爷和弟弟，烧菜、焖米饭、挎着竹篮到文水河边清洗衣物，会到菜市场买回新鲜便宜的蔬菜，她日复一日地做这些事情，日复一日地期待着，直到习以为常，她过早地进入家庭主妇的角色，心里盼望着母亲，直到变得成熟使自己成为母亲，而她似乎别无选择。从某种意义上来说，父亲的自由和坚持是她给予的，但她从来没有接受过来自父亲的歉疚或者谢意，她是父亲的女儿，这个事实使她失去了强求的理由。不再听信父亲，不再欺骗自己，是她自己做出的选择，是由事实决定的。

铁饼街上不断有人外出，而不是类似于早些年外出售卖刃具，而是席卷全国的潮流波及了铁饼街，是打工潮，铁饼街上很多同龄人或者年轻人步入当年父亲的后尘，基于这一点，父亲无疑是大家的先驱。有些人在天涯海角，有些人在西部，而坐落于江南的铁饼街最佳的打工地点无疑是“长三角”。上海，成了最醒目的目的地，一步到位，跨入大城市。

陆续有人带回父亲的消息。带回消息的邻居没有被委托，只是父亲常年在外，已经成了铁饼街的公共事件。裁缝张的小儿子在上海静安里弄里吃早饭，看到父亲进入一家小吃店，他没有贸然前去打招呼，而是掩身，留心观察父亲，他不能确定说自己是不是眼花了。

邮局的绿色自行车停在铁匠铺门外，一身绿色制服的邮递员说：“任铁匠，自从有了手机，我以为都不会有这样的机会给你送信了，这是我这个礼拜送的第一封家书。”他得意地说出“家书”这个名词，接着感叹说：“家书抵万金啊！”邮递员说出了古老的诗句，直抵核心，却没人关心邮递员卖弄的是学识还是才华。任爱华读的信，她一个字一个字地读，身上落了一些线头，是纺织车间的牵牵绊绊，未及扯掉。而当她读完200多字的信时，身上那些线头有的自行掉落了，父亲来信说，他没能发财，也没脸见任何人，等他有了钱，一切都会好起来。父亲在信中说，他知道裁缝张的小儿子跟踪他，这是徒劳的，他觉察后搬走了，信封上的地址是他最后的地址。这封信中，父亲任向东仍然寄回来一些诺言，承诺会回来，而前提改变了，必须拥有财富，仿佛他不为铁匠铺、不为自己的父亲、不为自己的子女活着理所当然。

读完了信，铁匠铺里很安静，是一种带着愤怒的安静，可以从静默的铁件和铁砧上幽蓝的光芒中看得出来。

祖父将那封信丢尽了炉膛，信封上最后的地址任爱华还未及细看，那几行字就成了灰烬。父亲寄出信件的地址没有留下，他也许在那里过着他想要的生活，也许是一种煎熬。

这封来信打断了一件铁件的打制，铁钳上淬火后的刀具硬度高了，同时脆性大了，一封信耽误了锻打，刃面出现了细小的裂纹。何连钢将刀具放在炉膛中加温。整个回火的过程重复了一遍，像是一次重生，但只是针对这件锻件。祖父说："我这个儿子，他不配打铁！"

收到这封来信时，一家人的生活也陷入困境之中，纺织厂正在进行改制，承包商希望多数人买断工龄，而留下来的职工需要重新签订合同。任爱华接到工厂暂时停工的通知，不断地传来各种消息，有些姐妹利用姿色得到晋升，还有些姐妹收到下岗通知。作为劳动模范的任爱华和几个姐妹被大家推举为职工代表。厂长拿出了各种文件，有理有据证实改制的必然。离开时，厂长暗示任爱华留下来，厂区里很安静，生产时终日回旋的机器声消失了，而在恢复之时也不会成为一种语言，任爱华曾经亲近机器的噪音，但这只是她个人的秘密。

"你是生产能手，你可以留下来，不要跟那些下岗的人闹事。"厂长说，"你是劳动模范，答应我先带头下岗，堵住那些闹事人的嘴，等条件成熟时再回来，我会给你留条后路。"任爱华几乎没有考虑，她以职工代表的身份，堵住自己的后路。她说："我凭能力留下来，我为什么要出卖我的面子？"厂长摇摇头不说话，像是放弃收买她，临出门，厂长说："你要是同意协助我，我可以考虑推荐你去设计部，你学了那么久，还考了美院的函授文凭，也确实有才华。”任爱华停下脚步，犹豫了几秒钟，她没有回头。她不愿意出卖情谊，也不愿意丧失尊严，更不愿意背上背叛的骂名。

大学毕业那年，任建华没有回到铁饼街，径直前往工作的单位，在同一座城市，在城关街、铁饼街之外。家里人只能在铁饼街见到他，而他回到铁饼街的次数非常有限。任建华所处的生活，所受的教育与铁饼街关联微乎其微，瑞丽出现在他的生活中后，他的收入不足以承担支出，他会联系姐姐，在电话里抱怨没有钱购买手机，没有办法保护自己的隐私。他在电话里抱怨着，语气很像个孩子，很像一个依赖母亲的孩子，也许多数人是这样的，任爱华想，她从未拥有过这样的时光，而她缺乏这样的感受，她像是一台豆浆机。她能想到这个比喻是因为她当时接到下岗通知，彷徨一段时期，学会了榨豆浆。

每天临睡前任爱华会浸泡 2 斤黄豆，第二天一早，她在铁匠铺门前售卖豆浆，20 斤豆浆所得的收入和何连钢打铁的收入支撑着这个家，很难分得清是贫穷还是富有，这对于她和何连钢从未犯难。他们仍然通过双手劳动，忙碌并不是单纯的无能，他们依然从未失去尊严，也无须去挽回尊严。

天气逐渐炎热，豆浆的销售也受到了打击，购买打制铁器的顾客越来越少，文水河上的码头只有售卖蔬菜的菜农，种田的劳力减少，农具自然没有人使用。祖父不能接受这样的现状，他说：“我就不信，田总是要有人种的，农具也是要用的。”祖父挑选了一个日子，搭乘文水河的敞篷船，沿河而下，一路上成片的庄稼不见挥动镰刀，只有小型或大型的机器。后来祖父得知那是收割机，而播撒种子时，会有播种机上阵。

在铁匠铺，任爱华得到过，而是她一生都无法失去的。打铁已经深入他们的生活，这是一种古老的技艺，任爱华无法忍受放弃，而在这个问题上，她理解了祖父。他们放弃了一些诱惑，坚持在铁饼街上有铁匠铺存在着，而这之后，生意一度有了回暖的迹象。一些不愿放弃的人和一些新认识打铁的人不断接纳它，尽管后者数量很少。

铁饼街上，并非只有铁匠铺遇到这种窘境，裁缝铺、竹器店……古老不断被冲击着。

那段时间，任爱华有了闲暇时间敲打“铁画”，她总是敲打出一些有生气的内容，有河流、森林、夜晚的月亮，她的生活都在这里，而积蓄出一种力量。每当完成一幅作品，何连钢总会发出惊叹，他说着最简单的惊叹词赞扬她：“老婆，你太了不起了。”这时，他们就会认为铁匠铺是最好的圣境。

有一段时间，铁匠铺接到建筑工地上打制铁钎的一些订单，让他和泥瓦匠有了交道，他如果愿意，离开铁匠铺去建筑工地，相信可以挣到更多的钱，这是一种诱惑，而在铁匠铺之外又岂止这一种诱惑？生活捉襟见肘，留在铁匠铺显然不是一种明智的选择，而坚持打铁也并非不正常，他们不愿失去，这本身就是一种得到。“我就相信十年的行当，这没有错吧？”祖父在何连钢面前常常小心翼翼地自问自答，一家人都明白祖父在挽留何连钢，并非单纯地挽留这个人。

多年后，任爱华接到父亲任向东惨遭车祸的消息时，一家人仍然持续简单的生活，并未成为赤贫者。

处理父亲车祸的警察，一再核实他们的身份，何连钢说：“我是一位铁匠。”而任爱华亮明身份时强调：“我是铁匠的家属。”圆脸警察很负责地说：“虽然死者赤贫，不涉及钱财，我们还是要查明你们的身份，这是对生命的尊重。”因为一家人对父亲的行踪和经历远远少于警方所追踪到的，引起了警方的置疑。肩头上别着记录仪的警察问：“你们真是铁匠？现在还有铁匠？”

父亲任向东先在上海打散工，接着去了崇明，他在那里承包一段时期的菜地，崇明征迁后，去了一家刀具厂的流水线上，负责最后的包装，把那些打制好的刀具放进印有彩色图案的包装袋内。父亲东一直住在八人一间的职工公寓，渐渐成为一名老员工，尽管他常因精神恍惚，工作时常常出错，企业主始终不忍辞退他。多年前，即追溯至任向东寄回家书的那一年，任向东和企业主结识，他们相同的是，拥有梦想。企业主一心走向世界，任向东一心想带着前妻回家。任向东流浪在外的经历是任爱华和弟弟收拾遗物时，一位工友透漏给姐弟俩的，工友强调说：“你们的父亲生前欠了我200元钱，”他无心索回，他以旁观者的角度发出感慨，“你们的父亲太固执了，和那个女人总是扯不清，他也不斩断，没有本事挣大钱，却被那个女人吃定了。”

父亲任向东拥有一个号码，向前追溯，铁饼街上家里也装有固定电话，也拥有一串号码，但彼此从未相连，尽管他们是彼此的亲人。在大家需要他的时候，他未曾出现，而他成了一种存在。

父亲任向东还对工友说：“过两天就会带老婆回家乡。”任向东当时的所有举动表明，已放弃了对财富的追逐。父亲已确定了回家的时间，还对工友说：“过两天就会带回老婆，再过一个月，等我领到最后的工资。”一个月后，而他在厂区门外，在机动车道上横穿公路时遇车祸，走出厂门之前，他刚刚办理了离职手续，领取了最后的薪水，他握着最后的薪水，而在这之前，他的薪水都交给了前妻，这在工友们之间成了奇谈。

3

丁友利坚持要去铁饼街。“我是来看看妈妈以前生活过的地方的，老屋一定要看的呀。”她像是带着一份牵挂，回来收获的，任爱华却不确定她能获得什么。丁友利目光中的热情充满了狡黠的气息，令人感到紧张和不安，她发现这份迟到的亲情有着妖邪的魅影，她能接受亲情，却无法挥去那个影了。

夜里，任爱华突然醒来，她清楚自己睡得并不踏实，有妹妹在身边，她想她是被一种流动贯穿的亲情笼罩着，一种她曾经想念的能够改变生命的力量。她失去过，失去时她尚未成年，而如今她已步入中年，妹妹躺在身边，她想借着月光静静地打量她。妹妹拥有母亲般柔软的长发，上挑的眼角，习惯跷起兰花指，任爱华和弟弟相貌上与父亲神似，但这并不妨碍她们身体里流着共同的血液，她想细细打量着她，想看到更多的相像之处。

月光从窗外照射进来，经过床沿，带着睡梦般的微笑和深邃的银色光芒，在她和妹妹之间的，有月光的角落有梦幻的色彩，没有月光的角落有棉被的褶皱。

再次睁开眼时，月光已移至墙角，窄窄的一道光，像是立在墙角的一把锋利的剑，做着奇怪的切割，使现实和虚幻错位。

客厅有轻微的声响，任爱华坐起身拉亮灯对着客厅说：“怎么起夜不亮灯啊？”她下床拉开门，见丁友利在客厅里举着手机，亮着手机电筒，一簇灰白的光聚集在她的身边，像是黑夜打造出来的，转眼就会变成无边的黑暗。丁友利正翻开电视柜的抽屉，矮柜的门打开着，这些木制的橱柜，因为没有生命力而失去了反抗意识，被打开了，没有秘密被隐藏！

“你在找什么？”任爱华问，她打开客厅的吸顶灯，整个客厅亮堂堂的。丁友利关上手机电筒，她揉着眼睛说：“我睡不着，我想找本书随便翻翻。”她的解释很自然，不是因为在姐姐的家里，不是因为在姐姐身边，她说，“我有看书的习惯。”丁友利学过舞蹈，会弹钢琴，受过高等教育，在图书馆工作，习惯了和图书打交道，丈夫是一位工程师，这些都是她热爱阅读的注解。一个铁匠的家里，没有书房，图书也有限。任爱华说：“我这里有些美术方面的书。”“算了，我不看了。”丁友利迅速关上抽屉，她指着何辰锋的房门，诙谐地、亲切地轻笑着：“不要吵到你们家的男人！”她们回到床上，并排躺下，彼此相视一笑，似乎亲近到无须语言，也许在夜深人静的时刻，适合亲昵的人说些亲密无间的话，她们之间显然还存在其他的，人性中的，也许是某种芥蒂。“再睡一会儿。”任爱华说。“好。”丁友利答。

早餐桌上，任爱华不再追问母亲的状况和弟弟的下落，她直接提出去上海看望母亲。丁友利在切片面包上抹果酱，她早餐吃面包，配以草莓果酱、牛奶，前两样是任爱华一早出门特意购买的，丁友利把果酱涂成了心形说：“姐姐，我在你这里做客，你却提出去看望妈妈，你在撵我回去吗？不急的，你哪一天看到妈妈都是一样的。妈妈脑子不灵光，所以你父亲发生车祸也没有去，这些年也没有联系。”她试图在挽回什么。丁友利给任爱华看了手机视频，上海郊区的一家养老院，一位银发妇人坐着，双眼无助地注视着前方。“她在等你爸爸呢，她听到你爸爸的消息就像没听到一样，其实中风严重了，幸亏抢救得及时，就是不能走路，糊涂时会盼着你爸爸来接她。”丁友利说起母亲，没有提及她所享受的母爱，没有说起她和母亲度过的美好时光中的细节。任爱华坚信那是存在的，只不过被丁友利忽略了。她看着她随意说起母亲随意的神态，心里就会生出一排细细密密的牙齿，啃噬她，让她疼痛。

丁友利说："姐姐，你关心妈妈，这是自然的，不急，慢慢来。"任爱华说："你告诉我，弟弟是不是去找过你们？你说你有他的消息的。"丁友利笑出了声，为避免果酱沾在嘴唇上，她只咬了一小口面包，果酱留在面包当中。她说："姐姐，我那天为了与你相认随口说的，我怎么会知道他在哪里？弟弟离开，姐姐怎么会不知道他去哪里？发生什么了？"丁友利放下手里的面包，心形的草莓果酱少了一个缺口，一颗被咬伤的心，受到冷落。"发生什么了吗？"丁友利又问。她注视着任爱华，任爱华也看着妹妹，黑眼睛对着黑眼睛，黑暗对着黑暗，明亮对着明亮，无尽的喜悦，无尽的恐惧，无尽的无奈。任爱华说："弟弟从记事起就没有见过妈妈，我记事时，他还没有出生。"她想找到合适的词，把往事说清楚，她想澄清一些过往，想摒弃弟弟对自己的怀疑，她不愿意弟弟只选择他愿意相信的，关于寻剑客，关于意外来电。她说："妹妹，你相信我吗？"怀疑是存在的，她们不是陌生人，是姐妹，但任爱华凭什么让妹妹相信自己呢？她们彼此的性格中存在的有些东西，她们并不熟悉。

"要看什么事情啊！姐姐！"丁友利以她的腔调说着，又咬了一小口面包。她只吃她习惯的早餐，牛奶、切片面包，她跷着兰花指，指甲上是红色的指甲油，一个指甲有一个弧度。"算了，说来话长！"任爱华感觉到妹妹会选择相信她的。她说："我们的祖父不愿说话，他要是愿意开口说清楚，弟弟就不会有想法了。"任爱华绕开了一些关键词，避免受伤害，不是她的身体、她的心，而是他们的关系，姐姐、弟弟、妹妹，原本存在的，他们流着相同的血液，但他们的关系，不似古老的建筑，还没有纪念性，还太单薄。

“姐姐，你真有意思，像是有很多心思，不过没关系，你不说就让心思自己开口说话吧！”丁友利有率真、直爽的性格，无论怎样，任爱华都打算接受她，接受亲人无须条件。她歉疚地说：“合适的时候我再告诉你，有些事情祖父最清楚。”她心里留下的一部分是阴霾，她想那也不是她的错，不是她的罪过，她会找到应该理应受到惩罚的人，也许不是惩罚，她可以接受忏悔。这并不是她的羞耻，但不能平添妹妹的烦恼，她是带着母亲的消息来的，她和她要去见到自己的母亲。

姐妹俩一同走出小区大门去了铁饼街。丁友利换了一件外套，束腰的，绵软的面料。任爱华仍然身穿那件褪色的铁锈红色外套。任爱华抚摸了丁友利紫色的外套，柔软的、顺滑的，梦幻般的令人遐想的色泽，她并不是只钟情铁锈红。她说：“你这衣服真好看！”丁友利却谦谨地夸赞她：“姐姐这衣服这样也很好呀，很朴素保持本色。”铁锈红，对于任爱华有非凡的意义，她想告诉妹妹，这是母亲当年选中的颜色，她无条件地接纳它，毫无保留地爱它，心甘情愿地摒弃其他的色彩。丁友利却说起正在上高中的女儿，传递了不可停滞的亲情：“我女儿很想来认你这个大姨呀。”说起何辰锋，她眼角上扬说：“外甥长得很像他爸爸的。”接近铁匠铺时，她亲昵地悄声说：“姐姐，你好福气，有个值得傲骄的儿子。”丁友利夸赞每个人，毫不吝啬。

走进院子时，陈旧和腐朽的味道便从各处冒了出来，房间里还留着弟弟任建华挖掘的痕迹，任爱华说：“我想起任建华到底在干什么。”任爱华不知该从哪里说起弟弟，她有一种直觉，丁友利和弟弟已经相认了。他们撇下她。

任爱华说："如果弟弟也在，我们也算是团聚了。"一种温馨的一家人的画面存在于想象中，而被现实破坏了。丁友利微微一笑，说道："姐姐怎么会不清楚你弟弟的去向？你们姐弟俩之间是有什么隔阂吗？"她丢出问句，目光四处扫过，最后落在任爱华的面前停滞住，像是两人之间生出了蹊跷。

她们站在院子里，房门都关闭着，丁友利没有踏入门槛，她像是被沉寂震慑了。任爱华指着西厢房说："当年妈妈就住在这间房间里。"间隔的木板腐朽了，修复的白石灰已脱落。丁友利说："这块面积蛮大的呀。"她没有去看厨房的灶台，也没有去看通向文水河的小路。母亲年轻时的身影还在，但她没有去观看。她对那些流逝的时光并不在乎，她不是来拜访时光的，自然不在乎母亲当年怎样度过那段时光，也不会在意，任爱华姐弟俩失去母亲后是怎么过日子的。她说："看到了，就是真的呀。"像是担心房屋流失了，她举着手机不停地拍照，"姐姐，这条街都很有历史，这个房子里也有有历史的宝贝吧？"她随意丢下一句话，笑眯眯的，像是喜欢看到那些问句落在院子里任何一个角落，而并不在意任爱华的回答。

踏入铁匠铺，丁友利小心翼翼地落脚，她精致的皮靴落在铁与铁的空当间，迟疑地落下，像是躲避着坚硬。在一排铁锤前，丁友利仿佛是个欣赏玩具的小孩，并不了解铁锤的属性，她挑选了最小号的铁锤，对着铁砧敲着铁锤，像是看到了新鲜的玩具。铁锤和铁砧被强迫发出声响，丁友利并没有听出响音中的懈怠，她也不会想到，这种毫无旋律的响声曾挽救了任爱华。

何连钢准备了打制的刀具送给丁友利，在任家铁匠铺只有至亲才会赠送制品，是一把菜刀和锅铲，他对这两样制品进行了深加工，还配备了磨刀石。菜刀和锅铲分别包着无纺布袋，很郑重地递给丁友利。丁友利只匆匆一瞥，双手背到身后惊颤地叫道：“呀！这怎么行呢？这个不能上车的呀，留着好了，终归是我的呀。”她踮起脚尖，眼珠转动着，目光扫尽铁匠铺的每个角落。她的手掌在面前扇动着，像是铁匠铺的气味是她面前的小小的麻烦。

“姐姐，你不知道吧？你爸爸和我妈妈准备复婚了呀！他们本来想给大家一个惊喜的，谁会想到会发生意外。”回到家里，丁友利坐在镜子前面说着这个消息时，没有面对任爱华，而是在镜子里注视着任爱华，像是她不愿意让任爱华看到她的眼睛。

任爱华的眼里顷刻涌出了泪水：“这也算是一个好的归宿。”她伸手搂住了妹妹的肩膀，想亲近妹妹，有个依靠，她至少可以把她们之间因为陌生而产生的不安减少一些。

丁友利对任爱华的举动有些讶异似的，她说：“你不介意多了我这个妹妹？假如没有意外，你不介意多个老人？妈妈离不开人照顾的。”“我不介意的。”任爱华说，“我们可以把妈妈接到铁饼街，只要她愿意。”

“这不是最主要的呀，”丁友利说，“你要想好啊。”

任爱华不打算去城关街发传单，关于那个电话，关于一种罪与一种罚，她想也许会有另一种渠道，而非恐惧。

妹妹来了，就要见到母亲，她从未被母爱丢弃，只是储存了，很快就会成倍地释放，是一种力量，是真正拥有母爱，可以治愈创伤，可以抵御伤害。她打算好好陪陪妹妹，也许她们能说些更多的话题。关于成长，关于岁月，关于苦与乐，也许要一点点深入，直抵内心。她们是同母的姐妹，没有理由不涉及内心，能有个说话的人，她也许会说出她内心的秘密。有个亲妹妹会是什么感觉？会比纺织厂里的那些姐妹更交心的，她想起独自面对的一切。她想多听一些有关母亲的生活细节，她没有陪伴在身边，父亲出走的那些日子，她们待在一起会有许多话题。

丁友利却不愿意她耽误工作，她说："你这样陪我就是在给我下逐客令啊，还是把我当外人啊，这样我会过意不去的。"

那是一份有原因的工作。任爱华几乎要脱口而出了，是女人对着女人，姐姐和妹妹，一个女人的羞耻之心，被无辜地折磨的内心，被秘密地以心惩罚过无数次的那个人。她想说出来，她坚韧而独立的背后是惊惧和忧伤的，在她平静的生活表象之下，不是简单的伤害，还有一个谜团，而造成这一切慌乱的，是一个莫须有的利器，一把生活中存在的利刃，有一种伤害发生了或正在发生。她想说出这些，不是寻求解救而是要澄清，要一种没有隔阂的生活。

城关街的报刊亭、李馄饨的馄饨铺、铁饼街的铁匠铺……那个人出现过，街道、行道树、车流……无处不在，又杳无踪迹。

这天早晨，任爱华遵从了丁友利的想法，打算只去散发少量的广告单。任爱华独自走在街道上，有回到现实的感觉，丁友利的突然出现转眼间像是一种幻觉，而那短暂的亲情回归的时光犹如梦境。任爱华有种预感，有些事情发生了，有些事情即将发生，这使她感到莫名地不安。接近城关街时，她停下脚步，一种现实，强迫性地呈现在脑海中，现在存在着一个令她颤抖的人，需要她扼杀他的罪，摧毁他的恶的人，正诡异地渗入她的亲情之中。任爱华转身赶回家。

家里静悄悄的，空无一人。何连钢在铁匠铺，何辰锋在学校里，任爱华清楚他们的去向。在陌生的城市，丁友利能去哪呢？

任爱华走出家门，起风了，摇动着树叶落尽的树枝，太阳明晃晃的，每一束阳光都在随风颤抖，任爱华绕过铁饼街，沿着文水河向前走。接近家门时，她看见丁友利在院门外，冷风掠过文水河，使河水涌动着冷冷的波纹。

铁锹是那把任建华使用过的铁锹，戏剧化地抓在丁友利的手上，她弯腰深挖一下，铁锹就颤抖了一下，看上去像是一个精致的女人在为难一把铁锹，很滑稽。老屋院门边的石墩掏空了，不起眼的石墩，任建华忽略的石墩，被怀疑和被逼迫的石墩。任爱华站着，她没有把她的惊愕喊出来，她不愿承认眼前的事实，她呆呆地打量丁友利小小的身躯迸发出惊人的力量，同是来自母亲的身躯，流着相同的血。丁友利有膨胀的贪欲，她却没有。她终于弄明白丁友利看到她时眼神里的狡黠，她不是来与亲人相认的，也不是和血脉相融的，她是来窃取一种虚拟财富的，经历数十年，唯有财富具有感召力。

“妹妹，你在找什么？”直到任爱华站到丁友利身边轻轻地问。

后来，当任爱华想起那个午后时，她的后脊背就会升起一股凉气。

任爱华不声不响地站在堤岸上，她看着丁友利弯腰搬起一块石头，又填进去，石头上的青苔都被翻了起来，露出乌黑的污痕，青苔的次序被打乱了，像一朵朵破碎的绿色花朵。丁友利套着任爱华的铁锈红外套，上面粘了泥土和青苔，可能是为避免弄脏自己的衣服。任爱华记得自己也曾套过他人的衣服这样干活的，是母亲遗落在家里的，她承担了母亲的角色，弯着腰干活，没有像一个女孩子一样买花衣服，没有穿过裙子，从来没有留过长辫子，因为没有人帮她梳辫子。她的日子是妈妈留给她的，她做了很多不应该是她做的事情，这很不公平，妈妈抛下她和弟弟离开了。弟弟找她要妈妈时，她没有什么能给予的，只有陪着弟弟哭泣。妈妈把爱都给了另一个孩子，就是眼前的妹妹。

“你找什么呢？”任爱华问。丁友利的身体抖了一下，慢慢转身看着她。任爱华从丁友利身边走过去，打开门锁推开院门，门锁生锈了，发出生涩的回应。任爱华跨过门槛，指着地面说：“这里被任建华翻遍了，是不是妈妈跟你说了什么？说我祖母留下了值钱的宝贝？”她紧紧地注视着丁友利。丁友利却很镇定：“姐姐，你说什么？我不过是想到妈妈当年劳动的情形，试着活动活动。”

天蒙蒙亮时，任爱华醒来，丁友利的被窝里空空的。丁友利坐在客厅里，电视柜下的抽屉拉开了，里面是一些家用电器的说明书，任爱华细心地收在里面，套着由厂家发出的防水的塑料薄膜，有些说明书被翻看，有些凌乱地落在地板上，有图，有文字。家里置办的每一样电器都拥有匹配的说明，介绍产品的功能、用途、故障如何解除，新的电器的信息，生活的必需品，他们参照说明书，习惯使用这些电器，不占有也不侵犯，而说明书总是清醒而沉默地存在着，必须存在。

任爱华的心里一阵刺痛，白天小心翼翼垒起的堤坝彻底决堤了，她以为是无尽的相见的喜悦，她以为是她代替母亲，代替母亲的爱，寻找亲情。事实上，丁友利根本不需要这些看不见的东西，不能用来购买或者归还贷款，丁友利的生活里缺少的不是任爱华所需要的，她们是完全不同的两种人，一种拥有母爱，一种缺少母爱。她们现在都无法替代对方。

“你回来就是为了找什么？像任建华一样？你坚持要这样吗？”任爱华冷冷地直白地问道，她害怕面对这些，但她无法逃避，她想，任建华一定和丁友利见过面了，丁友利听信了任建华所说的。丁友利已经拥有了母爱，她还想掠夺得更多，这里没有属于她的东西。她说："请你离开。"她大声地喊道，"我早就没有妈妈了，也没有你这个妹妹。"

"我来不来，走不走，是我的自由。不是任建华追到我家里，我还不知道有这个宝贝呢。"丁友利说，"既然都挑明了，也没必要遮掩了，属于我的我总不能放弃！"任爱华说："那你说说，还有什么是属于你的，或者不属于你？你是以什么来界定的？比如母爱。"

姐妹俩的对话，音调越来越高，惊动了安静的夜色，惊动了何连钢父子俩，何连钢不知该维护谁，但又不能容忍任爱华受到不敬，他对丁友利说："你是妹妹，你们姐妹俩有话好好说，你是来找什么东西……"任爱华忽然打断他，她拎起丁友利的行李箱，拽起她："走吧，你走吧！"她像是甩掉一部分现实。

丁友利打开行李箱，又合上，她的手在空中一划，指尖一一掠过每个人，她说："你们到底是一家人，互相打掩护！"在她眼里，一家人成了同谋，成了一种财富的掠夺者和占有者，而她带着功利的目光怀疑这家人驾驭财富的能力、忽略了周旋于财富之间的危险。她说："我告诉你任建华的下落，他追到我家里，追问母亲，追问当年家里那个值钱的东西。"丁友利嘴角挂着嘲笑，"他不是去与妈妈相认的，而是去讨债的，你们姐弟俩总有一个是赢家。"丁友利把带来的化妆品一股脑儿收到箱子里，冲着任爱华丢出了几句话，每个字都颤抖着，不愿解开纠缠，一种改变的慰藉，一个阻挡亲情的盾牌。她说："妈妈本来中风好转了，你弟弟任建华突然找上门，妈妈见到任建华突然加重了，你为什么这样？让你弟弟去我们那找什么？"丁友利不是来寻找姐妹之情，而是要接近财富。她啪地合上行李箱，再次指着任爱华："我跟你说实话，这下你知道你弟弟的下落了，你跟我又有哪句是真，哪句是假？"丁友利扔下一连串的诘问，扔下一家人，去卫生间换好衣服，出来时，她看到任爱华身子颤抖着，一个劲儿地摇头。家里的两个男人的脸上是困惑的表情，她眼前的三个人各自拥有表情，她对表情的出处不感兴趣，也不关心表情的内心，她撇着嘴，拉起行李箱。

丁友利一手拉开门，一手拖着行李箱。离开前，脸上露出挑衅的神情说："要真的像任建华说的，那个铁器非常值钱，我找不到，我也不会罢休的！"她嘴里嘟囔着，"都是些冷血动物，都是些自私的人！"在手机上预订好车票，她面向任爱华，不是告别，是留下几句忠告，她并不介意，眼前的一家人像注视怪物一样看着她。她说："任爱华，你是妈妈的女儿，你既然关心妈妈，总要尽孝的。"她拽着行李箱跨出大门，接着说："任建华说我妈妈那没有，就能确定还在铁饼街，我都料到你不会拿出来，这么多年，你早说出来，我们何苦不能相聚？告诉你，相聚是要成本的。说白了，亲情是要有物质基础的。你比任建华精明，他就知道赖在铁饼街，你最会演戏。"她说，"我最看不惯你这样虚伪的人，你要尽孝心，下个月，养老院的费用你去缴啊！我告诉你地址，你去接回妈妈啊！任建华都找到家里来威胁妈妈了，你还假装不知妈妈的住处。你们姐弟俩都是骗子，感情骗子。"

第八章

继承者

1

任建华在父亲房间里翻找、挖掘时，发现了线索，是父亲留在字条上的一处地址。折叠的、巴掌大的纸条不断地出现在不起眼的角落，塞在角落缝隙处，橱柜的缝隙、窗台下的墙缝，纸张已发黄，有的字迹是钢笔写的，有的是圆珠笔写的，圆珠笔字迹已经模糊了，内容却能够辨别得出，都是相同的地址，最初的是最末的翻版。任建华断定这是父亲的笔迹，生涩而凝重，每一张的字迹都很工整，充满了期待。

纸条上面的每个字都带着各自的气息，过去的与现在的相互混淆。这个地址应该是一个人的住址，任建华敏感地意识到，无疑与母亲有关，但他并不愿意接受它。他利用百度搜索，果然是一处居民小区，在上海的林立的各式地址中，只在电子地图上留有这三个字。任建华并未声张，他将这些纸条小心翼翼地收在贴身的口袋里，一种微妙的、有年数的能量在他的身上流动。这个住址上的人，和父亲有关联，并且征服了时间，这个人和父亲之间发生了什么事情，是任建华关注的，他当然会想到母亲，但这只是一个称呼，他和母亲的关联，没有回忆，没有怀想，没有温暖，自然也没有爱。他的母亲离开了，没有留给他背影。他去寻找住在这个地址上的人，而并非母亲，他去理清父亲与这世间一件事情的原委，找到原本属于自己的，而母爱早已抛弃了他。

纸条上的地址，位于上海闸北，是一栋有年数的居民楼，房子显然多次修缮过，墙面的白石灰深浅不一，水泥台阶被磨出了亮度，楼梯扶手的原木木料裂开了口子，油漆脱落了。各家各户的房门不尽相同，有的是防盗门，有的是塑钢门，还有一家是刷满黄色防水漆的木质房门。任建华猜出这是最初的房门的模样，而他面对的是一扇装有指纹锁的防盗门，一个戒备的、承载隐私的、被个人拥有的空间。

任建华站在门外，屋子里隐隐传出对话的声音，女性的、苍老的和年轻的，时断时续的脚步声，接着又是一片沉寂。任建华走下楼梯，抬头，在各式张扬的晾晒的衣物间，他看见阳台上有女士的裙衫，随风飘扬，一盆吊兰垂满盆沿。

有些不曾相遇的，但存在着，永远不会遗忘。任建华想起小时候，姐姐带着他在文水河边洗衣服，一件花上衣在水中荡漾，这是姐姐最喜欢的上衣，他哭喊着要妈妈时，姐姐会用这件上衣包上枕头，让他抱在怀里哭。他始终认为自己没有童年，只有哭泣，是因为没有母亲，童年残缺了，而留下的豁口，始终无法填满，是终生的遗憾。

花衣裙在风中飘荡，一会是招手的姿势，一会是挥手的姿势。任建华低下头，点燃一支香烟坐在小区的绿化带边，香烟吸到半截，他狠狠地掐断了，碾碎了烟嘴，丢在绿化带边沿的月季花丛中。他连着登楼梯，再次站在那扇装有指纹锁的防盗门前，按下那个动物之眼造型的门铃。

任建华自报家门："我是任向东的儿子任建华。"他挥挥手，脸上带着不满的情绪，"我不是来认亲的，我来找一件东西。"房门打开直对着沙发，任建华瞥见沙发上坐着年迈的妇人，他的心绪瞬间凌乱了，有些零星的经过时间筛选的记忆忽然苏醒了，他强装淡定地问打开房门的年轻女子："你是不是叫丁友利？我爸爸车祸去世时，挂断电话的是你吧？"

沙发上的白发妇人忽然哭了起来。

“妈妈，你不要哭了。”年轻女人倒了一杯茶端给白发妇人，对任建华说，“我是丁友利，你怎么找来的？”白发妇人从哭泣中抬起了头，她接过茶杯，双手捧着这杯温暖的茶水，站起身颤巍巍地走到任建华面前。她的瘦削的肩膀，脸上布满褶皱，留有一种祈求的表情，被折磨过，仍在坚持着祈求任建华接过她手中的暖茶。

“接过来呀。”丁友利说，“我妈妈请你喝茶呀！”她的指尖敲着桌沿，像打着鼓，节奏分明。

任建华坐直了身子，接过了茶杯。他喝了一口茶，忽然不知下一步该干什么。茶杯并不古老，但是古老的瓷器烧制工艺在茶杯上留有花纹，他看见杯身上的靛蓝的图案，一叶扁舟，一个孤独的渔翁。他感到鼻尖发酸，一种情绪贯穿着，不是甜的，不是苦的，也并不被茶水所征服的。

2

任爱华终于打通了任建华的电话，是丁友利离开的当天。任建华在电话里解释说他在皖南采风，山区里时常没有信号。“家里还好吧？”他拖着疲沓的、漫不经心的腔调，其实是过问铁饼街的老房子、铁匠铺的近况，“你们是不是还照常营业？你们是不是趁机修整了铁匠铺？”任爱华说：“都挺好的，我找了一份发传单的工作。”她说的都是真实的心里话。但这显然都不是任建华需要的，他说：“姐姐，你以前都是为我好，现在变了，你发传单，像演戏呢，城关街是你的舞台。”遥远的话筒里的声音，带着揶揄，来自弟弟任建华，他说她在演戏！任爱华想揭穿弟弟，他曾前往上海，出现在母亲身边，这是一件令人鼓舞的事情，虽然他并不是单纯地与母亲相认。但她要给弟弟保留谎言的壳，以便于弟弟回家来，她想，弟弟终会明白，不存在的财富终是不存在，至于弟弟对自己的怀疑是一种痛，会长到可以消失的年纪。

放下电话，任爱华恍然觉得她所面对的老房子、铁饼街、文水河是真实的，而她和弟弟的生活是虚构的，她所给予的都带有惩罚性。她带着弟弟在文水河岸边摸鱼，夕阳挂在树梢上，粼粼水面上洒满了河面金色的阳光；她挎着竹篮在翻过泥土的红薯地里翻找，把一些遗落的红薯带回家，放在灶膛的余火里焐熟了，留给弟弟；她去捡黄豆芽，积攒起来，去豆腐张家换来才出锅的豆浆，给弟弟喝；弟弟在梦里，悄悄走出家门，在沉睡中的铁饼街上孤零零地走，她跟在后面，一边走一边落泪，她从未惊醒过弟弟的梦。

“我跟你说，你瞒也瞒不住，我们三个都是继承人，我们三个人都是妈妈的孩子。”丁友利离开时丢下的这句话，在她耳边回响着，像是不会消失，从耳边到脑海里盘踞下来，三个人都是有妈的孩子。

是三个人，她是姐姐，有一个弟弟，一个妹妹，他们有共同的母亲，有相同的生命的起点，永恒的起点。她从来没有想到这意外的收获，多了一个成员，而那些有关母亲的等待和煎熬，必须是值得的。

3

多数时间，祖父重复同一个动作，双手举起，在空中划一圈落下，一个没有痕迹的圆落下来，从起点到终点，双手滑行得非常迅速。祖父钟情这种肢体动作，这种独特的表达，像是要抓住什么。时光？或者某个人？又像是一种探查，探查空气以及生命的呼吸？又像是一种精神上的释放。

每当这个时候，祖父的那双打铁的手就带有锻打声、燃烧火焰的光以及铁的光芒。祖父脸上的表情时而刚毅，时而像个孩子一样露出腼腆的笑容。任爱华从未见过祖父如此腼腆的笑容，生命最初的笑容。

任建华离开的这段时间，祖父允许任爱华再次踏入房门。

房间里，简单的家具始终在它们该在的位置，移动过，又回归原位摆放整齐。厨房里，她不时送过来的菜肴，祖父都会吃得光光的。油炒花生被装在碟子里，每天都会添加，这是祖父常备的下酒菜。用过的碗碟清洗过，抹布洗净后晾着，这是祖父动手清洗的，他推开任爱华，站在水池边，拧开水龙头，细心地对待每一只饭碗。祖父独居在此，他拒绝的不仅是交流还有衰老。打铁的余力教会祖父如何对待打铁之外的生活，如何对待生活。

“爷爷，过年时搬回铁饼街吧。”任爱华怔怔地注视洗碗的祖父，她像是要留下打铁的祖父的形象，而不能接受眼前洗碗的祖父。铁饼街上，豆腐张回来自己单干了，裁缝婆的女儿开了个旗袍室，门面被换成了一溜排的玻璃，玻璃后红的、黄的、绿的……各式棉布、绸缎使铁饼街有了色彩。而且，何辰锋有一天在饭桌上对她说，高考结束后，他会直播售卖家里的铁制品包括铁画，她不确定新与旧是否会有冲突，但是活力必然是存在的，她想让祖父亲眼见证。

“爷爷，你不说话，你总要点一下头吧。”任爱华恳求祖父。无边的委屈蔓延开，关于上海，关于母亲，关于丁友利，她不知如何说起，祖父已渐渐恢复，无法看出他曾受到打击，曾被虚无纠缠过。老房子里有一些有年数的疑问，只有祖父能解答。

“爷爷，在城关街上有很多人都看到你了。”她想起小时候，父亲没有回家，祖父除了打铁，就是木木地坐在桌边。她站在板凳上烧晚饭，菜油溅到胳膊上，叫了一声，祖父让她站到铁砧边，带着火星的铁屑纷纷掉落在祖父的胳膊上，祖父一声不吭。那年她不到 10 岁，刚刚学会了烧饭，她在铁砧边经历了漫长的站立，从此，再也不会因为疼痛而尖叫了。但有些疼痛存在着，有些尖叫必然也会存在。现在，她面对沉默的祖父，像是独自探查疼痛的程度，可有些疼痛明明不该由她来承受。

“爷爷，你不决定，我就决定了，我们还是要在一起团圆的。”任爱华说，“爷爷，你告诉我，当年你为什么毁了那把剑？你毁掉的是一把什么剑？”提到久远的时光，祖父转身瞟了一眼任爱华，嘴角边扬起冷冷的笑。

祖父的冷笑，远远胜过语言，任爱华不禁哆嗦了一下，她感到冷，感到疲惫，她说：“我不是想要，我只是想弄清楚，为什么事情会变成这样？”她咬住嘴唇，没有说下去。有年数的往事，近来发生的事情，分明又与祖父无关。

祖父又瞟了她一眼，接着清洗抹布，清澈的自来水缓缓地流过祖父的双手。

任爱华觉得自己被无形的绳索捆绑着，周身发紧，她摇着头，摇晃着身体，试着松弛肩膀，喃喃地说：“我问这个干什么？这能帮我什么？我受不了了，都乱了。”

任爱华清洗祖父换下的衣物，又将厨房的油烟机擦洗了一遍。她做这些事情时，忽然想到了母亲，手臂渐渐慢下来，似乎是一种对想念的尊重。她站在厨房的窗前，看到窗外的一棵栾树，叶子即将落尽，成串的殷红的果实披挂着，她不知道栾树的果实有什么用处，但它们看上去那么好看，像迎接春天，树木发自本能，和她的想念是相同的。她想，想念母亲是一种本性，是没法改变的。她下定决心要去看望母亲，也许在母亲那里有一剂良方，帮她解开绳套，也许是一种新生活。

任爱华用抹布裹了竹签除尽灶台上夹缝中的油腻，然后，清洗抹布，洗洁精像是绝妙的能手，很快涤尽抹布上的油污，而那些油污似乎从不会告饶，当油污盘踞时是多么理直气壮啊。她擦净双手，走到房间里坐在祖父身边，有些唤起记忆的东西坐在亲人身边就会降临。她想起，她在寒夜里跟着弟弟，祖父跟在他的身后，他从不允许他们离开家门。弟弟离开家念书时，祖父突然间苍老了。

她陪着祖父沉默着，听得见屋外风的声音、人的声音、车的声音……是在适应一种生活，接近核心。

祖父睡下了，任爱华才离开。城关街上，夜已拉开帷幕，有些生活的情景更加生动，有些却掩藏了，她经过那些路灯昏暗之处，总是想辨清迎面而来的面孔，而只是擦肩而过的瞬间，没有喜怒哀乐，她接近的人，她才能看得更仔细，才能了解生活。有些人为了这些要付出一生，有些人只是瞬间如此，她想她可以不在乎的，她走在那些路灯明亮之处，不仅看清脚下的路，也迎接他人的目光。

接连几天，她没有再去城关街上发广告单，而那把水果刀，她拿出来当成真正的水果刀在使用。何连钢看到家里出现了不是自家的产品，他拿在手上端详着，刀柄、刀刃、刀身，一种来自铁本身，经历了另一番锤打。铁，仍然是铁！

一种平静的、坦然的生活始终存在着，她发现她的心里想着祖父、想着母亲，很快就会使惶恐无处遁形。

丁友利离开后，任爱华一直在联系她，索要母亲的地址，丁友利却将她的愿望当成了诱饵，拽紧了诱惑。回家的路上，任爱华再次给丁友利打电话，重复她的愿望，听上去她们的对话像是在进行一笔交易。任爱华说："我要去看望母亲。"

丁友利在电话里咕哝了两句，提高了嗓门："你要来看，可以呀，一个弟弟还不够，是来寻宝的？你们姐弟俩演双簧，我要信任谁？要看可以呀，你报个数目。"

任爱华耐心地说："只是看望母亲，没有那么复杂。"

"你当然这样说，是独吞了宝贝，良心有愧？"

任爱华说："什么都没有，我只是去探望母亲或者接母亲回家，我要接回母亲。"任爱华忽然觉得很无力，她不明白为什么有些不存在的事情变得复杂起来。丁友利并没有发来地址，她对那个异地有一种复杂的情结。任建华是怎么去的，他去和母亲相认，这么大的事情，他隐瞒着，似乎一切都乱了。

走到小区门外时，任爱华看到何连钢站在寒风里，外衣依然敞开着，那件羊毛衫褪色了，脱线了，早就该换一件了，但他仍然穿着。她走近他，轻轻地挽起他的胳膊，说："不要接的，这马路上还不安全？"何连钢说："你不在，我没有安全感。"他说的像是句玩笑话，但他是认真的。

进屋时，何辰锋正站在客厅里的饮水机旁，他冷静地审视着父母，微笑了一下。“你今天没有故作深沉嘛！”何连钢说。他们父子总是这样挑衅地对话，像是彼此保留各自的傲慢，同时亲近着。何辰锋又微笑了一下，他这次故作宽容。父子两人都等待着微笑。

“我想去看看妈妈。”任爱华说。“我猜到了，应该去看看的。”何连钢说。何连钢看出来了，丁友利的出现给任爱华带来了冲击，但他们都不善于表达。任爱华的脸上露出了小孩子般的娇憨和惶恐，但转瞬就消失了。任爱华说：“我等这一时刻，等了这么久。有妈妈，我感到很幸福，人也有了力量。”她说，“这么多年了，我一直想有去探望妈妈的机会，这也该是爸爸的心愿。”停顿了一下，她又为父亲开脱：“爸爸一直觉得他会带回母亲。”

何连钢说：“我也是这样想的，你这个妹妹为什么来，我们不管，我们做我们的事情，女儿没有不去看望妈妈的道理，更没有讨价还价的道理。”任爱华不知说什么，她唯独不能挑明妹妹讨价还价的筹码，这不是一场公平的交易，这本不该成为买卖，弟弟和妹妹都不是生意人，她也不是生意人。他们三人之间的关系被一只带有侵犯性的手恶毒地侵犯了。在何连钢身边，她是有依靠的，她的心也是有依靠的，他们已经共同度过了这么多年的时光，他依然没有解开这个谜，依然没有这种念头。

第九章

铁指环

1

任爱华见到侄女任瑞睿时，任瑞睿身穿校服正跷着腿躺在客厅的沙发上，手指在手机屏上来回划动着，她的无名指上戴着一枚亮闪闪的饰物。任爱华进屋后，弟媳瑞丽一直在房间里走来走去，像是对任爱华的到来并不期待。“我打电话给任建华的，他怎么自己不回来？他跑出去能干什么？”瑞丽喋喋不休。房间里东一件西一件衣服，颜色艳丽，像是不甘于待在寂寞的衣橱而情愿成为沉闷气氛中的一种点缀。瑞丽身上的着装依然亮丽而整洁，她停止走动时，对任爱华只是微微咧嘴，露出一丁点儿牙齿，像是那洁白的牙齿不是真实的，只是留给微笑的一种装饰。

“任建华到底在哪？”任爱华问，她站在瑞丽身边，闻到瑞丽身上馥郁的香气，联想到花朵，红色的玫瑰或者黄色的牡丹，心里希望瑞丽不会向她隐瞒任建华的行踪，像芳香一般袒露的、无私的，而不是将她放在对立面，他们本来就是一个共同的大家庭的成员。

“你打电话呀！你可以问他。”瑞丽散开一头秀发，又收拢起来，她像是厌烦留长发又不愿轻易剪去，她将食指和中指并成了剪刀的形状，来回蹂躏着秀发。

“他是不是去了上海？”任爱华问。她想说，任建华已经打破了他的禁地，不再将上海封闭在他的生活之外，但她无法确定任建华的内心是否向上海敞开。他能够做到的，放弃一些，就会得到一些。

她想，他们不是隐瞒我，是在欺骗我，欺骗不应该存在的。

“我说过了，你去问任建华。”瑞丽提高了声调，她坐到梳妆台前打开一瓶化妆水，又盖上盖子，没有倒出化妆水涂抹在脸上，而是对着镜子审视着自己的脸，像是打量一个陌生人。“其实，这又何必呢，我们只不过不想被人欺骗。”她说，像是她已经受到了欺骗和伤害。任爱华看到她的一幅“铁画”立在墙角，那是她最得意的一件作品，画面上是一个生活场景，有人物在场，她和弟弟。她把自己得意的作品送给了弟弟，并不是让它只是寂寞地立在墙角，处于弟弟的生活之外的。她蹲下身捧起“铁画”，画面上落满了无情的灰尘。

“姑姑，你怎么不问我为什么逃课？你是来关心我的，还是来找我爸爸的？”任瑞睿喊道，她从沙发上坐起来，一脚踢开了掉在地毯上的靠垫。

双休结束，任瑞睿没有准时返校。

校门口的监控探头，任瑞睿出现在保安室的视频回放中。返校日当天，她背着书包，穿过人行道走向校门却并未进入校门，而是在校门外的停车场登上了一辆白色的雪佛兰轿车，车牌被遮挡了，除了绝尘而去的背影，什么也没留下。

学校不主张报警，接到电话赶到学校的瑞丽，为此和学校发生争执，她情绪激动，一遍一遍地强调要追究责任。负责接待的教务主任慢条斯理地反问瑞丽：“是我们担责重要还是弄清孩子的去向重要？”班主任及时插话说：“任瑞睿妈妈，请你冷静，昨天和前天双休日，任瑞睿回家了，事发时间，她还没有踏入校门，我们想知道她在家里时发生了什么？”

瑞丽这时才冷静下来，她回忆了双休日和孩子共度的时光。周六上午任瑞睿一直在写作业，下午她们母女俩一同去商场为任瑞睿购买了一双运动鞋，她在长个子，鞋子更换频繁，瑞丽为女儿买的是双限量版运动鞋，远超他们的消费能力，但她还是让任瑞睿如愿了，从小到大，夫妇二人对独生女都倾其所有实施富养。

周日的内容几乎是周六的翻版，母女俩仍是同进同出的，只不过下午她们去了健身会所，只是在跑步机上走了走，任瑞睿就急着离开。瑞丽说：“她急着离开并不是反常的举动，瑞睿总是这样的，有减肥的决心却没有瘦身的耐心。我总是要去一下健身房的，她陪着我，一直在玩手机，我倒是觉得她是钟情手机。”

母女俩度过的时光没有任何异常。

瑞丽也是老师，她当然清楚学校顾及社会影响，迟迟不肯报警。她和学校的立场不是对立的，但绝不相同，这之间的偏差，当然只有母亲才能体会。她无法忍受等待的煎熬，学校的监控无法看到那辆白色轿车的踪迹，她撇下那些老师，气冲冲地到了警局。

警察询问了始末，很快给出了回复，不到 24 小时，不予立案。瑞丽焦急、不安，她在电话里对任建华嘶吼：“任建华，你马上回来，到底什么是你的宝贝，你自己看着办。”紧接着，她的焦灼无处安放，将任瑞睿的反常举动告知了任爱华，话音里有些怨气。

傍晚时任瑞睿回到了家，距离她离开家门 12 个小时，学校出于某些顾虑，爽快地给她续了假。无论瑞丽如何追问，任瑞睿脱离大家视线度过的时光，她离开学校的那一天发生了什么？她去了哪里？她为什么上课期间私自离开学校？任瑞睿都守口如瓶。学校卸任于家长，瑞丽接回任瑞睿，教导处主任郑重其事地说，学校以外的事都是家务事。

电话里，瑞丽处在愤懑之中，对学校、对孩子、对她从未面对过的局面，她的内心所不能容纳的汇聚在一种腔调之中，重重地扔给任爱华："都是你这个大姑姑把她惯坏了，你来收拾她吧。"

捌　泽油

瑞丽生任瑞睿时，任爱华陪在她的身边，待瑞丽进入产房内，任爱华和弟弟在产房外等待。半个小时后，弟弟任建华受不了产房楼道里时断时续的呻吟，他不知从哪得知，产妇分娩是人类承受痛苦的极限，他无法面对瑞丽挑战疼痛极限，悄悄溜出了医院大楼。他坐在门诊楼前的花坛边，直到接到任爱华的电话，他的嗓音仍轻飘飘的，无依无靠地发着抖，最后紧紧抓住了任爱华的话音："姐，瑞丽怎么样了？"

手术室大门紧闭，任爱华守在门外，任家一个新生命的诞生让她充满了期待，而她想到将要迎接她，就像她迎接自己的孩子时，身体分开，但孕育的血脉就此永恒，一起度过年华。

最后医生从手术室出来，告诉她孩子黄疸高，直接送到保温箱里。

直到满月，襁褓中的任瑞睿不足 5 公斤。瑞丽起初没有掌握抱住婴儿的要领，常常束手无措。任爱华双手托着婴儿，手把手地教会她如何怀抱自己的骨肉。瑞丽产假三个月，任爱华请假三个月，直到任瑞睿体重接近 20 斤，各项体检指标都已达标了，成长为一名合格的婴儿。

这期间，何辰锋从幼儿园大班毕业了，他人生的第一个毕业典礼，妈妈任爱华没有到场，何连钢换下铁匠铺里客串工作服的旧外套，穿着一件整洁的方领外套，参加儿子的幼儿园毕业典礼。在幼儿的世界里，何连钢感觉自己这个打铁的人过于粗硬也过于粗壮了，他的满是厚茧的双手无处安放。父子俩回到家里，冷清迎接着他们，何辰锋委屈地大声啼哭。他坐在铁匠铺的青石门槛上，踢蹬着双腿，为自己被夺取的母爱啼哭。“妈妈只要妹妹，不管我了。”他委屈地控诉着。

祖父和何连钢做着同样的动作，他们把猪皮贴在回火后留有高温的铁器反复摩擦，一把大号剁刀和一把小号菜刀分别现出了光泽，猪皮渗出的油渍，柔软地、不动声色地击溃了蠢蠢欲动的铁锈。何辰锋的哭闹对于两位铁匠来说，是一个小孩子避免不了的癖性，他们依然重复手中的动作，任由何辰锋哭着，直到他自愿放弃啼哭。

任瑞睿出生后，任建华开始学习摄影，但是他嫌弃简单的傻瓜相机。三个月后，任爱华凑齐了钱，为任建华更换成数码相机。相机记录了瑞睿的成长的点滴，画面中，总是有突出的人物任瑞睿，或者母亲瑞丽，鲜有任爱华的身影。冲洗后汇编的影集中，同样没有任爱华的身影，而她和任瑞睿的亲密瞬间存在着，始终伴随着生长，任瑞睿离不开任爱华，而父爱和母爱是唯一的，不可替代的。

摄影之外，任建华没有找到更多的表达父爱的方式，他对这个小生命感到畏惧，而瑞丽因为生产一直担心无法补偿身体的虚空，她总是感到无力，没有办法适应照顾他人的生活，尽管眼前需要照顾的是她的骨肉。

照顾弟弟一家，仍然是任爱华无法分割的生活内容，是这个家的一部分。任瑞睿满月后，任爱华将瑞丽接回铁饼街。每天炖煮，为瑞丽滋补身体，浣洗母女俩的衣物，婴儿和产妇的衣服分开、母女俩的用品和一家人的用品分开。单位里，她是劳动模范，在车间操作时，织布机并不因她承受繁重的家务厚待她，而是她仍要呵护机器。任爱华挤出的时间，没有留给自己，夜里她起夜为任瑞睿更换尿布，掌握了婴儿细微的哼唧之声所代表的含义。

瑞丽在书上掌握了一些哺育技巧，她以老师的口吻分享给任爱华，自己却微蹙眉头观望着，书上说，要亲密接触，但这一点她跳过去，无法落实。

任瑞睿在铁饼街迈出了人生的第一步，摇摇摆摆的，像一只可爱的鸭子。任爱华每天工作之余多了一项重任，她要陪伴任睿蹒跚学步，出现乳牙时忍受她抓起手掌咬磨，幼儿的乳牙带着天性。在文水河边，任爱华教会任瑞睿与河流相认。在铁饼街上，任爱华教会任瑞睿结识老邻居、新邻居以及有历史的建筑、脚下的青石板路。

任建华和瑞丽工作很忙，都是由任爱华接送任瑞睿，最后索性住到她那里，任爱华那时工作也忙，几件事情一起做，也做过来了。任瑞睿三岁时，任建华和瑞丽双休日来到铁饼街，任瑞睿没有认出自己的爸爸、妈妈，而她终日喊叫着爸爸、妈妈。瑞丽决定带回自己的孩子，她无法忍受任瑞睿在街道上随时坐在青石板路上，也无法忍受她的孩子被如此草率地对待。而在任爱华呵护任瑞睿成长的这段时间，何辰锋习惯了自己起床、独自上学、独自在灯下学习，他认为妹妹让他吃了苦头，但一个可爱的妹妹，值得为她吃些苦头。

任瑞睿搬回父母身边，很长一段时间，任爱华在夜里醒来，会习惯性地点亮灯，她身边空在那里，留下一个小小的空间。弟媳带走了任瑞睿，没有人需要她去照看。何辰锋怀里抱着他喜爱的卡通玩具，他已经能独自应付对黑夜的恐惧。任爱华得知在她身边长大的任瑞睿，在寄宿学校里，小小的心思独自应付生活和学习，心就揪成一团，但她做不了主，不能在弟弟面前发表主张。她主张幼小的孩子在父母身边，像何辰锋在自己身边，每天都能看到他吃了什么、穿了什么。学校里学了什么只是孩子要掌握的一部分。她并非孩子的父母，虽然，事实上任瑞睿牙牙学语时常称她妈妈。

任瑞睿在寄宿的幼儿园里，入学一星期后，瑞丽接到老师的电话，任瑞睿的生活习惯让老师感到诧异。任瑞睿出身于一个教师家庭，却很粗鲁，抢夺同学的文具还动手扯掉对方的蝴蝶结，她故意触动众怒，而瑞丽出现时，她说："我要见我铁饼街的姑妈。"教室里一片哗然，铁饼街的姑妈！是一个标签，泄露了她粗鲁而纯真的言行的发源地，教室里的小孩子们只是好奇，瑞丽却拉长了脸，推搡了女儿，她没有意识到想念是任瑞睿肤浅的认识。任瑞睿跌坐在地板上，她狼狈地爬起来时，教室里传出小朋友们的哄笑声，任瑞睿在无邪的笑声中冲出了教室，在铺设了塑胶面的操场上奔跑，鞋底和塑胶地面没有发出有活力的踢踏声，她的愿望无声地飞出了院墙。任瑞睿还不懂得有些心声需要掩藏，有些心声会自行湮灭，她大声喊着："我要去铁饼街，放我去铁饼街。"仿佛校园外的铁饼街才是她成长的摇篮。她的稚嫩的嗓音无法飞跃院墙。

升入小学后，寒暑假里，去铁饼街是一个筹码。暑期作业或者各种课外陶冶情操的绘画、音乐、舞蹈课如期完成，瑞丽允许任瑞睿有一天的自由前往铁饼街。而任爱华一家搬往城区租房时，任瑞睿仍然要前往铁饼街，她对铁饼街历史悠久的建筑更加有感情，说不清是什么原因。铁饼街的热闹和冷清使她与众不同，而父母越是反对她越是坚持。她坚持拜访铁饼街而成了一种时尚。在社交软件里，她屏蔽了父母，定期发出铁饼街的一个屋檐、一个角落而有些韵味更加深长。她也因此而获得了一些赞誉，结交了一些虚拟世界的朋友。她也常常追问自己是何时爱上了铁饼街的，就像爱上了一个人，接近时会紧张，离开时会牵挂，懵懂时被她否定了，但她不否定她那时爱姑妈胜过母亲。她觉得去寄宿学校时，除了学校就是铁饼街是她见识过的生活的空间，而铁饼街是开放的、厚重的，无疑胜过有院墙的校园。

任记铁匠铺拥有铁饼街独特的记录，青石台阶、青石门槛、原木门板、门板上的铁环，她留心这些而无法放弃这些。

任爱华刻画的那些“铁画”，任瑞睿是第一个观赏者。在寒暑假，任瑞睿回到铁饼街的日子，任爱华的“铁画”作品会频频亮相。挑选底料、画样，任瑞睿会发挥她的智慧，当焊笔在铁料上行走时，任瑞睿会强烈地意识到，姑妈任爱华所拥有的魅力，“铁画”赋予姑妈某种成就，在任爱华手下铁拥有了另一种升华。她敬佩姑妈，也因此感到自豪。瑞丽从不屑在任爱华的“铁画”作品前沉思，她也无法理解女儿。

有些作品是任爱华专门送给任瑞睿的，一些奖励、一个心愿、一个期待，而其他人并不关注这些。

2

“瑞睿，那你说说，你离开学校一天干什么了？为什么逃学？”

面对追问，任瑞睿又躺回到沙发上，她像是只愿意相信自己，不愿意涉入自己的困境，也许她面临的并非困境，只是她的行为将她的亲人推入了困境。

她身体完好无损，没有伤痕，没有红肿，眉头舒展，快快乐乐，这同样将亲人推入了困境。

任爱华坐到沙发上，膝盖挤着任瑞睿的小腿，任瑞睿的小腿很结实，富有青春的弹力。暑假的时候，任瑞睿常去游泳，她从小就喜欢游泳，在水里像一条游来游去的鱼儿，偶尔，任爱华陪伴她在泳池边，带着欣赏的眼光看着任瑞睿从水中伸出头，披着一身的水，向她游来。那时总是听到她快乐的笑声，她让大家听到一个轻松、快乐的世界。

任爱华拍拍任瑞睿的小腿，皮肤细腻光滑，年轻，真让人羡慕，拥有自负的资本，如果她做这些事仅仅是自负的话。任爱华贴近她坐着，亲密地挤在沙发上："瑞睿有秘密了，不愿意说，是不是？"任爱华还是用对待小孩子般的语气和任瑞睿说话，在她眼里，任瑞睿始终是个孩子。任瑞睿坐起来，亲昵地搂着任爱华的脖子，甜丝丝的热气哈到她的脖颈和耳后，痒痒的。"姑姑，我想跟你回家！"她小时候也是这样，回家是回到姑姑家，她熟悉任爱华的家，她称任爱华家是自己家。任瑞睿紧紧地搂着任爱华，像是要回到小时候。

瑞丽绷紧了脸，她不了解任爱华陪伴任瑞睿的那些时光，一些亲近不可分割的关系已经深入她们彼此，没有办法分离。她不理解自己的女儿为什么更喜欢亲近姑姑，一个土里土气，毫无长相优势的女人，是铁匠的老婆，走到哪里都毫无名望。任爱华身上所拥有的，她永远无法理解。

瑞丽和任建华为了让任瑞睿进入私立双语学校，缴纳了昂贵的学费，超出他们的消费能力，但他们要做这些，只有付出才有回报，他们都希望贵族学校出来的任瑞睿有能力拥抱世界，而世界也会回报她。

任爱华带着任瑞睿离开时，瑞丽表现得很无奈，她不愿报以感激，似乎任爱华剥夺了她们母女间的爱，她绷紧了脸，要求任瑞睿给个明确的回答："你非要以去姑姑家为条件，才肯改正错误吗？""必须是这样。"任瑞睿说，"我要去铁饼街！"

临走前，任瑞睿要收拾两件换洗衣物，但瑞丽疏于打理的衣服多数需要洗涤，任爱华挑拣了两件，对瑞丽说："我带回去洗吧！"瑞丽一直这样，为了避免过上俗套的生活，总是将衣服积攒着，等小时工上门一股脑儿清洗，以便付出报酬的工时不至于虚度。

天已经完全黑了，夜幕下的灯光闪闪烁烁的。任瑞睿挽着任爱华的胳膊，她们两个亲密地距离可以说悄悄话，而只有她们能听得到。任爱华说："你告诉姑姑，你是不是早恋了？你不告诉你爸妈，你可以告诉我。"任爱华想起，她在这个年龄，在铁匠铺度过的那些时光，她听着叮叮咚咚的打击声，给自己解着绳套，一个人，小心翼翼的内心，她忍受着恐惧又驯服恐惧，从来没有放弃度过眼前的日子，也没有放弃期待更好的未来。

"我不知道，也许是吧！"

任瑞睿说着，她的脸腾地红了。只有这个时候，少女任瑞睿才把那副满不在乎的面具摘掉了，到底是个孩子，无法承受得更多，这一天，她已经透支了青春。"姑姑，我只是好奇，我在网上认识他的，是他添加了我。"任瑞睿的眼睛亮亮的，可以看到她眼里拥有的未来。

网友是以网名猎户添加任瑞睿的，他躲在暗处时，做事情光明磊落的做派，他说，一看到任瑞睿就被她吸引了，不由得关注她。任瑞睿身上所拥有的魅力，其他人永远也不可能拥有。他相信他们会对许多事情观点一致。

"什么人？你为了去见一个人逃学的？"任爱华问，"那你也不应该逃学啊！他在哪个学校？"任爱华始终认为是一个瑞睿的同龄人，在等到他们都收回了心，还是要继续学习，他们都拥有更好的未来。

“我不是逃学，姑姑，我讨厌这个学校，讨厌我爸妈非要让我上这个所谓的贵族学校！讨厌他们让你为我出学费。”任瑞睿说，“我计划了好几次，想找到一些刺激和冒险的感觉，想吓唬吓唬他们。”任爱华不喜欢任瑞睿假装兴奋的表情，她等任瑞睿平静下来，说出心里话。她了解任瑞睿，既不是个叛逆的孩子，也不热衷冒险和寻求刺激。

“姑姑，我没有见到他，他突然说他要离开了。”临近家门时，瑞睿忽然说。她们站住了，路灯下，任瑞睿的脸色泛起了迷惘的潮红：“我不知道怎么办。姑姑，我不希望他离开，我知道不该去找他，但我控制不住，我不知道该怎么办。”任爱华恍惚觉得路灯光像是一张网，以密集的细绳结织出的密网。“姑姑。”瑞睿一声声喊着，这时候她才有了哭腔，那种倔强的掩饰不见了，她袒露了真实的迷茫和困惑。任爱华的手一直在颤抖：“你告诉姑姑，他长得什么样？他是个怎样的男生？”

“我没有见过，他不愿意见面，我这次也是想见到他的。”

任瑞睿直到现在才袒露了她的恐惧，以她最想要的诱惑她？“但他要给我钱，我想买个平板，这不能告诉妈妈，他说也不能告诉你，姑姑，他说我和姑姑长得很像，像母女！”他想要什么？这个在网上联系任瑞睿的人，任瑞睿去见他，并没有见到，轿车是网约车，任瑞睿的情绪随着对方联系或者失联而起伏不定。他还有一个名字叫寻剑客，寻剑客说他要永远离开了！任瑞睿说：“我有一种不祥的预感，他跟我说这个名字之后，就说他要永远离开了！”金色的铁指环被电镀包裹着，缠绕的，闪闪的指环。

任爱华身子摇晃了一下，但她的目光牢牢地，盯紧了任瑞睿："你说什么？他说他叫什么？""姑姑你怎么了？"任瑞睿说，伸手扶住任爱华，感到任爱华像被无形的利器击中了似的，颤抖着，虚弱不堪。任瑞睿感到害怕，可她看到姑姑眼睛里有比她更惊恐的光芒，她看到了害怕的眼神，紧接着，任爱华抓紧了任瑞睿像是要逃离一切一般。任瑞睿感到姑妈从来没有这样抓紧过她，像是要渗入皮肤表面。

"虚拟世界里不能当真的，这个名字听着就让人不舒服。"任爱华说。

在姑姑家里，任瑞睿觉得自己被欺骗了。那个名叫猎户、寻剑客的网友从网上消失了，她觉得自己的魅力也消失了。她变得没精打采，懒散地躺在床上。学校通知她回去上课，她对学习也失去了兴趣。"姑姑，他不在了，我不明白。"她对任爱华说，"姑姑，你认识的人里面会是谁呢？"

"是他故意诓你的，骗取你的信任，姑姑不认识这种人。"任爱华冷冷地说。

任建华打来了电话。他说："瑞睿的情况瑞丽都跟我说了。"任爱华以一种郑重的口吻，她想电话那边是自己的亲弟弟，他们之间是不需要谎言的，说："你在上海，快回家吧。"任建华却没有停止扯谎，他说："我还在皖南山区。"任爱华在电话里笑了起来，她的笑声非常不合时宜，失去了控制一般，任瑞睿小声地问："姑姑，你怎么了？"任爱华笑着，颤抖着，她想如果她和弟弟为此对质，他还会解释，让谎言裂变。她说："你在上海，丁友利没告诉你，她来过铁饼街吗？"

任建华说："姐，你变了，我怎么相信你？""我从来没有撒谎啊？"任爱华说，她和弟弟之间原本没有缝隙，硬要撕开，她以颤抖的笑声撕开了。

“上海没有你要找的，你赶快回来。”任爱华说。“你怎么知道？当年爸爸从他们家回来，就空着两只手，一定留给他们了。”

任建华固执地认为有些财富是存在的，他说：“姐姐，我相信你不会理睬丁友利的，让我找到宝剑就出手，我办个刃具加工厂，算是完成爸爸的遗愿，你们的工作也解决了，我和瑞丽也终于可以成为有钱人了，我们一直想换套大房子，也许可以换成别墅……”任爱华打断他：“那个人出现了。”“无所谓，他也只能口头伤害你。”

“不是我，”任爱华一字一句地说，“你听好了，这次，他盯上了瑞睿。”

“怎么可能？”任建华叫道。“姐，就算我瞒着你来了上海，你也不能这样报复我吧，以你的亲侄女要挟我。”无形的绳子捆起了任爱华，越捆越紧，任爱华无奈地说：“弟弟，你怎么能这样想姐姐？你知道瑞睿逃学去找谁吗？”

3

任爱华去买菜，她匆匆出门，并未在菜市场多逗留，便匆匆赶回来。她总担心短暂的时间里，那个头像会抖动，她不能错过那个时刻，一个令人不安的时刻，她并不惧怕，不会阻止对方的出现。

任瑞睿将衣橱搬空了，衣服摊在床上、地板上，将茶几的抽屉拉了出来，任瑞睿坐在地板上，坐在凌乱之中。任爱华的心一下收紧了，她问：“你找什么？”任瑞睿有些紧张，但她很快一副豁出去的样子："我要找宝贝！"任爱华手抚胸口，像是她的心脏就要离开身体，她的脸上带着担忧的表情，说："瑞睿，什么宝贝？你说什么？"

任瑞睿从凌乱中站起来，很郑重地问任爱华："姑姑，我们家是不是有一件宝贝？一把剑！"任爱华看着任瑞睿，眼神涣散，她脑子里嗡嗡作响，她伸出手像是要抓住任瑞睿，要攥紧她。"你说什么？谁跟你说的？"任爱华问。"寻剑客说的！"任瑞睿说。"他说，你曾告诉他不在了，是真的吗？如果还在的话，我找出来告诉他，他是不是就会出现？"任瑞睿问任爱华，任爱华脸色苍白，任瑞睿从未见过姑姑会有这样的表情，交织着仇恨和愤怒。她小声说："姑姑，你不要生气，我就是好奇。"

"姑姑，到底是什么人？你告诉我吧。"任瑞睿挽住任爱华，贴近她，耳边痒痒的，唤醒了任爱华，直到任爱华的脸色有些缓和。任爱华冷冷地说："一个不露面的人，一定是见不得人的人，我不认识这样的人，你也不能和这样的人接触！"

任瑞睿慢慢松了手，泄气地躺在沙发上，她说："姑姑，我要走了，我想去学校了。"任爱华周身感到彻骨的冷，一种侵犯已经侵入她的生活中了，她还处于被动的位置，她必须出手！她坐在任瑞睿身边，伸出了手。任爱华紧紧搂住任瑞睿，她想不能让任瑞睿受到伤害，她也不能全部告诉她，明显的或者暗藏的伤害，她所能做的就是教会她应对危险，让她接受危险存在的现实。任爱华脑子里很乱，一时想不出好的方法，她抓紧了任瑞睿的手，任瑞睿挣了一下，试图摆脱任爱华的手，她感到委屈。"姑姑，这个人说要给我钱，我都没有要，我就是好奇。"任瑞睿噘着嘴小声嘟囔着。

"既然这样，要找到那个人。"任爱华说，"也许是一个人，也许不是个人，总要找出来，到时你就会相信姑姑是为你好。”

任瑞睿不停地滑动手机屏，点开社交软件联系人中的头像。那个人始终没有出现，那个稳稳地以背影做封面的头像，任爱华认为是一种痛苦，但任瑞睿认为是一种爱。她们都无法深入地让对方明白自己。

任建华回来时，披着一身的夜色，他直接来到任爱华家。任瑞睿在房间里已经睡着了。白天，她躺在床上，不是注视手机，就是盯着天花板，夜里也会醒来几次，一睁开眼，就会盯紧那个头像，看它是否闪动，她对一个素未谋面的网友充满了惦念。任爱华只看到了那个头像，在缭绕的烟雾中，一个黑衣背影充满了掩藏的意味。但她不能对瑞睿说出实情，她也无法确定是不是同一个人，但是有共同的内容。

“姐。”任建华还是这样喊她，任爱华却应答不上来。他在弟弟身上看到了比夜色还要浓的色彩，不是纯粹的。她辨清这些，清楚自己也不会和弟弟在一些事情上观点一致。弟弟还是背着他出家门时背的那个名牌双肩包，包沿已磨损，露出了拖拖拉拉的线头。外套也皱巴巴的。他把双肩包放在地上就要去看任瑞睿，任爱华拦住了他：“她刚睡着，看上去充满悲伤，因为对方始终没有联系她。”

任建华说：“怎么会这样？”他的心情很糟糕，他说，“都是因为钱。”

任爱华说：“不是钱的问题。”关于立场，她不知道该和弟弟说什么。她说：“你见到妈妈了？”像是一句平常话。任建华不说话，像是任爱华提出了一个久远的问题，没有答案的问题。

“我会去见妈妈的，你给我详细的地址。”任爱华说。

任建华指了指熟睡的任瑞睿，说：“如果我们能够多了解她的想法，也许我们就能明白她是怎么想的。”接着他将目光转向任爱华，“既然丁友利都找到这里来了，看来那个女人那里是真的没有。”任建华说：“姐姐，我的女儿也被盯上了，你在坚持什么？你为什么不愿意搬离老屋？为什么要维护铁匠铺？”任爱华几乎失声：“我说过没有，我从来不知道有什么宝贝，爷爷还是要搬回铁饼街的。”“姐姐，”任建华说，“你错误地认为自己在维护爷爷的立场，而这仅仅是一种姿态罢了，你和多数人没有区别，完全混淆姿态和立场，以至于像是极力维护这个家。”任建华停顿了一下，凝视着任爱华，一个字一个字地说，“维护他人就是维护自己，维护自己的利益。”

任爱华觉得她和弟弟没有办法再说下去，她身上的绳子又开始收紧了，只有她清楚，那是看不清的生命。

4

时隔多年，在隐蔽的地下仓库的尽头，任爱华看到了他。

魁梧的身材、修长的胳膊，五官却并不清晰，镜头拉近、局部放大任爱华仍没有看清他的面容。李馄饨说：“这是什么人？你为什么事找他？”房间里有保安，有李馄饨，还有监控器材发出轻微的嘶嘶声，镜头定格在屏幕上。“你回去问任铁匠好了，虽然是进了我的酒店，他也只是我的顾客，这个人我也不认识的，还有，你看看任铁匠就是跟这个男人说了几句话。”李馄饨看起来已不再计较，任爱华执意查看监控，他说：“你们家的任铁匠不过是要来吃馄饨，你还要来查看，你是在意他还是不放心什么？”李馄饨门前的监控视频清清楚楚的，保安插话说：“这个人像是住在城关街，我好像见过这个人，像是又像不是。”

李馄饨送任爱华出门，手上托着一个饭盒：“这是我特意给任铁匠准备的，速冻好的，刚好回去下给他吃。”经过速冻的馄饨看起来个个身姿挺拔，是一种情谊的保持者。任爱华来找李馄饨查看监控，她想不出借口，她只能说看看再说，这下，李馄饨说：“回去好好对任铁匠，你没有理由怀疑他的，你来我这查监控的事我也不会说的。”

任爱华沿着原路往回走，手里拎着馄饨，她的心绪没有任何波动，像是一个在意丈夫的妻子疑心丈夫不忠，她来证实任铁匠出现在李馄饨的饭店。拐了一道弯，是个僻静的巷子，巷道的水泥路面坑坑洼洼的，墙角无一例外都堆积着杂物，完好的木椅或者落伍的衣架，每件杂物都像是备受冷落而自暴自弃。任爱华倚着墙角，松懈下来，保持等待的姿势。巷子里空荡荡的，很安静，像是为她预留于此，她要好好想想，那张脸尽管模糊，但是她能分辨得出眉毛、眼睛、鼻子，嘴巴曾经被遮掩了，这么多年，依然是本来的面目，她却无从辨认源于何处。他不在她的生活中，却在她的生活之内。

任爱华没有乘坐公交车，她拎着那盒馄饨，馄饨离开了冰箱，成了渐渐疲软的馄饨。

直到到了城关街的金贸大厦，任爱华才从恍惚中回过神，她不知不觉地走到城关街的，街上的人不少，她辨认他们，没有要找的人，而这个人存在着，出现过。

太阳照过来，照亮了每个角落。

任爱华回到家时，手上拎着蔬菜，她像是往常一样出门买菜，她把菜掏出来时，一样样整理，馄饨被她再次放在冰箱里速冻起来。

房间里静悄悄的，她推开门，任瑞睿起床了，端坐在床上，手里拿着手机，她在等寻剑客的消息。任爱华觉得被压制着，但她要克制自己不能爆发。她已经打听到了，下载一种软件就会看清那张模糊的脸。她对任瑞睿说：“瑞睿，咱们还是要处理啊，忘记这些，把手机给我！”房间里依然静悄悄的，但呼吸声被淹没了，一种超过呼吸声的响声升起来，是哭声，低低的，接着无法抑制地升了起来。任瑞睿说：“姑姑，寻剑客他走了！”走了，离开了，也许就是一次自我的救赎，也许带走了一种罪与一种罚。

任爱华头皮发麻，假装镇定，她转过身，短时间内又增加了动作幅度，冲上前夺过手机，嘶吼道：“我告诉过你，离他远点！”任瑞睿对任爱华激烈的爆发并无反应。她神情悲戚，眼神空洞，指着手机屏幕，任爱华点开聊天软件，留言里有黑色的加粗字体：敬告好友，寻剑客已于凌晨患病离开，前往没有痛苦的世界。

第1章

麻绳

祖父突然开口说话了。

祖父说："这个家伙没胆量找到铁匠铺，也没胆量找到城关街，这个家伙不配和我这个铁匠较量。"

那天早晨，任爱华去给祖父送豆浆，豆腐张搬离铁饼街后，祖父只喝她亲手研磨的豆浆。任爱华通常晚间临睡前浸泡黄豆。早起时，黄豆经过浸泡，在容器里处处都让人感受它的存在。将豆渣搅和在面粉里，又加了鸡蛋，然后煎饼，葱花撒在里面，享有不容置疑的冲击嗅觉的权威，独特的葱香，普遍存在着。她已经很多天没有磨豆浆了，是因为没有挑到一个合适的日子，连日来，她总是恍恍惚惚，觉得自己被跟踪着，又常常被绳索一样缠绕着，没有放松的生活状态。任瑞睿的那个网友消失了，自接到那个电话，她感觉像一场噩梦，连续地涌动着。而同时那段日子，又像是一面镜子，照清楚每个赶日子的人。

城关街上，有些建筑拆后重建，有些建筑被时光埋葬了，道路延伸着，不过问尽头，车辆依然在路面上驶过，人行道上行人不断，有些人步伐很快，有些人步伐慢悠悠的，随意停在路边的共享单车仍然占着盲道。任爱华走得很快，豆浆出锅时滚烫滚烫，盛在保温饭盒里，她想快一点，把滚烫滚烫的豆浆端给祖父。

食物摆在铁桌上，平稳的桌面，是对可以折叠的铁制的桌脚最好的解读。祖父双肘撑压桌面，审视着豆浆和煎饼，仿佛面对着古老的食物。

祖父突然摇着头，开口说道："有些日子了，我在这什么也没遇见，明天搬回铁饼街！"祖父说，"我没遇见你的祖母，寻剑客也没有胆量找上门！我等了半辈子，终于明白了，世上已无寻剑客！"

房间里蓦然出现祖父的声音，任爱华一时有些恍惚，她跟祖父原本就很少交谈，时隔多日，她以为淡忘了祖父的嗓音，祖父的话给她新生的感觉，苍浊的、低沉的、穿透身心的。“爷爷，你认识寻剑客？”任爱华问。祖父摇摇头说：“我一直等着寻剑的人，那把剑是我毁的，我负责。昨天晚上，我听到你祖母托梦对我说，那把剑是她父亲当年给她防身的，那是一把无价的宝剑，想要找到那把剑的人都不是剑的主人，最后一个寻剑客昨天也死了，你祖母什么都跟我说了，就是不见我。我知道，我错怪她了，我当年不该认定那把剑是定情信物。”

祖父搬离、搬回铁饼街都含有某种寓意。而他搬离时，曾带有一些凄惶和歉疚。

现在，走进铁饼街的祖父，因为两次购买铁艺家居的经历，对商业社会的商品有了自己的见解，他对他带来铁饼街的铁艺家具，怀着一种复杂的情谊，一方面感激它们的陪伴，一方面有被征服后的不甘。上了年纪的祖父，身上带有某种神秘的古老的力量，洞穿了铁饼街的过往与未来，踏入铁饼街，祖父一路上自言自语，对着有历史的房屋、昂首的青苔，青石板路使每一件事物紧密相连，带有教育性，带有预见性，祖父偶尔对着脚下频频点头，仿佛面对手牵手迎接他的古远的观光者。

铁饼街的老屋落满了灰尘，所有的窗户、所有的门都打开了，老屋陈旧的痕迹、新翻的痕迹都在阳光下晾晒。

任建华翻找的痕迹同样被灰尘覆盖，像是要尘封一段不堪的往事。祖父吩咐，他回祖屋还是睡那张老板床，在祖父房间里，那张板床有一百多年的历史了，原来的床榻已被磨平，一只床腿被潮气侵蚀，露出腐烂的迹象。任爱华清理了灰尘，将扫帚伸到床下，地板砖被任建华撬开，仍然没有翻身，只是有的没有回到原来的位置上，它们身下没有任爱华寻找的宝剑，个个平常无奇。任爱华弯下腰，一一将这些带有时间标志的地砖复位，仿佛错位的时间回到了正轨。她曾征询祖父，借机将房间重新装饰一下，并不是铺张。祖父说：“都不要动，这样老日子才有嚼头。”在祖父这里，日子是可以停下休息，经过咀嚼，品咂滋味的。

床板下墙角旮旯，光线畏畏缩缩，无法大胆前行，任爱华看到一团模糊的影子，纠缠成球状，扫帚直接戳进去，钩到明亮的光线之下，是一团乱糟糟的长绳。这绳子单独在房间角落里，已经面目全非，任爱华将它扔到垃圾桶里，绳子完全散开了，发出怆然的叹息。任爱华一个激灵，她不由得缩了一下身子，突然用力在垃圾桶里一阵猛戳，那团长绳成分复杂，一段布绳、一段麻绳，还有一段是鲜艳的尼龙，在垃圾桶里分崩离析。

铁匠铺里传来叮叮咚咚的锻打之声，传进任爱华的耳朵里，有着独特的韵律，不渴求什么，也不会放弃什么。

与祖父房间一墙之隔是父亲的房间，兼做堂屋，父亲在家的时候，他们在八仙桌上吃饭，父亲不在家，他们很少围坐在八仙桌旁吃饭。在空的座位旁，祖孙两代都不愿面对冷漠的桌面，他们通常围坐在矮桌旁，局促的桌面，给人紧凑之感，彼此胳膊碰着胳膊。

八仙桌面上空空的，抹布上湿了水，落下去，惊动了积灰，纷纷扬扬的，最后露出了斑驳的漆面。任建华在桌角用削铅笔的小刀偷偷刻的一个“不”字还留在那里，还是那么小，他当年拒绝掌握打铁技艺，无处泄愤，只好欺负不说话的桌子，这么多年了，八仙桌依然会疼。任爱华抚摸那个“不”字，像是被痛纠缠了。

房间仅有的一张三门橱，里面空空的，隔断的一个抽屉被拉开了，像是劫后余生般。当年，父亲珍藏了一些对他有意义的票据，都化成了灰烬，还有一些散乱着，当年父亲不顾祖父阻挠，留下埋怨，非要离婚是想让母亲回到上海，达成心愿，过上好生活。然而母亲回到上海，娘家房小无容身之处，又为工作而不得已结婚，立足上海却不幸福，父亲想必痛悔错误的决定，以流落在外救赎一生。一个人的一生简单的几句话，任爱华站在门边想，弟弟翻动、挖掘后，她始终不忍踏入父亲的房间，是在等待房屋会自己愈合伤口。

任爱华不知为什么不忍心翻看父亲房间一些发黄的纸张，每一个“悔”字都留有伤痛。在铁饼街，起初，父亲是一个铁匠，接着他成为丈夫、父亲，离开铁饼街，他成为自己，他始终不能确定自己的身份，只是叶佳宜的前夫，为了改变现实，他葬送了生命。

何辰锋高考结束，他们一家也要结束租房生涯，搬回铁饼街。她和何连钢还会守在铁饼街。

任爱华找来一块布片将那些纸片包起来，留住一些梦的片段。父亲至死流连在外，他留在这个房间的痕迹太有限了。

院子里，那个通向铁匠铺的走廊，堆满了杂物，手拉的风箱，自行车的轮胎，裂口的塑料盆，都还留在那里。任爱华想起它们簇新的模样，她将它们收在一起，忽然觉得每一件都值得纪念，但又必须结束了，她把它们都放在垃圾桶里。

空间宽敞出来，很快又会填满了日子。

她没有想到发现什么、寻找什么，整个原来的家，原来的生活都在这里，而祖父回来，带来祖父的生活。

文水河混浊了，时时散发着一种含糊的味道，仿佛在诉说，文水河里流淌的不是无色无味的水，而是被煎熬着，它具体指什么，也许它不能够给出答案。老黄最近接到了新的任务，要专门清理文水河岸的垃圾。

家门通向文水河的小路被任建华和丁友利翻腾的泥土，被冲刷过，恢复了泥土平整的表面。任爱华把那些垃圾收捡了，一起交给老黄倒进垃圾车。祖父搬回铁饼街，陆续有住户搬回铁饼街，传说在铁饼街会有好运，房价会上涨。

祖父搬离时，只带了简单的衣物，搬回来却多了折叠床和折叠桌，像是一个可以随时搭建的家的组合。祖父面对他所居住的空间，面对墙壁，面对玻璃窗，像是对着一个人告别，“我走了啊，我走了！”墙壁以及玻璃窗当然没有回应，像是对立的两个人，面临无法穿越的阻碍而无法得到和解。祖父伸出粗糙的手掌，抚摸墙壁，抚摸玻璃窗，他手背上皮肤的褶皱很深，再也无法恢复到平滑而富有弹力了。祖父的脸上挂着一行浑浊的泪水，“她给我托梦了，是在老屋，在梦里，她在铁饼街啊！可见我住在这里她是不乐意的。她一次都没有来见我啊！”

祖父一个人住在这里，他独自做饭，独自洗衣服，这些被他曾经不屑的日常，他像是做给一个人看，而作为一种补偿。

任爱华从祖父的举止中回忆着祖母，祖父走路时昂首挺胸，脚步发出踢踏声，而祖母走路时总是低着头脚步轻轻的，而她做的每一件事情都是悄悄的，不愿被人注意到，这和祖父的打铁显得极不协调，而是只有在文水河边不停地淘洗，河水发出的喧哗才像是属于她的声音。无论多晚，她每天都会在文水河里将祖父的衣服淘净，淘净衣服上的汗渍和铁屑。祖父反对祖母这么做，这会是一种破坏，衣服经过洗涤也是一种磨损，衣服是珍贵的，祖母让每一件衣服都有尊严，她和祖父对衣物的珍惜截然不同。祖父反对她这样做，她仍然坚持做这件事情，悄悄地，不发出声响。夏天的时候，祖父打着赤膊，祖母会看着祖父的脊梁，注视着那些滑溜溜的汗珠。

祖父的茶壶是紫砂壶，祖母每天都会泡上野茶叶，不是从铁饼街，而是从城关街买来的。每年清明之后，祖母就会去城关街购买茶叶，她梳理了头发，悄悄地出门。茶叶泡在紫砂壶里，原本有个大号的紫砂杯，后来换成了白色的搪瓷茶缸，像是彼此都迷失了而误入浮华。祖母的手工活越来越好，她去城关街的次数就多了起来，成了她和祖父生活的一部分。祖父同样是反对的，他并不希望祖母去出售那些五颜六色的手工绣品，铁匠铺里的刀、剪同样需要出售。他打制的那些农具要和泥土打交道，这才是根本，祖母并不懂得这些，她也不想弄懂。

祖父搬回铁饼街的那天，路过裁缝张的裁缝铺，他停住了脚步。祖父打量着复古风格的裁缝铺，别出心裁的新招牌上写着“传统旗袍”，早些年裁缝铺的主人裁缝张是祖母的师傅，裁缝张的小女儿看到祖父，笑盈盈地对祖父说：“您老要不要做件对襟褂子？”祖父摇摇头，他久久凝视着橱窗里那件红色的旗袍。祖父对任爱华说：“那些人押着你祖母，用竹竿高高挑着那件红色的旗袍，你祖母低着头，从铁饼街走过，那是她最后一眼看见自己的旗袍。也就那一次，她要不是嫁给我这个铁匠，就没法说清楚了。”祖父前后张望一番，铁饼街上虽然搬回了一些住户，也有一些租户，街道上仍然静悄悄的，一些古老的市井之声已经退回到更深的寂静之处。祖父悄声对任爱华说：“我给你祖母准备了丝线和一块红色的丝绸，丝线买不到，买的是十字绣线，也没有绣绷啊。”祖父的语气忽然又不自然起来，表情里有与他年龄极不相称的羞涩，祖父说：“你祖母嫁给我之前是军官太太，我当时在军营打制兵器救了她。这个你不能告诉外人，我回来，你祖母就回来了。”

祖父走到铁匠铺前，何连钢像是和祖父达成了默契，他仍尊称祖父为师父，他以他们拥有的仪式欢迎师父，祖父的脸上出现了笑容。

任建华在院子里迎接祖父，看上去心神不宁，他前一段时间的翻挖一定是冒犯了老屋，一只飞虫围绕着他，不断地攻击他，脸、脖子、手臂……凡是裸露的皮肤都留下一点点红色的肿块。他不停地拍打着，脸、脖子、手臂……他的身上留下了自己的巴掌，像是对自己的一种惩罚。

任爱华搭起炉灶，她打算用大灶烧一顿饭，小时候烟熏火燎的情景她至今都还记得，而今是一种奢侈的享受，她用收集的树叶点燃炉灶。任建华怕打着走了进来，贴近任爱华，悄声问：“爷爷搬回来，是不是知道我在家里翻腾了啊？”任爱华不说话，开始刷锅，他们用的这口铁锅是何连钢打制的，厚实且传热快，多日不用，依然亮光光的。任爱华一遍一遍地倒出刷锅水，并不回答任建华。“你怂恿祖父搬回铁饼街，是想帮你镇住这个家？是想说明宝剑不在你手上？”他问。任爱华仍不说话，弟弟任建华从上海回来，始终不肯说出母亲的地址，也不愿详述母亲的境况，任爱华不理解弟弟，不知该如何面对他，关心他或者纠正他。这么多年了，弟弟变了，他的身体里没有留下他的童年，虽然是缺少母爱，但他无疑有她这个姐姐的爱，而且，她从未放弃，但显然弟弟过着自己的生活，将她的爱当成了一种假象，一种生活中的傀儡。她和他的身体里都流着相同的血，她给弟弟糖，白砂糖、水果糖……一种生活的温情却从弟弟的身体里走失了，他只知索取。

手机不停地响，任建华不接听，任其响着。伴着手机的提示音，任建华说："姐，我需要钱，我遇到了麻烦，你不能不管我。"任爱华明白了，弟弟守在院子里，他需要钱。她太了解这个弟弟，他的麻烦很快就会是她的麻烦，而如今任建华的麻烦似乎完全都是金钱的麻烦。金钱是个奇怪的东西，从不主动招惹人，而人对它热爱，它利用了这份热爱，你招惹它，它会毫不介意地招惹你，但它从来不只给你带来快乐。

联系任建华的是他的债主。

吃午饭时，打电话的人通过定位找到了铁饼街。三个中年男人的脸上有起伏不定的贪婪和索要的蛮横，相同的表情，也许是类似的发型带给人的错觉，三个人像是一个人，带着相同的目的，他们站在院子里嚷道："任建华，欠债还钱，出来！"

这是祖父回到铁饼街的第一个午后，令人不安的午后。

任建华不得不亮相，他首先向来人介绍了任爱华，仿佛她是他的债主。何连钢放下碗筷："关我们什么事？你们不需要认识我们。"

"需不需要，也不是你说了算。"为首的是个中等个，脸上挂着和善的笑容，眼睛里的目光却冷冷的，话音不紧不慢，手里捏了两个物件，来回转着，像是一切都在他的掌控之中。"你们都是他的亲属，正好都在这，任建华前前后后欠了我们50万，过两天就不止了。我们都知道任家铁匠铺现在没什么收入，可终归有些值钱的东西。"

"无稽之谈。"何连钢说话的神态和他打铁截然不同。

"我们也不打扰你们用餐，要不是任建华不接电话，我们也不会亲自登门的。"面善的中年男子说话时，目光也是冷冷的，他逐一打量着每个人，最后逼视着任建华，他的造访令这间房间局促不安，而不是在座的每一个人。"规矩你懂的，我们等着呢。”他最后丢下了这句话。

“爷爷，姐姐，你们得帮我，我知道错了。”任建华哭求道。祖父说：“建华，我老了，我的话你要记住，不要再为难你姐姐，那把刀和我们任家任何人都没缘分，30多年前就尘缘已尽，你死心吧！”

平静的日子是无声的，即使被打破，也是无声的。而有些疼痛同样是无声的。

祖父站起身，走到院子里，面向铁匠铺，三鞠躬，他说：“我是个铁匠，我只对铁鞠躬，建华你得罪了铁，我算是替你谢罪了。”

祖父搬回老屋后，每天早晨都会早早起床，沿着文水河向东走，到达分支，文水河流向拐向南边，就会转身往回走。祖父走路的身影频繁地出现在文水河边，成了他人生的一段风景，也成了文水河、铁饼街的风景。回到家，祖父先去铁匠铺，打开卷闸门，他看着卷闸门慢慢地卷起来，像是充满了乐趣。

任建华搬回了铁饼街。他不在乎大家怎么想，也不在乎祖父。虽祖父的威严还在，但已经苍老了。他在院子里游荡，空间小，他却是自由的，为了避免和祖父打照面，他端着相机镜头对准每个细节，角落里的苔藓、铁锈遍布的门环……但他并不为这些细节所打动。他对何连钢依然是挑衅的，趁着祖父不在的间隙，他提醒何连钢：“这些都是我的，别看你打铁，铁匠铺也是我说了算。”他不会走出铁饼街，他无法拥有那份自由，剥夺他的自由的是金钱。他自己解释道：“我只是借了5万元，到手4.5万，他们若是敲诈我，我会报警的。”

过了两天，他沉不住气，自己去找祖父谈，祖父已经开口说话了，他希望能和祖父对话。“爷爷，家里有宝贝，你就拿出来吧，不然这些人会追杀我。”他像是演戏，而爷爷是他戏弄的对象。一些生活的真相，留下来的含有悲欢离合。

过了两天，瑞丽也搬了回来，说是房子卖掉了抵债。一家人就这样团圆了，有些出乎意料。

任爱华心存疑惑，又痛惜弟弟的房子。新住户是个慈祥的老太太，她敲了门假装找人，住户老太太倒也热情，说是租户。任爱华没想到弟弟为了搬回老街还演了一出戏，他整个人不在生活里，而是在戏剧里。

她现在觉得那件事情本身并不可怕，可怕的是在身边的亲人。回到老屋，她不知该如何面对弟弟，面对他的猜疑。

她恢复了发传单的工作，在家里反而会筋疲力尽，她常常觉得体力不如从前，也不会恢复到从前。在城关街发传单时，她倒情愿和路人交谈，介绍广告内容，有些是超市优惠，有些是商场打折，有些是新店开业……蓬勃的人间烟火，她身处其间，这项简单的工作会耗上一整天。

一个细雨蒙蒙的下午，她忍不住对祖父说出任建华的实情，不是出卖弟弟，而是为了让老人宽心，毕竟谎言没有债主。祖父听她吞吞吐吐地说完后，说：“我早料到了。”

任爱华再次联系丁友利。她决定前往上海，接母亲回到铁饼街，回到最初的时光。当她把这个决定告诉丁友利时，丁友利没有说同意也没有说拒绝，她也许在盘算什么，她们没有视频，任爱华站在窗前，看到窗外的合欢树上的枝干光秃秃的，春天时会开满粉色的花朵，而丁友利接听电话时，正穿过一条长廊，她的眼里是迂回的过道。

“你要的钱，我没有。”任爱华说，“我答应过祖母，答应过父亲，要守着家，我去接回妈妈，了却爸爸的心愿，我不会放弃的。”

任爱华说这些话时，丁友利仍然没有回答，那些坚守，对于丁友利毫无实际意义。她正挤在地铁上，嘈杂的空间内都是素不相识的乘客，她盯着路程指示灯，红色的是即将到达的站点，绿色的是列车已通过的站点，她说：“别跟我啰唆，你要是有心，家里的宝贝该有我一份。”地铁停靠一个站点，几分钟的时间，有的人上，有的人下，或许是受到了触动，丁友利改变了主意，她说：“算了，我也不陪着你耗下去了，算你有良心，你弟弟惹祸，你造福，任建华离开上海了，我现在不知该信谁。”

第1 章

痕

1

何辰锋高考那天，雨依然下着，已连续三天了，是强降雨。整个城市都湿漉漉的，建筑、道路、行道树、手擎雨伞行走的路人，不得不接受雨而无法带走雨。硕大的、厚重的、晶莹的、冰冷的雨滴不断地从天空中倾泻下来。而雨声令人心烦意乱，尽管何辰锋已经周密地提前预订了网约车，一家人还是决定早点出门。何辰锋考试，何连钢和任爱华护送他，他们不能做什么，但没有不护送的道理，这个日子是一天天数过来的。

网约车在前来接车的路上时，一家三口就已下楼了，何连钢换了一件簇新的外套，任爱华没有像一些家长为了旗开得胜而穿旗袍，但她换了一件红色上衣。

意外还是出现了，他们被堵在楼道口，齐腰的积水是在短时间内聚集的，水是无序地又像是蓄意地淹没了小区出口，通往主干道的路段，机动车和非机动车道，一片汪洋，成排的机动车拥堵在主干道路口，小区保安在打电话：“下水口堵了，不知道什么原因，下水口堵了！”他站在雨里大声喊着，转眼就堵上了！保安打着伞，但裤子从上到下都湿透了，十分狼狈。

一家三口僵住了，站在单元门的台阶上，这是一段外出的必经路段，他们身边聚集了急于外出的邻居，各有各的理由，一些抱怨和指责叠加着，但无法疏通积水。大家都受伤了，是因为雨，是因为积水，是因为下水道。

何连钢搂着何辰锋，他的颤抖传递过来，在雨伞下，没有被淋湿。“你这样伏在我的背上，爸爸背你过去，你不能淋湿，也不能等。”“我不！”何辰锋说。他平时储存的平和、倨傲、任性、叛逆都不见了。何连钢茫然地问：“怎么这样？只能这样了，别耽误时间，爸爸背你，妈妈打伞。”任爱华说：“快点！”何连钢半蹲下，他会一直等下去，没有别的选择。

何连钢蹚过积水时，水被搅动着，闪开了一条短促的水路，雨滴滴在雨伞上，晶莹剔透如闪亮的珍珠。何辰锋紧紧贴在父亲的后背上，双腿被父亲的双手钳紧在腰上。他忽然鼻子一酸，贴近父亲的肩膀，热的、干燥的、结实的肩膀，拥有爱和急切。父子间的瞬间和解，或者说古老的父子情深不可能轻易瓦解。

“爸，我一考完试就回来帮你！我们会有出路的。”

2

在等待高考结果的那些日子里，何辰锋跟着父亲何连钢学习了最简单的打铁技术。在铁匠铺，闷热得如蒸笼般的空间里，电扇呼呼转动着，吹出的风并不清凉。何辰锋站在铁砧旁，大汗淋漓，仔细观察着父亲打铁。从上小学起何辰锋就不再踏入铁匠铺，他不进来，因为这里可见的杂乱、毫无名望、蠢钝、粗陋，和他理想中的生活相差太远了，尽管他还没有想好自己想要的生活是什么模样。初三时，化学课上，一位女同学问他有关打铁的步骤，她说：“听说你爸是铁匠。”女同学长得很好看，他一直悄悄喜欢她，而她也总是和他交谈时才会兴高采烈。他点头承认了父亲是铁匠的事实，他不明白她为什么要确认父亲的职业，但他没有问她。从那以后，何辰锋避免她来找他确认任何事情，哪怕是一道数学题答案，她最后找他确认的是：“你怎么不理我了？”她小心翼翼地带着不解和委屈，何辰锋依旧埋头解答题目，而没有给这位女同学答案。

汗水在何连钢的脊背上，湿透了他的汗衫，贴在皮肤上，看上去黏糊糊的，何辰锋也是，汗珠密密麻麻地沿着各自的路径在肌肤上流成曲线，是一种承载生命的曲线。铁锤敲打在铁砧上，一把刀炼成了。何辰锋看着父亲在砂轮上打磨，刀柄上的“任记”亮闪闪的。

何辰锋蹲下来打量每一把刀，他不再冷落那些铁。他把手放在刀刃上，锋刃划过手掌、手背、手心。

祖父既感到欣喜又忧心忡忡，打制的刀具越来越多，而购买者仍很有限，整个夏天，雨天和酷热交错蹂躏着，总是让人焦躁。

父子两人常常切磋，他们将酷暑和暴雨都置之度外。而刀具的销量出现了转机，何辰锋将刀具被在网上售卖，父亲打制刀具的过程获得了无数人的赞誉，在铁饼街之外通过互联网而遍布全国各个角落。铁匠铺里的击打声仍是带着力量。

放暑假了，瑞丽带着任瑞睿外出旅游。看上去，任瑞睿已经忘记，虚拟世界带给她的一段生活插曲。

任建华在空调房间里躲避酷暑，只在傍晚时才会走出房门，他要创办的刀具家工厂的消息都是他在这个时候散布的，没有人去辨别真伪。有些真相必须等待，就像等待季节。

在任爱华独自打理家务时，任建华会避开祖父对他的憎恶，而他额头上的疤痕呈现了兴奋的暗红色，是祖父在盛怒下扔向他的蓝边瓷器留下的伤疤。他走近任爱华：“姐姐，你说会不会在房梁上？”任爱华已经不再否认，她坦然地接受了他的异想天开，抬眼望着天花板，表情里有一种担忧，似乎担心房顶上的有历史的房梁、瓦片的命运。

梅雨之后的雨显出了另一种风情，雨的生命力难以解读。雨以及雨水有各自的命运却紧密相连，雨有自身的解读而与人类对它们的解读毫无关联。

连续几天，任建华不顾酷暑频繁外出。他决定创办刀具厂，他在饭桌上宣布，他要把钱用到刀刃上，没人询问他开出空头支票的理由。他没有博取欢心的心思，没有人反对，没有人附和。他也没有表现出尖锐的愤怒，只是有些悻悻的。任爱华看着弟弟的表情，她还会心动，毕竟是自己的弟弟，他和她留着同样的血，一种血缄默，另一种血不可能沸腾。但她不再表现出来，而是带着平静的表情注视他，她以这种表情惩罚他的嚣张的索取的私欲，再认识他、熟悉他。

“姐姐，你是不是不再相信我了？姐夫只知道打铁，真要开办刀具厂他未必比得上我。”任建华的话音里似有一丝忏悔的腔调，“我不是故意的，我就是不明白祖父为什么不把宝贝给我们，我建厂不也是从事与打铁有关的行业吗？”他始终认为那笔财富是存在的，等在那里，存在那里，而不需要付出劳动。

面对任建华，任爱华不想耗在这种窃窃私语上，她被那绳子越勒越紧，而且，她渐渐发现，弟弟不是在猜忌她，而是在威胁她。他说：“要不是因为你，我就直接问了，你觉得瞒得了何许钢？”他把一块抹布摔向房梁，再接住，扔到烧柴火的土灶上。

在房梁上，有一只蜘蛛不断地织着它的网，然后困在网上。

任建华不愿吐露母亲确切的地址，也不愿详述与母亲相认的细节，在母亲身边他也得不到母爱，他不会因此重新归置情感之中的爱，有关母爱对于他不是奢望也不是无望，但他和任爱华谈到一种交换，一种带有惩罚性的交换，他忽略了，有些惩罚没有罪由。

任建华说："姐姐，你要是告诉我实话，我就告诉你那个女人的地址。"他从上海回来后，提起母亲，他摒弃了那个久违的词，他称母亲为那个女人，他宣称，他没有母亲！

任爱华总是离开他，离开那个称呼，对于她来说，只有母亲，一个长久地想念的母亲。"不说实话也行，那你给我钱，给我钱，我就告诉你！"

任建华压低声音，一个字一个字地说，仿佛他和姐姐任爱华之间只有这些他们谈不拢的数目。

"你为什么要这样相信一个陌生人？"任爱华问。

任建华拉开椅子，坐在书桌前，这是任爱华为他添置的，也算是有故事的书桌了，桌面上总是摆有一摞白净的纸、一支笔。任爱华离开校园后，这是令她心动的摆设，弟弟坐在书桌前，仿佛她的读书生涯得到了延续。她喜欢看到弟弟坐在书桌前的样子。

任建华说："姐姐，这么多年，你从来没觉察我怨恨你吗？"他怨恨过父母，他的怨恨转移了，在眼前的姐姐成了替代品。

"你要知道，你唯独不能忽略忍受你的人。"他说，这个人比善待或薄待你的人都要危险得多。说着，他提笔在白纸上写下一个黑色的"忍"字。他指着那个字，一个字一个字地说："姐姐，你从小就管着我，我已经忍了你很久了。"

3

手机上，丁友利发来一张缴费单，"叶佳宜""养老院""缴费"这几个词牢牢地盘踞在任爱华的脑海里。丁友利气急败坏地打电话来："任建华气坏了妈妈，你装什么糊涂？"任爱华才发现贫穷是可以击溃恐惧的。

任爱华对任建华说："妈妈住进养老院了。"任建华说："那又怎么样？"

任爱华回复丁友利：我没有钱，但是我可以照顾母亲。过了一会儿，丁友利回复：算了，我也不要你凑够了钱。丁友利终于发来了地址。

任爱华只带着简单的行李去上海，但她携带着不安和怅惘，通过视频，她已见到了母亲。视频上的母亲，没有惊喜，没有感叹，没有眼泪，白发的妇人，毫无表情地瞟了一眼镜头，目光里一片惘然，丁友利尖声尖气地说："妈妈你看到啦，那个上面的人就是任爱华啦。"当要面对面时，任爱华担心会失望。她不喜欢丁友利，但并不憎恶她，没有激动，没有喜悦，她不能给丁友利带来她期望的，她只是去探望母亲。

任建华并不支持她去探望母亲："你接祖父回来还不够，还要接回那个女人？"任建华不明白任爱华在使一个梦越来越圆满，而且是一直以来的梦，她说："我们一家人团圆了。"任建华说："别指望那个女人会说出什么，她时好时坏，有时清醒有时糊涂。"任建华对任爱华说："我看不出来我们哪里像她，可能是她太老了。"任建华在上海的那些天，扮演了讨债者和亲生儿子两种角色，他自己都混淆了。"丁友利一听说有值钱货，就到我们家来，应该是宝贝不在那里，要不然她跑来干吗？藏起还来不及。不过，"任建华又说，"那个女人会不会是丁友利出的一张牌？"

直到任爱华出门，任建华总是在独自一人时靠近她，不断地自圆其说。他留在铁饼街，将自己的思路钉在他目光所及之处，他已翻遍的空间，空气是燥热的、令人生疑的，而他对每一种声音都感到警觉。

何连钢父子二人在铁匠铺里不断地翻新铁制品，落地风扇吹出热的风，汗水很快就会风干，而一些铁制品在属于热的空间里成型，经历过而更加夺目。任建华从不过问，他在房间里享用清凉，热浪和阳光被他挡在门外。冰箱里，任爱华储备了充足的食物，他挑选冰镇的先享用。

丁友利到车站来接任爱华。远远地，任爱华看见她站在接站的人群中，一只手托着另一只手肘，撑着下巴，像是要与他人保持距离。见她从车站里出来，丁友利没有向她挥手，丁友利看着她走来，淡淡地说："来了。"任爱华点点头，她没法多说什么，以免显得过于热情。车站里人来人往，水磨石的地面，界限分明的不锈钢栏杆，哪里是地铁，哪里是公交车，哪里是出租车……都很清楚。丁友利看了一眼任爱华的黑色背包，铁锈红上衣，上衣领子是规矩的小方领，她扣紧了第一个纽扣，铁锈红的有机玻璃纽扣。丁友利说："你这身打扮很像妈妈的护工，和你很配。"

敬老院里，负责母亲的护工见到任爱华并没有表现得很亲切，任爱华并非雇主，护工连必须要的寒暄都没有，仅仅瞟了她两眼。任爱华没有见到她脑海中的母亲，眼前的老人安安静静地坐在那里。"妈妈，你天天要见的任爱华来了。"任爱华抓住母亲的手，干瘪、无力。这会儿，她又不说话了。

墙壁是淡淡的芥末色，床头是淡蓝色的，任爱华试图遮住这些，她靠近床沿，俯下身，夺目的铁锈红的上衣低下来，铁锈红的有机玻璃纽扣闪着光泽，没有惊醒母亲。任爱华一点一点端详母亲，碎发、眉毛、眼睛……她所能看到的都不是母爱。母亲苍老了，看了一眼任爱华，缩缩头，躲开了铁锈红的光，母亲眼睛里有一层温和的光，在浑浊的目光之上，没有丝毫惊喜。

“要吃晚饭了，”丁友利说，“就在这里吃。”护工打来饭，丁友利拨拉着菜，太软了，没有胃口。任爱华一口一口地吃下去，她看着母亲吃，这是她和母亲共进晚餐，她想象过、期待过。

等她们要离开时，一直沉默的母亲突然拉住了任爱华。她说：“爱华，你来了，你不要怪妈妈。”任爱华感到浑身很轻松，无形的绳子一点一点地被解开，她就要被融化了，获得了融化的力量。

丁友利看着，她把身上的连衣裙弄整齐，显得很有耐心，与衣服般配的皮包夹在腋下，低头打量脚上的一双鞋。她突然想到了一个主意：“你在这里陪陪妈妈，也没必要去住宾馆。房间里有三张床，铺着各色的床单，你可以睡到接待室的沙发上，保姆睡过的。”

4

养老院里的护工进进出出的，在走廊上来来回回地走动，任爱华搀扶着母亲在院子里走动。院子不大，走的步数很容易记住，墙角有一些杂草和两个塑料花盆。清醒时，母亲给她一一介绍，一盆是太阳花，一盆是紫罗兰，都枯死了。她抓紧了任爱华的手，抖了一下：“不要怪我离开了你。”这是第五遍了，任爱华第五次回答她：“不会的。”

院子里有一道铁门，她们走到那里就停下再绕回来，不能出去的，出去就会不认识回家的路。母亲拽紧了任爱华：“你这个护工心肠真好，陪我走这么多的路。”母亲从一件事情跳到另一件事情上，从一个人跳到另一个人上。

任爱华变成了一个没有条理的小孩子，胡乱说着话，不担心母亲会受到伤害，也不担心会勾起母亲的忧伤，有些事情原本是简单的，有些话语原本是简单的。她说：“妈妈，妈妈，我想你想得好伤心的，我有妈妈我就什么都不会害怕了。”

令任爱华感到讶异的是，她和母亲在一起，变得毫无恐惧而松开了所有的绳套，她所度过的时光浓缩成最初和眼前的相聚，一个充满温馨的幸福的世界。

共同进餐的时光、共同睡眠的时光、共同散步的时光……“你爸爸马上要来了”，母亲总是这样说，令时间充满了期待而没有其他，逝去的时光回归了。“你爸爸去打铁会给你们带回来很多好吃的。”“他打铁时很忙的，镰刀、铁锹都是要修的。”母亲隐约记得一段时间总是和父亲联系在一起。丁友利见任爱华来了，就把母亲丢给她。任爱华慢慢习惯母亲的存在，想到小时候母亲的烦躁、她们一起烧饭、母亲的离开，剩下的就是分别，而陪伴是勉强的，在一瞬间战胜了，没有什么怕的。母亲提出要回铁饼街，任爱华打电话给任建华，分享这些，她要带母亲回家。她带着兴奋的语气，一种孩子得到母爱的语气，她说：“弟弟，妈妈终于要回家了，回到我们铁饼街的家。”她因为激动说话断断续续的，在她的颤音中，有些时光停滞了，有些时光苏醒过来，她说：“弟弟，我们是有妈妈的孩子……”任建华打断任爱华，他说：“姐姐，你还是让丁友利得逞了！”

“没有交易，又不是买卖，没有得逞的。”任爱华说。“有一个爷爷还不够？你讨好那个女人，都是你的人了。”任建华说，“我跟你说，那东西给谁，谁说了都不算！”

“弟弟，我们是一家人，我们应该在乎他们，他们老了，是我们的责任！”任爱华说。尽管电话那头带着情绪，生硬的弟弟让她感到陌生，她仍然坚持说。“谁在乎过我？你说谁在乎过我？”任建华气冲冲地喊道，“姐姐、祖父、父亲、那个女人，你们给了我什么？为什么是我的责任？”他没有追问任爱华，他从哪里来，将到哪里去。

挂断电话后，任爱华对母亲笑着说：“弟弟总是这样，在我的面前像一个孩子，他很聪明的，考上了大学，是铁饼街上仅有的大学生呢！”任爱华没有在意任建华的抵触，也没有深究任建华的追问，在她看来那都是不存在的实际问题，仅是另一种变相的接纳，带有亲密的嗔怪，带有猝不及防的慌张。而这些情绪会随着另一种与母亲共处的时光的到来，被冲淡，被化解。

一天早晨，任爱华在朦胧中睁开眼睛，养老院里多数老人还在沉睡之中。母亲已梳洗一新，她换了一件干净的上衣，头发整齐收拢在脑后，其余的衣服都被收在被单里。母亲看到任爱华起床了，马上走到她的身边，轻声说：“爱华，你起来了？你要听妈妈的话，对弟弟要好。”她拉着任爱华的手说，“你弟弟他不懂事，我们也不要怪他，让你爸爸好好管管他。现在要把他带走，我们去送送他。”

母亲说这些话时，像是经过深思熟虑没有一点糊涂的迹象。任爱华提醒母亲：“妈妈，任建华在铁饼街呢。”母亲挽着任爱华在院子里来回走着，焦躁不安。她望着铁栅栏外的那条通向外面世界的路，不断地相送，一些随风飘零的落叶不断地落在脚边。

接着，母亲回到房间里垂泪，不断地述说内心的愧疚：“我对不起他，他都没有吃够我的奶水，他恨我是应该的。”母亲像是在空气中看到一些事物的本质，是这样的，是这样的。她不断地确定，大家都看不到的事情，只有她是清楚的，不会让他再受苦了，不会了，他会变好的，会变好的。任爱华想母亲一定是想到了任建华，一些逝去的时光，永远的遗憾。

中午时，母亲突然大哭起来，她的悲伤看上去很真切，而无法抚慰，是一种穿彻时空的悲伤，任爱华这时候才觉得真的贴近了母亲，而不是试探的，犹豫着，接近她随即走开。母亲的悲伤成了她的悲伤，母亲的无奈成了她的无奈。

直到下午，母亲才渐渐安静下来，她躺在床上更加柔弱不堪，似乎耗尽了精力。任爱华陪着母亲，抚摸着母亲的手、面颊和稀疏的头发。她想，当她离开时，不再感到不安，不再感到惧怕，她有了这一种有形的牵挂，会从容，会自在。她想再见到丁友利，她变得友好而愿意当好一个姐姐，因为亲近了，而是一种全新的感觉，没有理由。

中午醒来后，母亲又开始哭泣，她像个失去心爱之物的孩子，因无法挽回而只留有哭泣。她注视着墙上的电子钟，想要阻止时间的流逝似的，不断地呜咽，嘴里还嘀嘀咕咕地拒绝着："不要啊，我真不想这样啊，不要啊，我真不想这样啊。"母亲像是正经历一场煎熬。每当电子钟整点报鸣时，她都会痛苦地闭上眼睛。

任爱华看护母亲，依稀辨别出母亲苍老的容颜中偶尔流露出童年和少女时代的神态，母亲的举动像是在暗示，她试着掏出手机说："妈妈，任建华未必会听你讲话的，我们试一试。"

听到任建华的名字，母亲连连摆着手，嘴里发出呜呜的嘶鸣。

任爱华却接到了何连钢的电话，他在电话里嘶喊着，夹杂着风雨声："爱华，出事了，老屋屋顶塌了，弟弟和何辰锋被埋在里面了。"

第十二章

第二个早晨

1

空气中有化不开的潮气、雾气，笼罩着整个铁饼街。

铁饼街沉默着，街边老房子沉默着，都在观望。任建华在此来来回回地穿梭时，他成长时，它们观看，现在，他平躺着，面向苍穹，它们依然注视着，冷静而理智，找到爱、得到爱或者失去爱，它们都曾经历过。不屑地挂在嘴角边的笑容还在，没有出人意料地瞪大眼睛，眼珠不再咕噜噜地转动了，他的五官都很安静，胳膊、腿，甚至整个身躯都很安静，没有呼吸。

何辰锋在事故现场，就在任建华的身旁。雨已经停了，光线仍然很暗，从坍塌处可以看见被割裂的天空，像画面模糊的黑白照片。一瞬间的惊恐、慌张凝固在坍塌的瓦砾之中，浸满雨水的青瓦，七零八落地躺在现场，碎裂的不均匀的青灰色，凝重的色调。意外发生时，任建华搂住何辰锋，将自己的身躯垫在何辰锋的身下，任建华后脑勺着地，脑后一摊殷红的血，血迹一点点扩张，像要剥夺生命，被打断的梦想，被征服的前途，都涵盖其间，有那么一会儿，一切都静止了。何辰锋跳起来，脱离任建华，面对任建华，真实的，离开的生命！“舅舅，舅舅，”他的喊声里带着痛，嗓音被割裂了，“舅舅，我不该跟着你上来。”他无法挽回生命，他被懊恼、悲痛击溃了。

任建华出现时，何辰锋正在院子里包装那些刀具。高考结束，这个暑假是何辰锋最放松的暑假，他终于放手做自己的事情。他在网上销售父亲打制的刀具，得到客户的青睐，销售遍布全国。

任建华说：“舅舅可以帮你再拍摄几张精美的宣传画，用来包装，现在你帮舅舅一个忙。”任建华悄悄说，“这件事，不能告诉太爷爷。”祖父在午睡，任建华拎了一把梯子，梯子是折叠的，拎在手上像一个长方形的箱子。他从屋后登上了房顶，何辰锋负责收起梯子。何辰锋因为好奇没有收起梯子而是学着任建华爬上了屋顶，有年代的屋顶没法承载两个人的重量，坍塌发生了。大家都不明白任建华为什么会登上房顶。

“舅舅是为了救我。”

何辰锋满眼泪水，他被自己的哭泣惊醒，不断地从梦中试图解脱出来。“我就是好奇，舅舅去找什么？我没想到会这样。”他压抑着哭声，被巨大的悲伤包围着。任爱华安慰他：“都过去了，都过去了。”她贴近何辰锋，搂住他的头，她的骨肉正在经历悲伤，生命的消逝使得悲伤没有再化作喜悦的可能，这是可悲的。

夜里，悲痛至极的何辰锋在疲惫中睡着了。任爱华悄悄站在何辰锋的床前，去探查，去收集，任建华在人世间最后的遗留。何辰锋的手放于被面之上，任建华曾抓住过它。房梁砸在任建华的脊背上，他将身体拱起了一座桥梁，庇护了何辰锋。腿、胳膊，前胸后背直至面颊，任爱华一一去重新认识它们，去探寻些暗示，任建华遗留下来的，存在于他心底的爱、欲望、无尽的生活的真相。她看见，何辰锋凸起的胸肌，深掩的腋窝，每一寸肌肤都有纪念性，她带着无尽的悲伤记住它们。

雨，一直持续着。小院里积满雨水，经过黑夜与白昼，经过一种洗礼。当雨量减弱时，积水得以顺着排水沟流出院外，而流水的音调已经改变了，偶尔悬起泡沫，成了一种成分更加复杂的液体，流出院外。

2

房顶是在春天到来之际修葺的，同时借机夯实了墙壁，重新打平了地砖，抹匀了水泥，铺设了一层瓷砖。带有防滑的瓷面亮闪闪的，能够照出灯光，丝毫看不出缄默于水泥之下的地砖，而地砖之间的缝隙被彻底填平了。房间地坪稍微增高了，而成了一座新建筑。

祖父房间里的旧家具已悉数归位，对开门的高脚橱柜，橱门上的铁制门销，床架四周的麻布蚊帐，经过洗涤仍带有明显的纺织纹路。铁艺床和铁艺桌，与古老的木制家具面对面，复古与时尚，毫不矫揉造作的组合。

房顶坍塌时，祖父正在板床上小憩。搬回铁饼街后，祖父进入了一种旁人无法体会的意境之中，他总是眯缝着双眼，既像是警戒又像是放松，祖父的脸上带有穿行梦境的表情。家庭里的每个成员形成了一种默契，轻易不会打扰祖父。事故发生时，板床安于室内一角，目睹了砖瓦、碎石、雨水、冷风以及跌落的两人倾泻而入，板床发出轻微的摇晃，板床没有生命，未曾经历过浩劫，清醒而平静地等待着，而房梁和屋顶的瓦片绕过了祖父，绕过了祖父的梦境。床榻移位造成的声响惊醒了祖父，很难说清是运气还是整座建筑拯救了祖父，祖父毫发未损，他从废墟中走出来，一副铁匠的身板征服了觊觎的隐患，身后是一连串碎瓦的叹息。

修葺房屋时，祖父拒绝暂时借住其他地方，他卷了铺盖搬进铁匠铺，白天铁匠铺里的煤炉、空气锤、砂轮机……半成新的设备和年代久远的风箱，解读祖父脸上梦一般的表情，而他重新认识它们，在没有生命的物体上认出自己的年轮。夜晚，祖父在睡梦中微笑，铁匠铺阻碍了祖父的悲伤，祖父度过了最初的失去长孙的悲伤，也度过了所有的悲伤，尽管悲伤是永恒的，但祖父深谙生命不可永恒的道理，没有生命的物体见证过，往往更清晰地明辨生命的脆弱不堪。

带有宿命感的碎瓦片落寞地堆挤在院落里，堆成尖尖的锥体，没有骨架的造型，没有生命的亲历者，从不开口讲述当时的境遇，破碎或者完好都是一种形态。除此之外，碎瓦阐明了一个真相，它们是屋顶的唯一，而屋顶是属于它们的。大家都感到疑惑，任建华和何辰锋怎么会在屋顶？消防队员鉴定了事故现场，确认两人是瞬间跌落的，房屋也许发出了预警？雨水也许混淆了视听？

一家人都确认了在屋顶坍塌之前，没有出现室内渗水、漏雨的现象。“你们再好好想一想，还有什么外因促成他爬上屋顶，与雨水无关！”消防队员耐心地启发大家，他的目光扫过每一个家庭成员，带着犀利的光。“没有，没有发生什么。”任爱华说。其余的人都默默摇头，何辰锋和任瑞睿挤在墙角的椅子上，他们依偎在一起。“他会不会去寻找什么东西？”消防队员再次追问，他的目光落在何辰锋身上。“我不知道，我看到梯子感到好奇就爬上去了，我不知道舅舅要干什么，我以为有贼。”当时的雨幕以及夜幕充当了掩护，是被迫的，没有定性。消失后的雨幕及夜幕，成了一个留有疑惑的黑洞，没有生命！消防队员离开后，黑洞盘踞着，某种巨大的疑问曾撕裂着。

何辰锋曾问过任爱华：“妈妈，舅舅他是在寻找什么？”当时任爱华在厨房里烧晚饭，厨房重新归置后，砌垒了灶台，台面上贴了瓷砖，煤气灶也换了，防止油污溅出锅沿。一个夕阳西下的傍晚，母亲坐在院子里，身穿米色的开衫，她注视着任爱华，眼睛里流动着唤醒往事的波光，任爱华决定利用大灶烹炒菜肴，灶塘里是一些拆解的碎木边角料，她特意去郊区的家具厂购买的。碧绿的青菜在锅里翻炒着，铁铲时时划过铁锅，发出一种难以言说的愉快的声音，火苗舔舐着锅底，木材燃出的浓烟，沿着烟道纷纷飘然而去，在烟道外会有袅袅的炊烟。唤醒母亲或者重现往日的生活，琐碎的、平常的日子。何辰锋指着炊烟："当时是不是烟囱给了舅舅暗示？妈妈，你为什么保留大灶？"这并不是相关的问题，但何辰锋不愿放过它们，他指着铁匠铺的烟囱："一定是烟囱出现了问题，舅舅是为了烟囱爬上屋顶的。烟囱里会有什么？"他们一家人都站在院子里，仰脸注视着烟囱，夕阳在天空挂出值得观赏的画面，跳着舞的、漫步的、挥手的云。于是，一家人都认可了何辰锋的发现，再次感到伤感。

何辰锋已经是一名大学生了，他在电子平台售卖刀具和任爱华创作的"铁画"收入，不仅足够支付学杂费也让他结交了很多网友。他在平台上介绍产品时，没有人能隔着屏幕，识破他的悲伤，失去舅舅的悲伤，一个大一新生的悲伤，刚刚露出新芽。

何辰锋填报的是舅舅生前就读的大学。乘坐高铁只有 15 分钟的车程，寝室里设施齐全，但他常常回来，在铁匠铺里学习锻打，将通体泛红的铁置于铁砧之上。他先是学会握大锤，接着掌握执掌主锤的窍门，方的、长的、短的铁都会改变身形，铁的内心是脆弱的。

风箱修好后被利用起来，风冲进火炉，炉膛内，火苗展现出各种姿态，有一些是红色的，有一些是蓝色的，还有金色。他赋予每一种火焰名称，然后通过视频发布出去，他说他在燃烧中看见灵魂。这些话，他只对虚拟世界里发布，对于他来说，恐怖已经过去了，舅舅离世的悲伤也已消弭，只留有怀念，他不断地被眼前的事物征服，他在古老的事务中发现新的灵魂。

铁匠铺里，何辰锋跟着何连钢学习锻打烧红的钢铁，做成器物。他锻打融入他的理念的器物，他身边所能看到的、想到的，体现出来拥有坚硬的本质，铁的本质。

“铁画”被他一一陈列出来，人物变得会说话，风景会动起来，所有的铁的制品都是作品，他陈列出来，不局限在铁饼街，在虚拟世界里，铁饼街的任记铁匠铺被围观，是被怀念的，不再只留有怀念。

母亲回到铁饼街后，丁友利曾说要来探望，日期一再更改，这段路程成了遥远的距离，她在电话里坦然：“妈妈离开后，闸北的房子划入了静安区，”她说，“姐姐我跟你说清楚，妈妈在你那里，这里的房子没有你的份。”她诡异地认为任建华找到了什么，她说，“只有她听得到翻瓦片的声音，凿地的声音。”铁饼街上的老街坊、新租客会询问任建华爬到房顶的原因。何连钢的解释让大家信服，他说：“我是去补一个洞啊！”

一天，何连钢忽然说要打制一把剑，他说要送给小舅子，他没有追问，任爱华也没有说起原委，一个新的铁器是个纪念。

任爱华没有那种被捆绑的感觉，已经消失了。她说：“我弟弟莫名成了寻剑客，世间已无寻剑客。我们去李馄饨的店铺结果没找到那个人呢，”她说，“总会有找到的那一天。”何连钢说：“你心里没这个人，就没这个人，世间只有观光客。”

3

铁饼街经过修缮，有历史的房屋、青石板路被保留下来，新增的一些网线、电缆线……被布局在地面下，留有标签的井盖，圆的，铁制的或塑制的井盖成了路面上的装饰，有些看不见的东西正在向古老的铁饼街的地下挺进，也许会惊动青石板的灵魂，但没有人弄得懂，他们都是老祖宗留下来的。而这一切成就了铁饼街的特色，世上只有铁饼街拥有铁饼街。

任家铁匠铺变得忙碌起来，祖父常常会微微弯着腰，站在铁匠铺门前，端详着作为摆设的制品，它们都有包装，突出手工打制的独到之处，而在包装里并没有改变。祖父对一些新的产品产生置疑，他认为有些被瓦解了，而有些新的制品都是在表演，他以打铁人的思维衡量新事物，从不肯让步。

李馄饨的店铺再次营业后，只在铁饼街经营馄饨，一段时间以后，投入了新的品种，但何成钢只买馄饨，他没有找到之前的味道。何连钢带着惆怅，并不只为一碗馄饨，他悄悄对任爱华说：“李馄饨的馄饨变了，肉质不地道，馄饨不地道。”他想起了一件被遗忘的事情，他说，“对了，我在李馄饨的店铺那里遇见的那个人到底是什么人？”任爱华正在给一幅“铁画”套上包装袋，包装使得“铁画”有更精美的外表。她听到这个问句，想到任建华，想到坍塌的屋顶，她身体里没有贯穿令她颤抖的激流，她平静地说：“来了就看看他的真面目，要是不登门，就没有这个人。”任爱华说着话，把包装精美的纸袋放好，最先包装的纸袋被盖在下面。